mdv

Harry Thürk

Piratenspiele
Roman

Mitteldeutscher Verlag

Die Deutsche Bibliothek – CIP-Einheitsaufnahme

Thürk, Harry:
Piratenspiele : Roman / Harry Thürk. – Halle : Mitteldt. Verl.,
1995
ISBN 3-354-00876-8

ISBN 3-354-00876-8

© mdv Mitteldeutscher Verlag GmbH · 1995
Printed in Germany
Gesamtherstellung: Offizin Andersen Nexö Leipzig GmbH
Schutzumschlaggestaltung: Peter Hartmann, Leipzig

Der Tag hatte mühsam und unerfreulich angefangen.
Zuerst die lange Fahrt mit dem Dienstwagen von der Wohnsiedlung am Stadtrand Rigas bis fast an die Gegenseite, wo die Fabrik stand, und dazu noch zwei Unterbrechungen, als einmal die Zündung aussetzte und danach an einer Kreuzung der Kühler zu dampfen begann.
Während sich Kobzew am Straßenrand die Füße vertrat, unmutig über das feuchtkalte Nieselwetter des nahenden Frühlings, der ziemlich zögerlich kam, fluchte der Fahrer auf lettisch, damit die Umstehenden nicht provoziert wurden, daß die alte Mühle eben schrottreif sei. Er fluchte laut genug, um die Leute davon abzulenken, daß er einen Russen fuhr.
Dann, in der Fabrik, die Versammlung. Von Letten einberufen, ohne formale Genehmigung der Direktion. Ein sogenanntes Komitee für nationale Unabhängigkeit stand dahinter: Nach fünfzig Jahren sei Lettland nun endlich wieder ein freier Staat. Deshalb müsse mit dem Schwebezustand Schluß gemacht werden, der das Land immer noch mit rund dreißigtausend russischen Soldaten belastet. Sie sollen endlich nach Hause gehen. Mit ihnen all jene Russen, die in ihrem Gefolge nach Lettland gekommen waren, um hier zu kommandieren, um sich zu bereichern, um die Einheimischen zu erniedrigen,

und die jetzt den Anschein zu erwecken versuchten, sie seien es, die ungerecht behandelt würden. Nur weil man sie aufforderte, dorthin zurückzugehen, woher sie vor geraumer Zeit gekommen seien, ungerufen, als Okkupanten, die ihren Raub der baltischen Länder mit jenem Herrn Hitler vereinbart gehabt hätten ...
Der ganze politische Wust, der in diesen Tagen wieder und wieder hochkam. Und Kobzew, als Direktor, war gezwungen gewesen, sich das alles anzuhören. Höflich zu bleiben. Konnte nicht, wie in alten Zeiten, zum Telefon greifen, die »Organe« anrufen, auf daß sie für Ordnung sorgten. Mußte nach außen hin erkennen lassen, daß er für den Unmut seiner lettischen Arbeiter und Techniker Verständnis aufbrachte.
Die ganze Sache sollte wohl noch mehr angeheizt werden, das erkannte er aus den aufeinander abgestimmten Zwischenrufen. Kein Wahlrecht für Russen. Keine Pässe. Erhöhung des Mindestmonatslohnes, für den man gegenwärtig auf dem Schwarzmarkt etwa ein paar Schuhe kaufen konnte. Keine Erhöhung für Russen. Räumung des Kriegshafens Libau. Übergabe der Besatzerquartiere an wohnungssuchende Letten ...
Aber die Versammlungsleitung fing – diesmal noch, und wohl gewollt – den Tumult geschickt ab, indem sie die Zurufe zu einer Art Resolution bündelte, über die dann abgestimmt wurde. Es gab nur eine Handvoll Enthaltungen. Wie es schien, sollte die Zusammenkunft noch nicht zum Sturm ausarten.
Auf seinem Schreibtisch in dem gediegen eingerichteten, mit Wandteppichen aus Südrepubliken geschmückten Büro fand Kobzew dann die aus dem

»Baltic Observer«, einer neuerdings in englischer Sprache erscheinenden Zeitung, herausgerissene Karikatur: Der sagenumwobene lettische Bärentöter Lacplesis, wie er mit dem Schwert auf den dreiköpfigen Drachen eindrischt. Die Köpfe mit den Inschriften »SU«, »KPdSU« und »KGB«. Er schmiß den Wisch zornig in den Papierkorb.
Die Produktion hatte er vor geraumer Zeit schon zurückfahren lassen, auf etwa die Hälfte. In Rußland gab es keine Käufer, und im Ausland hatte man keine Märkte mehr, wenn man davon absah, daß Kobzew die Chance wahrgenommen hatte, an den laschen Kontrollen vorbei einiges sozusagen »privat« zu exportieren. Bis vor einigen Monaten war der gesamte Absatz von Moskau aus dirigiert worden, jedenfalls soweit die Moskauer überhaupt die Zahlen kannten. Zuletzt war das so gegangen: Kobzew meldete das, was er nicht »privat« absetzen konnte, als Produktionsergebnis, und irgendein Außenhandelsbüro in der Metropole besorgte dann den Verkauf. Niemand erfuhr, wohin die Erzeugnisse gelangten, geschweige denn, was sie einbrachten. Dabei handelte es sich um hochwertige Artikel der Elektronik, besonders um Bauteile, die bis vor kurzem noch strenger Geheimhaltung unterlegen hatten. U-Boote brauchten sie, Raketen, Panzerkanonen, Kampfflugzeuge. Doch da war das große Loch entstanden, unbekannte Größen taten sich auf, nachdem man offiziell mit den Amerikanern vereinbart hatte, dieses oder jenes abzuschaffen. Für die Bereitschaft, das zu tun, oder es wenigstens offiziell anzukündigen, stand den neuen Politikern bare Valuta ins Haus, also gab es Bestimmungen zur Reduzierung der Produktion.

Ausweichen hätte man auf moderne Unterhaltungselektronik können, das war auch der erste Gedanke Kobzews gewesen, als die Dinge sich neu darstellten. Nur – wer heute ein leistungsfähiges elektronisches Gerät haben wollte, und wer imstande war, es auch zu bezahlen, kaufte sowieso auf dem Schwarzmarkt gegen Devisen Erzeugnisse von Weltfirmen aus Japan, Holland, Deutschland.
Die Misere, geschmückt mit der neuen Losung von der Marktwirtschaft und den leeren Sockeln der alten Denkmäler, den neuen Fahnen in den lettischen Farben, war vollständig. Kobzew hatte keine Antwort darauf. Niemand hatte eine. Jeder mußte eine für seine eigene Person finden, das war die neue Lage: Rette sich wer kann! Aus dem brodelnden Lettland weg. Hinein in das, was die paar Moskauer Schlauköpfe mit ihren Harvard-Diplomen heute Marktwirtschaft nannten. Aber gefälligst dort, wo sie lief, nicht in dieser auseinanderfallenden Union!
Kobzew vertraute nur auf sich selbst. Hol der Teufel diesen ganzen sogenannten »Umbau« der Gesellschaft, den der Kerl mit dem Klecks auf der Stirn begonnen hatte, indem er behauptete, nur so sei die Sowjetunion zu retten! Jetzt existierte sie schon nicht mehr, und der mit dem roten Klecks reiste mit der aufgehaltenen Hand durch die westlichen Lande, um ein bißchen Geld für das einzusammeln, was er eine Stiftung nannte und was wohl hauptsächlich ihn selbst und ein paar Vertraute am Leben erhalten sollte. Keine so schlechte Art, die Misere zu überstehen.
Kobzew griff aus der Tasche eine Schachtel Marlboro, brannte eine der Zigaretten an. Wenigstens ein Plus: Die Zigaretten sind besser geworden!

Er drückte die Sprechtaste auf dem Schreibtisch und sagte: »Fräulein Marakis, ich möchte jetzt meinen Kaffee.«

Die Blondine mit den ausladenden Hüften und den blauen Kulleraugen, die täuschend unschuldig blickten, erschien ein paar Minuten später und knallte das Tablett mit Kännchen und Tasse auf den Schreibtisch. Unter anderen Bedingungen hätte der notorische Junggeselle Kobzew mit ihr längst ein Verhältnis gehabt, aber er hatte früh genug von ihr angedeutet bekommen, daß sie als patriotische Lettin eine Affäre mit einem Russen bestenfalls noch als Vergewaltigung betrachten könnte.

»Danke«, sagte Kobzew vorsichtig. Er hatte sich angewöhnt, mit seinen lettischen Angestellten umzugehen, als wären sie ihm gleichrangig, wenigstens gab er sich Mühe, das so erscheinen zu lassen. Bei der Marakis schien das doppelt angeraten. Sie war zwar seine persönliche Sekretärin, und es gab über ihre Arbeit keine Klagen, aber sie war in der letzten Zeit immer aggressiver geworden. Spürte, woher der Wind kam. Als das Parlament und die Fernsehstation von sowjetischen Truppen beschossen wurden, hatte sie zu den Verteidigern gehört, mit Gewehr und irgendwo aufgeklaubtem Stahlhelm. Erst als die Truppen sich zurückzogen, war sie wieder zur Arbeit erschienen.

Kobzew hatte es für ratsam gehalten, sie nicht zur Rede zu stellen. Einmal, als er unvorsichtigerweise auf ihre neue politische Überzeugung anspielte, hatte sie ihn mit einer Flut lettischer Worte überschüttet, und als er nicht verstand, sagte sie spitz: »Dann wird es Zeit, daß Sie die Sprache lernen! Sie

wird Amtssprache sein, wir sind keine Kolonie mehr. Oder haben Sie das immer noch nicht gemerkt?«
Er hatte es sehr wohl bemerkt. Wladimir Kobzew brauchte keine Geschichtslektion. Dieser nicht sehr große, nicht sehr auffällig wirkende Mann hatte eine Vergangenheit als Diplomat hinter sich gebracht – Handelsattaché der sowjetischen Botschaften in Bangkok, Djakarta, Singapore, Tokio ...
Eine kleine Unregelmäßigkeit, wie man im diplomatischen Dienst Nebengeschäfte mit Devisen nannte, war der Grund für seine vorzeitige Entlassung gewesen. Wobei er haarscharf an einer Bestrafung vorbeisegelte. Eine Anzahl ihm verpflichteter guter Bekannter im Ministerium und anderswo hatten dafür gesorgt, daß er nach Lettland versetzt wurde, aus der Schußlinie kam. »An die Basis«, wie das genannt wurde, um den Anschein einer Bestrafung mit disziplinarischem Charakter zu wahren. Als ob Arbeit eine Strafe sein könnte! Dabei hatte er hier besser verdient, als es während seiner Diplomatenzeit jemals möglich gewesen war. Und die Chancen für dieses oder jenes Nebengeschäft waren in der Wirtschaft, wie jeder wußte, sehr viel besser.
Er blickte wohl etwas verwundert auf das Kaffeekännchen und die Tasse, denn die Blondine, die inzwischen an der Tür angelangt war und sich noch einmal umwandte, sagte herausfordernd: »Wenn Sie Zucker wollen, telefonieren Sie mit Kuba. Milch gibts vielleicht in der Ukraine.« Damit knallte sie die Tür zu.
Kobzew trank einen Schluck schwarzen Kaffee. Dünnes Gesöff. Vielleicht hatte sie hineingespuckt. Heute war einer solchen Nationalistin alles zuzu-

trauen. Es ist Zeit, Schluß zu machen. Kobzew sagte sich das nicht zum ersten Mal. Er gehörte seit Monaten zu den Leuten, die einsahen, daß es am besten war, wenn man dieses dümpelnde Schiff verließ. Ohne Umstände. Allerdings nicht ohne Gewinn. Und dafür hatte er rechtzeitig gesorgt.

Er griff nach dem Telefon, überlegte sich aber dann, daß die Marakis eventuell mithören könnte. Also nahm er aus der Schreibtischlade einiges, was ihm persönlich gehörte, aus einem Wandsafe ein Bündel Geld, zuletzt kroch er in den Mantel, setzte die Fellmütze auf und verließ das Büro, ohne sich auch nur noch einmal umzusehen. Einen Abschied sollte man nicht mit Gefühlen belasten, wenn er von dieser Art war.

Draußen im Vorzimmer blickte die Marakis gar nicht auf, als er ihr mitteilte, er habe etwas zu erledigen. Sie knurrte nur: »Erledigen Sie am besten sich selbst!« Dabei las sie seelenruhig weiter den »Baltic Observer«, ein Blatt, das jedem anständigen Letten abverlangte, den nächstbesten russischen Okkupanten per Fußtritt ins große, ruhmreiche Vaterland zurückzubefördern.

Während Kobzew in den Fahrstuhl stieg und abwärts fuhr, während er sich in seinen Wolga setzte, den er jetzt selbst fuhr, aus gutem Grund, blickte er nicht zurück auf das immerhin imposante Direktionsgebäude. Er hob gelangweilt die linke Hand, als der Posten am Eingangstor ihn grüßte, und dann gab er Gas. Dieses Land, dachte er, hat endgültig die Geduld verloren. Er war damals hierher gekommen, ohne das eigentlich gewollt zu haben. Hatte sich schnell an den hohen Grad der Zivilisation gewöhnt,

an eine gewachsene Kultur, von der er sich wie andere Russen auch, allerdings ziemlich ausgegrenzt fühlte. Damals feindete ihn noch niemand direkt an, wie etwa jetzt die Marakis. Im Lande herrschten Ruhe und Gehorsam, was manche Ordnung nannten. Aber Kobzew spürte schon, daß da gewissermaßen unter den Füßen die Erde rumorte. Jetzt spie sie Feuer. Ein Land der grünen Ebenen, der sanften Hügel, der dichten Wälder, der Seen und Moore, in seiner Schönheit betörend, und trotzdem ein Land, das in seiner Geschichte nur selten, und dann für sehr kurze Zeit, glücklich gewesen war.
Deutsche Herren waren zuerst gekommen, hatten Territorium in Besitz genommen. Polen und Litauen machten Ansprüche geltend. Auch Schweden. Bis das starke Rußland der Zaren sich des so günstig am Meer gelegenen Gebietes annahm und es sich einverleibte. Für zwei Jahrhunderte waren es die Petersburger, die hier das Sagen hatten, die den Handel kontrollierten, der über die von der Hanse angelegten Häfen lief, und die dem Volk die Steuern abzwackten, nicht zu knapp.
Der Untergang des Zarenreiches machte auch Lettland wieder zum Zankapfel. Zuerst die Roten, dann die Deutschen gegen die Roten, dann die vom eigenen Landadel, im Schatten der abziehenden Deutschen, wiederum die Roten, danach erneut der Landadel, der so etwas wie Frieden mit den Moskauern schloß. Von kurzer Dauer, denn ein knappes Dreivierteljahr nachdem die Deutschen in Polen einmarschiert waren, damals, als Hitler und Stalin Osteuropa einvernehmlich untereinander aufgeteilt hatten, machten die Moskauer kurzen Prozeß und

verwandelten das Land, auf das sie schon so lange begehrliche Blicke geworfen hatten, in eine Unionsrepublik. Für immer, wie sie sagten. Doch die Voraussage erfüllte sich nicht. Wieder kamen die Deutschen, ein Jahr später nur. Und vier Jahre danach, als die Deutschen geschlagen waren, kamen die Moskauer zurück. Übten Rache an allen, die sich im Schatten der Deutschen wohler gefühlt hatten als in dem Moskaus.

Aber das alles war jetzt vorbei. Zumindest wohl für eine längere historische Periode. Die Union gab es nicht mehr. Das Imperium zerfiel. Die Leute an der lettischen Küste, die mit dem Meer und seinen Bewohnern ein besonderes Verhältnis hatten, sagten, daß es der Union gehe wie einem solchen Meeresbewohner, einem Fisch, der im Hochsommer bei Ebbe auf den Strand gespült wird. Er fängt an zu faulen. Zuerst fault der Kopf.

Als Kobzew die Stadt zur Hälfte durchquert hatte, überlegte er, daß die Küstenleute wohl recht gehabt hatten. Noch gab es hier und da ein paar verlorene Legionen fremder Truppen, eingezäunt, nach Feinden Ausschau haltend und überlegend, wie der Befehl der Moskauer Obrigkeit im Falle eines Angriffs lauten würde. Sicher war da nichts. Die Soldaten waren sozusagen die zuletzt verfaulenden Reste des Fisches. Der Kopf war lange hinüber.

Die Wohnung Kobzews war bereits leer. Gespenstisch kahle Wände, ein leidlich gepflegter Fußboden, mitten im größten Zimmer zwei handliche Koffer, schwarz, elegant, dazu eine Umhängetasche, in die Kobzew nur noch das kleine Etui mit den Toilettenutensilien stecken mußte, das im Bad auf dem

Bord unter dem Spiegel stand. Und dann war da das Telefon.
Kobzew warf den Mantel achtlos ab und schob die Mütze aus der Stirn. Griff sich den Telefonhörer und wählte nach dem Gedächtnis. Er war gut im Merken von Zahlen. Seine Funktion als Handelsattaché in fremden Ländern hatte das mit sich gebracht.
»Hallo!« rief er in die Muschel. Er nannte keinen Namen. Alles war vereinbart. Wenn er diesen Anruf tätigte, und wenn er in ihm den Namen eines bestimmten Tieres erwähnte, dann war das ein Signal, auf das der Empfänger seit einiger Zeit lauerte.
»Chef, ich höre«, kam es zurück, in etwas akzentbeladenem Russisch. Im Hintergrund hörte Kobzew Musik. Gut für jedes Telefongespräch vertraulicher Natur.
»Ich wollte Sie zum Kartenspiel einladen«, sagte er.
»Für acht Uhr.«
»Gut«, antwortete der Angerufene. Nichts weiter. Und Kobzew verabschiedete sich mit dem Signal:
»Bis dann, alter Partylöwe!«
Im Hafen von Riga trat danach aus einem Restaurant, das einem Russen gehörte und das auch Zimmer vermietete, halbstündlich oder für länger, ein untersetzter, wenig elegant wirkender Mann, der eine Kapitänsuniform trug und kein Gepäck mitführte. Er blickte mißmutig auf den hier und da zu schmutzigen Haufen zusammengeschobenen Schnee, den letzten des Winters wohl, dann machte er sich auf den Weg zu den Piers. Hier lag schon seit längerem wegen angeblicher Ladeschwierigkeiten die »Belinda«, deren Kapitän und zugleich Eigner der Mann aus dem Restaurant war.

In Wirklichkeit war die »Belinda« identisch mit der »Fortschritt« der Rostocker Seereederei, die aber war zu Beginn des Winters schon bei einem Sturm untergegangen. So wies es jedenfalls das Schiffsregister aus.

Für einen untergegangenen Tausendtonner war die »Fortschritt«, die jetzt unter dem Namen »Belinda« lief, sehr seetüchtig. Und selbstverständlich war sie auch nicht untergegangen. Ihr ausgefuchster Kapitän, Ernst Wirgel, der kleine Mann aus dem Hafenrestaurant, hatte das gefingert, nachdem es den einst von den Sowjets geschaffenen östlichen deutschen Teilstaat nicht mehr gab. In dem heillosen Durcheinander, das bei der Umwandlung aller ehemaligen Staatsbetriebe in Privatbesitz heute noch dort herrschte, fragte kein Mensch lange nach einem Schiff, von dem SOS-Rufe aufgefangen worden waren, in Südschweden, und das dann einfach nicht mehr aufgetaucht war. Totalverlust. Es wurde ausgebucht, die Versicherung liquidiert, damit war der Fall erledigt.

Etwa um die Zeit, als in einem Büro in Berlin die Akte »Fortschritt« endgültig abgelegt wurde, war das Schiff in Riga von gut bezahlten russischen Soldaten, die ein ebenfalls gut dafür bezahlter Kommandeur aus seiner Kaserne für diese Dienstleistung abstellte, neu gespritzt und mit dem Phantasienamen »Belinda« geschmückt worden. Kapitän Wirgel, ein Mann mit wenig Skrupeln, wenn es darum ging, bare Münze zu verdienen, einigte sich mit seinem alten Freund Kobzew, den er kennengelernt hatte, als er noch für die Rostocker Seereederei die Ostasienroute befuhr, und dem er damals einen kleinen Ge-

fallen getan hatte, auf das weitere gemeinsame Vorgehen.
Ausgemacht war die ganze Sache ohnehin schon eine Weile gewesen, wie man auch das Zusammenklappen des zweiten deutschen Staates aus Moskauer Sicht ziemlich zeitig und genau hatte terminieren können. Wirgel bezog ein Handgeld und bekam eine Fifty-fifty-Beteiligung an künftigen Geschäften zugesichert. Danach brachte ein Vertrauter Kobzews aus Moskau, wo er in einschlägigen Kreisen bekannt war, für vertretbare Preise zuverlässige neue Dokumente, Schiffspapiere, einschließlich einer nicht im Londoner Register eingetragenen Lloyd-Versicherung. Seitdem war Wirgel, der vorher Wallmart geheißen hatte, Wirgel, und die »Fortschritt« war in dem Hafen, den sie als »Fortschritt« angelaufen hatte, nun die »Belinda«, die für Antigua fuhr. Da hatten einige größere Dollarscheine ihren Besitzer gewechselt. Und in der relativ langen Zeit, die das Schiff schon hier verbracht hatte, waren in gewissen Abständen Lasten geladen worden, die aus der Fabrik Baltronic kamen, von Kobzew abgezweigt, was gar nicht weiter auffiel, zumal die Kontrollposten ohnehin mit Russen besetzt waren, die sich seit Beginn der Veränderungen im Lande ganz gern ein paar Dollar verdienten.
Nun ging Kapitän Wirgel an Bord. Zollformalitäten hatte er nicht zu befürchten. Für eine Handvoll Valuta stempelten die alten russischen Beamten, was immer man ihnen vorlegte.
Auch heute war ein guter Bekannter Wirgels im Dienst. Er war schon ein wenig angetrunken, sein Gesicht rötlich angelaufen, zumal in der Kontroll-

bude der Zöllner ein eiserner Ofen Hitze förmlich ausspuckte.

»Meine Leute an Bord?« erkundigte sich Wirgel, nachdem er dem Beamten die obligatorische Schachtel West über den Tisch geschoben hatte.

»Einer der Offiziere ist an Bord, zwei sitzen drüben in der Bierbar. Sie haben da heute litauisches Braunbier, deswegen. Drei Filipinos von der Mannschaft sind im ›Catfish‹ bei den Huren. Das Ding, das früher ›Roter Seemann‹ hieß. Danke für die Zigaretten!«

Er riß die Packung auf und rauchte.

»Sieht so aus, als ob es heute losgeht«, bemerkte Wirgel. Der Zöllner nickte nur, verzog leicht die Mundwinkel und übergab ihm kommentarlos die Ladepapiere. Sie waren gestempelt.

Wirgel war froh, daß es endlich auf Fahrt ging. Er hatte eine Flagge Antiguas anfertigen lassen, und sich inzwischen über den Staat ins Bild gesetzt, der diese Flagge führte, auf der ein Stück Strand mit einer Sonnenscheibe zu sehen war. Englische Westindien-Kolonie, die über den Zwischenstatus als assoziiertes Commonwealthmitglied schließlich selbständig geworden war. Ein paar Inseln mit unbedeutender Wirtschaft. Günstig als Billigflaggenland. Aber niemand in Antigua hatte auch nur die leiseste Ahnung, daß die »Belinda« unter der Flagge mit Strand und Sonne fuhr.

Das Schiff würde, wenn es nach Kobzew und Wirgel ging, eines Tages in Asien stillschweigend verkauft werden, samt seiner von einer einschlägigen Agentur in Zypern vermittelten Filipino-Mannschaft. Für Wirgel, so stellte er es sich vor, würde ein Bungalow

auf Bali dabei herausspringen, und eine Summe, die für eine Weile reichte. Bis sich neue Chancen ergaben, was in Asien nicht lange dauerte.
Er kletterte an Bord. Der Offizier, ein kleiner, sich gezielt forsch gebender Mann namens Ramirez, der mit Sicherheit nicht so hieß, was Wirgel allerdings gleichgültig war, berichtete, daß es keine besonderen Ereignisse an Bord gegeben hatte. »Hol' die Kerle zusammen«, trug ihm Wirgel auf. »Wir sind die längste Zeit hier gewesen ... «
Der Offizier war über diese Mitteilung höchst erfreut. Riga gefiel ihm sowieso nicht, und die Mädchen waren bei hohen Preisen auch noch rüde. Er machte sich auf den Weg.
Wirgel war sich ziemlich sicher, daß dies seine letzte Fahrt in diesen Gewässern sein würde. Außer dem, was er aus vergangenen Geschäften auf der Schweizer Kante hatte, spielte er mit der Absicht, in Singapore noch etwas Kapital zu machen. Es bestand die Möglichkeit, dort in das Unternehmen eines Indonesiers einzutreten, der seit Jahren eine Küstenreederei betrieb: Amir Tobin lebte in Lombok und hatte seinen Geschäftssitz in Singapore. War Dolmetscher der ehemaligen sowjetischen Botschaft dort gewesen, bis er über einige Unregelmäßigkeiten stolperte. Ähnlich wie Kobzew, nur früher. Tips an bestimmte Firmen, mit denen die Sowjets Handel trieben. Er verdiente gut dabei, wie sich herausstellte. Kobzew hatte dafür gesorgt, daß die Sache damals unter den Teppich gekehrt wurde, mit der gängigen Ausrede, das gute Verhältnis zu Indonesien sollte nicht gefährdet werden.
Jetzt, so hatte Wirgel von Kobzew erfahren, dehnte

sich das Geschäft, das Tobin inzwischen begründet hatte, so aus, daß er zuverlässige Leute brauchen konnte. Wirgel war zuverlässig.

Kobzew, der gerade seine beiden Koffer in den Wolga schob, blickte sich in der Gegend um. Zwischen den Betonklötzen des Neubauviertels gab es um diese Zeit kaum Bewegung. Ein paar Kinder, die Steine nach einer Straßenlaterne warfen, bis das Glas splitterte. Autos, die hier und da herumstanden, mit Planen gegen den Schnee abgedeckt. Fußgänger liefen vermummt auf ausgetretenen Bürgersteigen, die bereits abgetaut waren. Trotz seiner Überzeugung, daß niemand ihn beobachtete, fuhr Kobzew zunächst nur bis zur Einbiegung in die Hauptstraße und hielt dort an, bis er sicher war, daß niemand hinter ihm herfuhr. Es war auch wenig wahrscheinlich, denn das einst so dicht gewebte Netz der Kontrolle über so gut wie alle Lebensäußerungen der Leute hier existierte nicht mehr. Die berufsmäßigen Observer hatten sich zurückgezogen, um keinen Anlaß für Zwischenfälle zu liefern, die leicht in blutigen Streit ausarten konnten. Den brauchte die neue Macht in Moskau jetzt weniger als je zuvor. Man legte es schließlich darauf an, in der Welt anders betrachtet zu werden als die Vorgänger. Und auch die Weltbank, von der man nicht gerade geringfügige Kredite erwartete, machte diese von gewissen politischen Grundbedingungen abhängig. Also igelte sich die Garnison der Moskauer Truppen ein und versprach baldigen Abzug. Wann das sein sollte, konnte niemand auch nur annähernd sagen.

Kobzew ließ den Wagen auf der breiten Schnellstraße zum Flugplatz laufen, was der Motor hergab.

Überall in der Karosserie klirrte und schepperte es, aber diese Kisten hielten eine Menge aus, und so gelangte er ohne Zwischenfall zum Flughafen. Hier draußen war, wie in der Innenstadt auch, deutlich zu sehen, daß die kleine Republik in der letzten Zeit völlig neue Handelspartner hatte, auch neue Geldgeber wohl. Es waren eine Menge Läden voller westlicher Konsumgüter förmlich aus dem Boden geschossen, seit man den Rubel als Zahlungsmittel abgeschafft und eigenes Geld ausgegeben hatte. Selbst teure Juwelen und unbekannte Delikatessen erschienen hinter blankem Glas. Reklameschilder leuchteten überall.

Kobzew hatte Filme gesehen, die den Einmarsch der Sowjetarmee im Jahre 1940 in dieses Gebiet zeigten – heute war das ein anderes Land. So fremd wie einige Viertel in Moskau, in denen sich schäbig gekleidete Einwohner die Nasen an den Schaufenstern französischer Modeläden plattdrückten.

»Flugschein, Paß«, forderte das lettische Mädchen in ihrer Sprache sachlich, als Kobzew sein Gepäck am Schalter der SAS auf die Waage stellte. Sie streckte die Hand aus und nahm den Sowjetpaß mit spitzen Fingern.

»Wenn Sie wieder einzureisen beabsichtigen, brauchen Sie ein Visum«, teilte sie ihm mit. Er nickte nur.

Ein paar Griffe am Computer, dann schob das Mädchen ihm Paß, Ticket und Bordkarte hin, nachdem sie sich vergewissert hatte, daß das Gewicht des Gepäcks unter dem Limit lag. »Ist die Maschine pünktlich?« fragte er in seinem nicht sehr guten Lettisch, und das Mädchen deutete nur mit der ausge-

streckten Hand auf die elektronische Anzeigetafel, die den Flug bereits ankündigte. Danach schwenkte sie die Hand seitwärts, wo der Durchgang lag. Sie hatte einen völlig gleichgültigen Ausdruck im Gesicht. Der veränderte sich schlagartig, als sich hinter Kobzew eine Lettin an den Schalter schob, die stolz ihren neuen Paß vorwies.
Die Kontrolleure hatten an Kobzew nichts auszusetzen, als er durch die Metallschranke ging. Sie gaben ihm gleichmütig seine Papiere zurück. Blickten ihn nicht einmal an dabei.
Er ging in die Wartehalle. Setzte sich auf eine gepolsterte Bank und las an der Tafel ab, daß noch zwei andere Maschinen vor der SAS abgefertigt werden mußten. Zog seine Zigaretten hervor, beklopfte sicherheitshalber die Innentasche des Jacketts, in der das Bündel mit den Dollarscheinen steckte. Es waren große Scheine, und sie würden eine Weile reichen, bis sich die Chance ergab, aus dem Depot, das er vorsichtshalber seit einiger Zeit in Zürich angelegt hatte, neues Geld anzufordern. Nachdem er die Zigarette angebrannt hatte, versank er in Nachdenken.
Moskau hatte sich geirrt, damals. Besser gesagt, vielleicht Stalin. Als er seinen Zugriff auf die nördlichen und westlichen Nachbarstaaten mit Hitler aushandelte, hatte er die strategischen Fernziele der Deutschen nicht durchschaut. Alles andere, was über diesen Pferdehandel auch später noch in die Welt gesetzt wurde, um ihn klug erscheinen zu lassen, hatte sich als schmückendes Lorbeerlaub für den Georgier erwiesen. Kobzew hatte in diesem Augenblick vor dem Abflug seiner Maschine, während er

sich schon in der Wartehalle des sogenannten internationalen Territoriums befand, plötzlich Mut zu einer Art Ironie, zu der er sich früher selten hatte überwinden können. Vaterland und Stalin, das war nicht so weit voneinander entfernt gewesen, bis in die letzten Jahre. Verhängnisvoller Irrtum des großen Mannes im Kreml, daß er gemeinsame Sache mit den Braunen machte. Weder die baltischen Kriegshäfen hatten mit dem Ausgang des Krieges Nennenswertes zu tun gehabt, wie sich später herausstellte, noch der Fetzen Land, den man den Finnen gleich darauf abgenommen hatte. Alles sogenannte Vorfelder in Stalins Vorstellung, auf denen er eventuelle fremde Angriffe hatte abwehren wollen, bevor sie das eigene Land erreichten. Und das im Zeitalter einer technischen Entwicklung, die damals schon Entfernungen zusammenschrumpfen ließ wie in der Sonne gelagerte Rübenblätter.
Wladimir Kobzew hatte sich dafür entschieden, der Sache auszuweichen. Nicht jeder hatte in einem solchen Land wie Lettland für längere Zeit als Direktor eines Betriebes dessen Produktion auf Wege leiten können, die privat waren. Und das alles, ohne daß die Zentrale etwas davon merkte. Es gab die alte Zentrale heute nicht mehr, und die neue war noch nicht einmal richtig geboren.
Kobzew blickte auf die Uhr. Die Anzeigetafel gab keine Verspätung der Maschine an. Um ihn herum dösten gelangweilte Reisende, andere blätterten in Zeitschriften oder rutschten unruhig auf ihren Sitzflächen hin und her.
Ich werde in Berlin ein herrschaftliches Abendessen einnehmen, dachte Kobzew. Weg von hier, das ist die

einzig richtige Entscheidung. Weg von Mütterchen Rußland. Es ist verrückt geworden, das Mütterchen, mit seinen Zarenfahnen und Kreuzschwingern, den bettelnden Kriegsveteranen und den perlenbehängten Huren, die in die Mercedeswagen der neuen Schieber steigen. Kerle, die man früher in die Lager gesteckt hätte. Jetzt repräsentierten sie für die westlichen Geldgeber die Garanten des Verfahrens, das sie Marktwirtschaft nannten.
Tote, die früh am Straßenrand liegen. Vergewaltigte Weiber, die zeternd zur Miliz rannten, wo ein unausgeschlafener Korporal die Namen abfragte, registrierte und sie wieder wegschickte. Häufchen, die irgendwo abseits die rote Fahne schwenkten und Leninbilder. Denkmäler von einstmals heiligen Revolutionären, zerschlagen auf Stadtrandwiesen. Und Politiker, die man im Fernsehen beobachten konnte, amerikanische Bankiers oder deutsche Minister umtänzelnd, wie balzende Auerhähne. Dabei hatten sie ihre Konten längst auch in Zürich ...
»Achtung, wir bitten die Passagiere des SAS-Fluges 311 zu den Bussen!« Die Stimme knarrte. Defekte Mikrofone und Lautsprecher waren die Besonderheit aller russischen Flughäfen, auch derer in den besetzten Baltenstaaten.
Beim Abschalten krachte es wie ein Blitzschlag. Sie sollten statt immer modernerer Autos für die Regierungsbonzen einmal neue Geräte für die Flughäfen anschaffen, dachte Kobzew. Aber dann erinnerte er sich mit grimmigem Humor daran, daß sie den Teufel tun würden, für die Letten Lautsprecher zu kaufen. Er erhob sich, nahm seine Kabinentasche über die Schulter und ging zum Ausgang, wo der Bus war-

tete. Niemand verschwendete auch nur einen Blick an ihn.
In der Berliner Kantstraße herrschte der übliche Abendverkehr. Die Autoschlangen rissen nur für kurze Intervalle ab, die den Ampeln zu verdanken waren.
Von der Joachimstaler Straße her kamen die Geschäftsleute aus dem Citybezirk, auf dem Weg in ihre Vorortvillen. Von Charlottenburg her rollten schon die ersten Leute aus den Randbezirken südlich des Olympiastadions heran, die in der City speisen, anschließend ein Theater besuchen oder ein paar Stunden in einer der unzähligen Bars verbringen wollten. Vielleicht eine einsame Dame finden, die Gesellschaft schätzte. Berlin hatte sich seit dem Abbau der trennenden Mauer schnell in eine Stadt verwandelt, in der das Leben hektischer verlief, als es zuvor in jeder der beiden Hälften verlaufen war. Aber nicht nur in der Erinnerung gab es die Vorstellung, daß es doch zwei recht ungleiche Hälften gewesen waren, die man da zusammengeklebt hatte ...
Igor Sotis hatte die Veränderungen der letzten Zeit aus einer eher beobachtenden Position erlebt. Als Emigrant war er um die Mitte der siebziger Jahre hier angelangt. Wenigstens gab er sich als Emigrant aus.
Igor Sotis hatte ein Leben hinter sich, von dem er nicht gern sprach und das auch keiner in Berlin kannte. Man fand sich damit ab, daß er ziemlich verschlossen war, wenngleich freundlich, geschäftstüchtig. Immerhin hatte er bei seiner Einbürgerung vor der Behörde auf mehrjährigen Aufenthalt in sowjetischen Straflagern verwiesen und auf seine lettische

Nationalität als Grund für Verfolgungen in dem Land, aus dem er kam.
Deutsche Beamte pflegten in jener Zeit stets ihr Bedauern darüber auszudrücken und Genehmigungen verschiedenster Art freizügig zu erteilen: Sowjetbürger contra System – wer weiß, wie man den später einmal brauchen kann!
Die wahre Geschichte lag um einiges anders, aber auch wiederum nicht besonders weit entfernt von einer Menge ähnlicher Schicksale. Der kleine Igor kam in einem schäbigen Spital in Riga zur Welt, nachdem die Rote Armee gerade die drei baltischen Länder besetzt und in ihr Staatssystem eingegliedert hatte. Die Mutter starb im Kindbett. Ein Vater war nie erschienen, um seinen Sproß einzufordern. Wie es weiterging, daran hatte Igor Sotis nur vage Erinnerungen. Darin kam ein Waisenhaus vor, in dessen Eßsaal ein buntes Porträt von Feliks Dsershinsky hing. Mit dem spitzbärtigen Heroen, der sein Bild bevorzugt in Waisenhäusern aufhängen ließ, ohne daß jemand den Grund dafür herausbekam, hatte Sotis nichts weiter im Sinn. Er erwies ihm die geforderte Ehrerbietung durch Auswendiglernen seiner Daten, und im übrigen verwandte er seine ganze Aufmerksamkeit auf die Schlosserlehre, die er von allen Angeboten am lohnendsten fand.
Bis er, schon zwanzigjährig, eines Tages vom Geschäftsführer eines Gemischtwarenmagazins in einer größeren Stadt dabei überrascht wurde, wie er kurz nach Feierabend die enttäuschend unergiebige Kasse ausräumte. Er haute dem unerwartet auftauchenden Mann die leere Schublade auf den Schädel und verschwand.

Der Sicherheit halber wählte er seine nächste Lebensstation weit vom Tatort entfernt, in Odessa. In der ganzen Union war bekannt, daß sich gerade in dieser südlichen Hafenstadt das Gesetz als wenig wirksam herausgestellt hatte. Wenn es irgendwo noch festgefügte Gemeinschaften von Blatnyes gab, dann war es Odessa. Und Blatnye nannte man solche Leute, die ihren Lebensunterhalt nicht durch die sogenannte ehrliche Arbeit bestritten.
Bei den Leuten, die er in der ukrainischen Millionenstadt mit ihrem ausgeprägten Hafenstadtmilieu zuerst traf, handelte es sich meist um Georgier, Armenier, Aserbeidschaner, Osseten, Tschetschenen, und nur gelegentlich um ein paar Russen. Die Georgier beherrschten die Szene unter den Neuankömmlingen, den Kintos, eine Bezeichnung, die auch Sotis trug, bis er in einer der Rasborkas, einer auf Einbrüche spezialisierten Gang, zum Patzan wurde, wie man die Anfänger bezeichnete. Doch Sotis mit seinem Schlossertalent und dem wachen Verstand blieb kein Anfänger. Zwei Jahre und etwa hundertzwanzig Einbrüche später war er bereits ein erfahrener Domuschnik, wie die Wohnungseinbrecher hießen. Als er sich zum »Schwergewichtler« entwickelte und anfing, gemäß dem Berufsbild dieser höheren Kategorie Geschäfte auszunehmen, erwischte die Miliz ihn.
Das Lager, in das er nach dem Prozeß kam, zusammen mit einer Anzahl anderer »Tätowierter«, hieß einfach Strojka und lag am Jenessei. Die Häftlinge bauten hier langgestreckte, einstöckige Gebäude, von denen nicht einmal das Wachpersonal wußte, wozu sie eines Tages dienen sollten.
Sotis baute genau vier Monate mit. Dann hatte er

sich seine »Stameska«-Sammlung aus herumliegendem Baustahl zusammengebastelt, ein Dutzend hochwertiger Einbruchswerkzeuge, denen kein Schloß widerstand, auch nicht das des Karzers, in den er sich absichtlich einsperren ließ, weil er in der Nähe des am Wachgebäude außen angebrachten Sicherungskastens lag, unweit des elektrisch geladenen Zaunes.

Die Tür des Karzers war nicht der Rede wert, der Sicherungskasten auch nicht. Sotis brauchte für beides mit seinen Instrumenten nur Sekunden. Danach kroch er in der mitternächtlichen Dunkelheit über den Zaun und durch die Taiga, bis er am Fluß anlangte, wo der Chef des Lagers seinen Kajütenkreuzer liegen hatte. Er warf die dort residierende Zweitfrau des Herrn Obersten ins Wasser und brauste bis nach Krasnojarsk, wo er in einen Eisenbahnzug stieg, in dessen Speisewagen eine Hilfskraft willkommen war.

Einen Monat später war er wieder in Odessa, saß in der Tschernomorskaja mit ein paar alten »Schwergewichtlern« in einer Malina beim Cinandali, und hier wurde nach gründlichem Erwägen der internationalen Chancen für gewinnbringende Tätigkeit beschlossen, Igor Sotis mit sehr gut nachgemachten Papieren in die Weltstadt Berlin zu entsenden, gewissermaßen als Außenbeamten einer weitverzweigten Firma.

Dem Beamten der Einbürgerungsbehörde im damals noch »westlichen« Teil der deutschen Metropole wurde von einem unscheinbaren Herrn aus Karlshorst, Armenier, unverwechselbar, dezent ein Geldgeschenk überbracht, und wenig später sorgte derselbe Herr, der in Karlshorst gelegentlich auch Uniform trug, Offizierstuch, über seine ausgedehnten Verbindungen dafür, daß der Emigrant Sotis zunächst in der Kantstraße einen kleinen Laden samt Wohnung, Lagerraum und Garage mieten konnte. Der Weitgereiste stellte eine sehr junge Deutsche als Mädchen für alles an, ließ sie im Laden Feuerzeuge, Marienfiguren mit beleuchtbarem Heiligenschein, Präservative mit Mickymäusen an der Spitze, billige Fotoapparate, Transistorradios, japanische Hartgummi-Armbanduhren, Tränengassprays, parfümiertes Lampenöl, Schnupftabak, Taschenmesser, Kompasse, Blechbüchsen mit Berliner Luft, Stadtkarten mit den Stehplätzen der Strichmädchen, Nippesfiguren, Taschenrechner, Superklebstoff, Kugelschreiber, Kaminstreichhölzer und ähnlich originelle Artikel verkaufen, während er sich zunächst in mehreren Intensivkursen ausreichende Kenntnisse in der deutschen Sprache aneignete.

Hinweise des Herrn aus Karlshorst, der auf unergründliche Weise mit den Tätowierten Odessas verbunden war, wiesen ihm den Weg zu Leuten, die in Abstellräumen auf Hinterhöfen ganze Wagenladungen von Fernsehgeräten, Stereoanlagen, Blockbustern und anderen hochwertigen Apparaten lagerten. Sie hatten alle denselben Makel, sie waren gestohlen. Aber sie waren billig zu erwerben. Und – etwa in Moskau – konnte man ein Vermögen an Rubeln mit diesen Symbolen anspruchsvollen Privatlebens verdienen.

Die Rubel, diesen Weg fand Sotis mit Hilfe des Karlshorster Herrn schnell heraus, ließen sich auf verschiedenen Kanälen leicht in den Ostteil Berlins transportieren, dort zu Ostmark machen und dann durch Landsleute, die von Zollkontrollen aus diplomatischen Gründen befreit waren, in prall gefüllten Köfferchen in den Westteil der Stadt schaffen, wo Wechsler sie gegen jede beliebige Währung der Welt eintauschten. Sotis hatte nicht nur dem freundlichen Herrn aus Karlshorst ein gewisses Entgelt für seine Dienste zu zahlen, auch die Transporteure größerer Warenposten, meist Leute aus Karlshorst oder Wünsdorf, denen erlaubt war, »Privateigentum« in unkontrollierten Containern nach Moskau zu verschicken, mahnten Entlohnung an. Trotzdem – zwei Jahre nach seinem Einstieg in das Geschäft, das in dem kleinen Laden in der Kantstraße begann, hatte Igor Sotis die erste Million auf einem sicheren Zahlenkonto, außerdem hatte er das ganze Haus in der Kantstraße und eine Villa im Grunewald gekauft.

Außer der begehrten Unterhaltungselektronik verkaufte er inzwischen ganze Waggonladungen von Kühlschränken und Waschmaschinen ostwärts. Es gab eine Erscheinung, hinter die er erst nach einiger Praxis gekommen war: Mit der Menge der auf diese Weise »exportierten« Güter stiegen die Einnahmen, was ihm wiederum ermöglichte, bei den Beamten, die dafür zuständig und einem Zubrot zugeneigt waren, mit immer höheren Summen Stempel für immer umfangreichere Sendungen zu erstehen, und damit begann der Kreislauf von neuem – nur stetig anwachsend.

Igor Sotis, der fast jeden Tag in seinem abgewetzten Woolworth-Anzug in seinem kleinen Laden auftauchte, wo der Verkauf von Kleinigkeiten weiterging, war nicht der einzige, den diese Art Geschäft

reich machte, das im Grunde auf der unterschiedlichen technischen Entwicklung in verschiedenen Teilen der Welt beruhte. Auch seine ehemaligen Kumpane aus Odessa, die zum Teil jetzt bereits in Moskau als Empfänger von Sotis' Exporten residierten, mauserten sich zu respektablen Geschäftsleuten, denen der Umbruch im eigenen Lande zum Segen gereichte, weil er ihre Geschäfte offiziell machte. Und als der Abbruch der Grenzmauer in Berlin eine weitere Veränderung in das Geschäft brachte, verfügte Sotis längst über ein ausgedehntes Export-Import-Unternehmen mit weltweiten Verbindungen. In den industriell leistungsfähig gewordenen Staaten Asiens saßen seine wichtigsten Partner.
Aber auch ein gewisser Wladimir Kobzew aus Riga gehörte seit geraumer Zeit zu diesem Netz, als Billighersteller von Chips und gedruckten Schaltungen, die so mancher Fabrikant von Ramschware gern abnahm, weil sie immer noch zuverlässiger waren als das in den Hinterhofwerkstätten Taiwans hergestellte Zeug. Jetzt kam er mit der wohl letzten Schiffsladung, das heißt, das Schiff kam später, weil er selbst bequemer und schneller mit der SAS reiste ...
»Nimm den Audi und hol ihn ab«, trug Sotis seiner langjährigen Vertrauten Angela Lemnitz auf, die es vom Verkaufsmädchen in seinem Kramladen bis zu seiner engsten Vertrauten gebracht hatte, auch zu seiner zuverlässigsten und ausgekochtesten Mitarbeiterin.
Und das alles, ohne daß Sotis sie auch nur einmal angefaßt hätte! Doch da machte Igor Sotis keine Feh-

ler, dafür sorgte schon der Erfahrungsschatz aus Odessa.

Er hatte zugesehen, daß sie einen angemessenen Wohlstand erwerben konnte, aber er hielt sich strikt aus ihrem Privatleben heraus. Zumal er wußte, daß sie gelegentlich in ihrer Wohnung für eine Nacht den freundlichen Herrn aus Karlshorst empfing, der jetzt immer noch da war, aber eben keine Uniform mehr trug. Privatmann mit Geschäftsinteressen. Einwandfreie Papiere. Mochte sie mit ihm schlafen, für Igor Sotis gab es unter den Damen der Berliner Feierabendbranche genügend Möglichkeiten der Zerstreuung!

»Zu dir nach Hause?« erkundigte sich die Frau. Sie war groß, gut gewachsen, trug einen modisch schlappen Pullover aus irischer Wolle über der ebenfalls modisch nicht zu arg gestrafften Brust, und ihre Lagerfeld-Hose hatte mindestens das Monatsgehalt eines Chefarztes gekostet.

»Bist du plemplem?« Sotis tippte an die Stirn. »Was soll ich mit ihm bei mir? Quartiere ihn bei Steigenberger ein, dort ist alles vorbereitet. Richte ihm aus, ich komme heute nacht erst aus Tunis zurück. Bin morgen zum Brunch bei ihm. Für alle Fälle, damit er sich sicher fühlt, gib ihm meine Telefonnummer ...«

Kobzew hatte damit gerechnet, daß er abgeholt würde, aber daß es eine gutaussehende Dame war, die da mit einem Schild hinter der Abfertigung stand, schmeichelte ihm zusätzlich. »Ich habe Sie gleich erkannt«, begrüßte die Lemnitz ihn auf Englisch, bevor er sich vorstellen konnte. Sie riß das Pappschild mit seinem Namen in Fetzen und ließ sie in einen Papierkorb fallen.

»Man hat aus einer langen Zusammenarbeit so seine Vorstellungen, auch wenn man den Partner nie gesehen hat – Willkommen in Berlin, Herr Kobzew, und eine Empfehlung von Herrn Sotis. Er läßt sich entschuldigen ...« Sie sagte gekonnt ihren Spruch auf, und sie machte mit ihm gleich die Zeit für das späte Frühstück aus, zu dem Sotis kommen würde. Im Steigenberger gab es um diese Zeit Separées für ungestörte Zusammenkünfte.
Wladimir Kobzew gab sich Mühe, die seltsam anziehende und zugleich erstaunlich selbstsicher wirkende Frau nicht ungebührlich anzustarren. Er liebte diesen Typ. Vielleicht, weil es ihn um ihn herum nur selten gegeben hatte. Nicht männlich geworden, durch jahrelange Geschäftstätigkeit, und die weiblichen Attribute ebenso unauffällig wie gekonnt hervorhebend. Er lud sie zum gemeinsamen Abendessen ein, als er erfuhr, daß er im Steigenberger wohnen würde. Und er holte sich eine ebenso freundliche wie nachdrückliche Absage. Angela Lemnitz begleitete ihn bis auf sein Zimmer und überzeugte sich, daß es seinen Wünschen entsprach. Dann meldete sie ihn telefonisch in der Gaststätte an und ließ einen kleinen Tisch reservieren. Zuletzt schlug sie beiläufig vor: »Herr Kobzew, da ich leider anderweitig verpflichtet bin, nämlich innerhalb der Firma, solange Herr Sotis nicht zurück ist – ich schlage Ihnen vor, nach dem Essen die Hotelbar zu besuchen. Ein seriöser Platz, und dabei sehr gesellig. Da verkehren Leute aus Handel und Bankkreisen. Zuweilen verirren sich sogar ein paar Showgrößen hierher, der Ku-Damm liegt schließlich um die Ecke! Sie werden sicher Unterhaltung finden, ich glaube, es gibt auch ein Musik-

programm ... «Da war nichts zu machen, das sah Kobzew ein. Die Frau war selbstverständlich vergeben, wie konnte ich auch auf den Gedanken kommen, ein solches Geschöpf würde ausgerechnet in Berlin nur noch auf mich warten!

»Ich freue mich auf Herrn Sotis, morgen«, es klang trotz der Enttäuschung freundlich, und Angela Lemnitz registrierte, daß dieser Russe einer von denen war, die ihre Empfindungen weder auf der Zunge noch im Blick trugen.

»Clever?« Der kleine, freundliche Herr aus Karlshorst erwartete Angela Lemnitz im Parkhaus gegenüber dem Steigenberger. Die Frau öffnete sich die Tür zum Beifahrersitz selbst, während der Mann seelenruhig hinter dem Lenkrad sitzen blieb.

»Clever schon«, gab die Lemnitz zurück, als sie neben ihm saß und nach einer Zigarette griff. »Aber er hat natürlich keine Ahnung von der Welt. Nur das Gefühl: Märchenprinz kommt in der Höhle an, in der sein geheimer Schatz gelagert ist.«

»Hast du ihm die Bar offeriert?«

Sie lachte. »Mußt du ewig alles nachprüfen? Du bist nicht mehr Zahlmeister in Karlshorst!«

»Gut, gut«, brummte der kleine Herr verträglich. »Es ist nur so, daß man immer fürchtet, etwas vergessen zu haben ... « Er ließ den Motor an und schaltete die Lampen ein. Otto Aberg, früher einmal höherer Bürosoldat in der obersten sowjetischen Militärbehörde für Ostdeutschland, damals dort als Victor Sagaradjan bekannt, war einfach verlorengegangen, als mit der Mauer in Berlin auch die sprichwörtliche Abgeschlossenheit der Besatzungstruppen ihr Ende fand. Er hatte seinen Abschied von den Streitkräften

mit einer satten Summe aus Geschäften in der vorhergegangenen Zeit vorbereitet, auch mit einer kleinen Absteige im Hansa-Viertel, wo ihn die anderen beiden Mieter auf seiner Etage für einen wohlhabenden Kaufmann hielten, der schon ewige Zeiten in Deutschland weilte, zumal er so gut wie akzentfrei die Sprache des Landes beherrschte.
Im Augenblick liefen über Otto Aberg eine Menge Geschäfte, an denen sein alter Freund Sotis ebenfalls in gewissem Maße beteiligt war. Da flossen Waffen und Militärausrüstung aus reichen Quellen und boten sich für Geschäfte an, ebenso ließ sich enorm dabei verdienen, wenn man die Versorgung der noch im Lande stationierten Truppen so gut wie völlig in der Hand hatte – Lieferanten pflegten sich erkenntlich zu zeigen. Aberg hatte daher wenig Zeit, denn er verfuhr nach der in Geschäftskreisen seiner Heimat sehr einfach ausgedrückten Methode, daß man Öl aus den Oliven pressen muß, bevor sie verwelkt sind. Aber er hatte mit Sotis vereinbart, die Sache mit dem Rigaer Kobzew zu übernehmen. Dazu gehörte, daß zunächst einmal Mara in Aktion trat. Sie würde dafür sorgen, daß die Geschichte sich so bewegte, wie man es wünschte. Dieser Mann, Kobzew, war ein Bauer, wenn man es in der Schachsprache ausdrücken wollte, wenngleich er sich bestimmt als ganz andere Figur sah.
»Fahren wir zu mir?« erkundigte sich Aberg.
Angela Lemnitz griff sich zuerst das Funktelefon zwischen den Sitzen und wählte Sotis an. Nach dem Piepton seines Anrufbeantworters sagte sie nur knapp: »Alles klar.«
Dann klappte sie das Telefon zusammen und for-

derte Aberg auf: »Fahren wir zu dir, ja.« Sie wußte, daß der Armenier, der ein besserer Liebhaber war, als man auf den ersten Blick vermutete, stets ein paar Steaks im Gefrierfach liegen hatte. Und über ein ausgesprochen erlesenes Sortiment von Weinen verfügte, das er auf unergründlichen Wegen aus Odessa bezog.
Dieser Kobzew da sah auch nicht gerade schlecht aus. Hätte die Geschichte anders gelegen, wäre ein Abend mit ihm sicher auch nicht verschwendet gewesen. Aber bei der Strenge, mit der der Armenier selbst ein Bettverhältnis betrachtete, war eine solche Abschweifung nicht ratsam.
»Müssen wir Mara eigentlich noch anrufen?« erkundigte sie sich bei Aberg.
Der schüttelte leicht den Kopf, ohne den Blick von der Ampel zu nehmen, vor der sie gerade hielten.
»Sie hat sein Bild.«
Er lachte, als die Ampel auf Grün sprang, nahm den Fuß von der Bremse und sagte fröhlich: »Der Abend gehört uns, meine Liebe, nicht einmal Gott selbst könnte uns noch dabei stören!«
»Gott starb in Sibirien«, zitierte sie darauf einen Spruch, den Aberg nicht selten selbst benutzte. Sie lachten beide darüber.
Ein bißchen beneidete Angela Lemnitz diese Mara, die sich jetzt mit dem Russen in der Bar des Steigenberger amüsieren würde, wogegen sie selbst mit Otto Aberg im Bett landen würde, einem Mann, dessen Reaktionen auf alles, was sie mit ihm ausprobierte, ihr seit Monaten so bekannt waren wie das Vaterunser.
Als Mara Toyabashi die Bar betrat, klein, zierlich, den

Blick aus den Mandelaugen der Eurasierin züchtig ins Leere gerichtet, ganz so, als ob es nicht ein halbes Dutzend ansehenswerter Männer ringsum gab, geschah genau das, womit sie gerechnet hatte: Der Russe Kobzew, an einem kerzengeschmückten Tisch sitzend, sah verdutzt auf die Eintretende und konnte nicht verbergen, daß sein Interesse geweckt war.
Sie registrierte es, ohne daß er es merkte. Setzte sich an den Nebentisch, und als der Kellner sich vor ihr verbeugte, ließ sie ihn in gedämpftem Englisch wissen, es läge ihr an einem kleinen Snack, einem Schälchen Ragout etwa, der Theaterabend sei lang gewesen. Ach ja, und dazu einen griechischen Weißen, bitte!
Es war gerade laut genug gesagt, daß Kobzew es trotz der sanften Musik hören konnte, und als die exotische Dame sich aus einem Perlmuttetui in ihrer Handtasche eine Zigarette griff, sprang Kobzew kurz entschlossen auf und hielt ihr mit der Grandezza eines vom Regisseur zu etwas mehr Komik getriebenen Bühnenkavaliers sein Feuerzeug hin. Mara Toyabashi lächelte kontrolliert und nickte ihm zu.
Der Kellner brachte den Wein, und es entspann sich ein Dialog darüber, daß eine ganze Flasche für sie eigentlich eine unverträgliche Menge sei. Kobzew war schon immer in der Lage gewesen, eine Frau sehr direkt und trotzdem höflich um ihre Gunst zu bitten. Hemmungen plagten ihn nicht. In diesem Falle beugte er sich zu Mara herüber und flüsterte: »Weisen Sie den Wein nicht zurück, ich wäre glücklich, Ihnen bei der Vernichtung zu helfen!«
Diesmal lächelte Mara Toyabashi etwas freizügiger, nickte dem Kellner zu, der noch ein Glas herbeizau-

berte, und so saßen die beiden, noch bevor das Schälchen mit dem Ragout für Mara gebracht wurde, am selben Tisch und prosteten sich zu.

»Es ist meine feste Überzeugung, daß man in einem Etablissement wie diesem nicht allein an einem Tisch sitzen soll!« scherzte Kobzew. Es klang wie ein Trinkspruch.

Er bewunderte seinen Mut. Die Frau wies ihn nicht ab. Schien nicht spröde zu sein, eher gesellig. Sie deutete an, es sei ihr nicht unangenehm, ihren Imbiß nach dem Konzert gemeinsam mit einem Herrn aus Rußland einzunehmen. Sie selbst? »Singapore«, sagte sie. Darüber daß von ihren Eltern der eine Teil japanisch und der andere malaiisch gewesen war, ließ sie sich nicht aus. Wer es nicht merkte, der merkte es eben nicht. Auch daß sie Berlin in Geschäften aufsuchte, erwähnte sie nur am Rande. Dafür ließ sie schon bei einer ganz leisen und sehr indirekten Frage Kobzews durchblicken, sie sei eine überzeugte Einzelgängerin, und, nein, es gäbe in Singapore niemanden, der Beruf oder Schicksal mit ihr teile.

»Sie müssen verstehen«, verriet sie ihrem interessierten Gesprächspartner, wobei sie sich leicht gehemmt gab, »meine Eltern haben das Unternehmen gegründet. Um es als Frau zu leiten, mußte ich von Beginn an auf jedes Privatleben verzichten. Man kann nicht alles zugleich haben, ist das nicht so?«

Da hatte Kobzew zwar seine Einwände, aber es war nicht angebracht, in einer leichten Plauderei gleich gewichtige Argumente auszutauschen, deshalb stimmte er ihr höflich zu. Mrs. Toyabashi war eine Lady, so einer widerspricht man zudem in persönlichen Dingen besser nicht.

Minuten später waren sie in eine Unterhaltung über Singapore verwickelt, nachdem er erwähnt hatte, er kenne die Stadt aus beruflicher Tätigkeit. Sie sprachen über die vielfachen Regulationen unterworfene und doch freizügige Lebensweise dort, über Feinschmeckerrestaurants, Bodenschätze, den Ärger mit der Umwandlung der zwar romantisch-traditionellen, jedoch unbewohnbar gewordenen Altstadt in moderne Wohnflächen – Mara Toyabashi zeigte höfliches Erstaunen über Kobzews ziemlich genaue Detailkenntnis, und Kobzew selbst machte ihr vorsichtig Komplimente. Die Wirkung, so stellte er fest, blieb nicht aus. Als er sie zum Tanz aufforderte, ließ sie ohne Protest zu, daß er sie eng an sich zog.

Ihre Bereitwilligkeit, sich mit einem fremden Mann, den sie sehr kurze Zeit kannte, auf einen so engen Kontakt einzulassen, hätte Kobzew warnen sollen, denn daß sie alles andere als ein Strichmädchen war, vermeinte er zu spüren. Aber der Russe war, wie auch früher so oft, wenn er das triste Heimatland verließ und in das Gewimmel fremder Großstädte eintauchte, von einem Rausch gepackt, von der Illusion, die grenzenlose Weite der ganzen Welt, das Ziel aller heimlichen Wünsche vor sich zu haben. Nur daß dieses Gefühl sich diesmal nicht mit dem Tage der unvermeidlichen Rückkehr verlieren würde, nein, er war für immer in diese andere Welt gekommen, nach der er sich so intensiv gesehnt hatte. Wie nach einem Paradies, in das man ihn einmal hatte blicken lassen, wonach man ihn wieder auswies.

Er tanzte versonnen mit der jungen Frau. Geleitete sie wieder an den gemeinsamen Tisch, bestellte noch

Wein, sprach mit ihr über sein Leben in Asien, über seine Sehnsucht nach der fremden Welt dort, und er verschwieg nicht, daß er da, wo sie herkam, eine neue Existenz begründen wolle.

Was er nicht erwähnte, war das Schiff, das inzwischen von Riga aus unterwegs war, und mit dem das Gelingen des größten Teils seiner Zukunftspläne untrennbar verbunden war. Er dachte überhaupt in Abständen immer wieder einmal an die »Belinda«, und er rechnete, wo sie inzwischen sein könnte.

Mara Toyabashi kannte alles, was mit Kobzew zusammenhing, zwar schon, denn ihr geschätzter Partner in Berlin, der unscheinbare Herr Aberg, hatte sie ziemlich genau informiert, bevor dieses Unternehmen startete. Aber das ließ sie Kobzew gegenüber nicht durchblicken. Und daß sie ihrerseits ihren Vertrauten in Lombok, Amir Tobin, der ähnlich wie sie ein höchst profitables Geschäft betrieb, nichtsahnend ins Bild gesetzt hatte, erwähnte sie Kobzew gegenüber ebenso nicht, wie sie es Aberg verschwieg. Das war ihre Sache allein. Und die Tobins. Geschäfte dieser Art basierten auf Verschwiegenheit. Und eine solche Verschwiegenheit konnte durchaus bedeuten, daß man einen Partner hinterging ...

Eine Stunde vor Mitternacht wechselte die Musik zu schmalzigen, schmachtenden Rhythmen. Das war die Zeit, zu der auch in diesem eleganten, teuren Etablissement aus Tanzpartnern Nachtpärchen wurden oder nicht.

Kobzew war unentschlossen. Die Frau war anziehend. Das Nächstliegende wäre gewesen, mit ihr noch einen dieser säuselnden Gutenachtgesänge zu absol-

vieren und sich dabei vorsichtig zu vergewissern, ob man den Rest der Nacht im eigenen oder in ihrem Apartment verbrachte. Nun erinnerte sich Kobzew an Situationen ähnlicher Art, die er, noch sowjetischer Diplomat, in vergleichbaren Etablissements des fernen Ostens erlebt hatte. Und da war er schnell auf die ihm zuerst unbegreifliche Gemütsbeschaffenheit besonders dieser Eurasierinnen aufmerksam geworden. Man nannte sie auch so, wenn der eine Elternteil nicht aus Europa, sondern aus Amerika stammte, was ohnehin öfter der Fall war – Amerasierinnen, das hatte er nur gelegentlich in eher akademischen Gesprächen gehört. Diese Frauen waren nicht nur schwer zu berechnen, ihr Verhalten wies auch Unterschiede auf, die Kobzew damals, als er nichts weiter an Erfahrungen aufzuweisen hatte, als den Umgang mit Russinnen, ziemlich überraschten.
Also ließ er, während sie wieder tanzten, nur beiläufig die Bemerkung fallen, es sei ein schwerer Tag gewesen, aufregend, für die Zukunft bedeutsam.
Mara Toyabashi war erleichtert. Für sie war dieser Mann aus Gründen, die er nicht ahnte, für die Zukunft von Bedeutung. Ein Intimabenteuer hatte sie nicht im Sinn.
»Sie sprechen mir aus dem Herzen«, sagte sie so leise, daß es ihn angenehm berührte, aber auch so unverbindlich, daß er sogleich begriff, wie richtig er handelte. Nach einigen weiteren Tanzschritten fügte sie an: »Lassen Sie uns morgen zusammen frühstücken. Habe ich Sie recht verstanden, als Sie vorhin andeuteten, Ihre Zukunft sei noch nicht so sehr festgelegt?«

»Das haben Sie«, bestätigte er. »Ich habe gewisse Vorkehrungen getroffen, um außerhalb Rußlands nicht gerade unterzugehen. Aber wo ich nun mein endgültiges Betätigungsfeld finden werde, das ist noch nicht entschieden.«
Er führte sie an den Tisch zurück, als die Musik eine Pause einlegte, und winkte dem Kellner. Sie hatte keine Einwände, den Abend zu beenden. Sagte nur: »Ich würde mich gern morgen weiter mit Ihnen unterhalten, wenn Sie noch da sind. Auch über Ihre Zukunftspläne ...«
»Ich werde ein paar Besuche machen«, gab er zurück, »aber ich werde für Sie Zeit haben!«
Sie nickte. Der Abend schien sie nicht ermüdet zu haben. Ihrem Gesicht war nicht anzusehen, daß sie nun immerhin schon ein paar Stunden in dieser Bar verbracht hatte. Und sie hatte es in der ganzen Zeit weder gepudert, noch hatte sie auch nur die Lippen nachgezogen. Eine faszinierende Frau, sagte sich Kobzew wieder.
Sie erhob sich. Sagte fast beiläufig: »Es gäbe in meinem Unternehmen unter Umständen Aufgaben für einen Mann mit Ihren Erfahrungen ...«
»Singapore?«
»Auch dort. Hätten Sie Interesse?«
Er gab vorsichtig zurück: »Wir sollten eingehend darüber sprechen.« Als Diplomat hatte er gelernt, wie man einer Frage höflich auswich und dabei doch alles offenließ. Erfahrungsgemäß veranlaßte das den Fragesteller zu gesteigertem Interesse. Dabei wußte er nicht, daß seine Gegenspielerin von ihren Vertrauten auf genau diese Fähigkeit Kobzews aufmerksam gemacht worden war.

Mara Toyabashi wußte mit dem ausweichenden Charme der Berufstäuscher wohl umzugehen. Sie erwiderte freundlich: »Sehr vielen Dank, daß Sie dazu bereit sind. Ich bin Frühaufsteherin – um acht Uhr in der Halle?«

Er versprach, dazusein. Brachte sie zum Fahrstuhl und ließ sie auf ihrer Etage aussteigen, wobei er ihr artig die Hand küßte. Auch das lernte man auf dem Diplomatenseminar. Dort lernte man, sogar alten Schachteln, die man freiwillig nicht mit einer Beißzange anpacken würde, die Hand zu küssen. Unter der Dusche wurde er sich darüber klar, daß ein Job in Fernost, wie die Dame Toyabashi ihn ihm vermutlich anbieten würde, ein recht guter Start sein könnte. An eine finanzielle Beteiligung war zu denken, denn er würde nach dem Geschäft, das er mit der »Belinda« laufen hatte, ein vergleichsweise reicher Mann sein. War es notfalls auch ohne die »Belinda«. Was die Frau wohl im Rücken hatte? Er tippte auf Export und Import. In dieser Branche war viel zu verdienen, gerade in Fernost.

Für alle Fälle hatte er einen erstklassig gefälschten südafrikanischen Paß bei sich, den der beste Mann aus dieser Branche in Riga hergestellt hatte, und der selbst nach eingehendem Test von einem echten Dokument nicht zu unterscheiden war. Danach hieß er Walther Conders, war in Kapstadt geboren und ledig. Den Mann, der ihm in Singapore auf Wunsch ein wasserdichtes Visum in das kleine Heftchen stempeln würde, kannte er noch von früher. Ein legendärer Spezialist! Geschäftsmann in Singapore zu sein, unter den Fittichen der Dame Toyabashi, das war eigentlich verlockend. Er drehte die Dusche ab und griff nach dem Handtuch. Kein schlechter Start. Nicht ausgeschlossen, daß man sich für immer in Singapore ansiedelte ...

Die »Belinda« hatte bei ihrer Ausfahrt außer einigen Verzögerungen keine Schwierigkeiten gehabt. Nachdem Wirgel die Zollformalitäten bereits an Land erledigt hatte, wartete er nur noch auf den Lotsen. Aber der ließ sich Zeit, und schließlich verschob er die Ausfahrt bis neun Uhr vormittags, weil angeblich ein paar Lichter an der Fahrtrinne wegen chronischen Petroleummangels nicht mehr befeuert werden konnten. So erlebte Wirgel einen nicht sehr berauschenden Sonnenaufgang, und dann endlich, nachdem der Kapitän bereits ungeduldig mehrere Zigaretten geraucht hatte, erschien der Lotse, mürrisch, bis ihm Wirgel ein Wasserglas halbvoll mit Wodka hinschob. Da besserte sich seine Laune, und die Motoren der »Belinda« konnten angeworfen werden.
Der Lotse fuhr bis weit hinaus mit, denn in der Bucht gab es außer Verschlammungen auch unter der Wasseroberfläche tückische Hindernisse, die von vor langer Zeit gesunkenen Schiffen herrührten oder von einstmals dilettantisch beseitigten U-Boot-Sperren aus dem letzten Krieg, von denen niemand mehr wußte, ob sie die Deutschen oder die Russen angelegt hatten.
Als der Lotse endlich auf ein Boot eines Küstenwachfahrzeugs umstieg, legte Wirgel den Kurs an und ließ die Maschinen auf volle Fahrt gehen.

Sie brauchten etwas mehr als zehn Stunden, dann waren sie auf der Höhe von Libau, dem sowjetischen Kriegshafen, der nach langer Zeit nun wieder nach und nach seine alte Bedeutung als Handelsstation zurückerlangte.

Wirgel hatte einen ausgedehnten Schlaf eingelegt. Eigenartigerweise ermüdeten ihn Landaufenthalte stets, ob er nun in den Hafenkneipen zechte oder nicht, er war das Fahren gewöhnt, und erst wenn er die Maschinen im Bauch des Schiffes wieder grollen hörte, fühlte er sich wohl, fiel in einen erquickenden Schlaf und war danach wieder vollauf zufrieden mit dem Leben.

»Mister Kapitän ... « hörte er eine Stimme. Er wälzte sich in der Koje herum, und da stand Ramirez, sein erster Offizier, der Mann mit den besten seemännischen Fähigkeiten an Bord, dem er das Schiff getrost überlassen konnte und der überhaupt zwischen ihm und der kleinen Mannschaft eine Art Vertrauensperson war.

Auf sein verschlafenes Grunzen teilte der Filipino ihm mit: »Sir, wir haben den Funkspruch, den Sie erwarten ... « Er hielt ihm den niedergeschriebenen Text hin. »An Belinda. Geschwindigkeit drosseln. Halten auf Sie zu. Küstenwache.«

Er gab es dem Filipino zurück. »Küstenwache!« Zum Erstaunen des Offiziers lachte er laut. Da hatten, wie er die Sache kannte, ein paar Typen, mit denen Kobzew Geschäfte machte, ein ausgedientes sowjetisches Küstenwachboot billig erworben und trieben sich damit in den Gewässern um Libau und Riga herum, Gott allein mochte wissen, was sie eigentlich verhökerten, jedenfalls hatte Kobzew aus-

drücklich angekündigt, sie würden an der »Belinda« längsseits gehen und ein Gepäckstück an Bord hieven, das fortan zur Ladung der »Belinda« gehörte. Was wird es schon sein? Irgendeine geklaute orthodoxe Kirchenfigur, eine Ikone vielleicht, die Kobzew verscherbeln wollte, oder ein paar Goldbarren aus dem lettischen Staatsschatz – kann mir so egal sein wie das Wetter von gestern!
»Ist gut«, gab er dem Filipino Bescheid, »ich bin gleich auf der Brücke. Kontrollieren Sie die Lichter. Und lassen Sie die Fahrt drosseln und die Scheinwerfer besetzen. Sie sollen die ›Belinda‹ hell machen, sichtbar, nicht etwa das Boot, das da auf uns zukommt ... «
Während er nach seiner Jacke griff und sich überlegte, wo er die Schuhe abgestreift hatte, verließ der Filipino die Kajüte. Wirgel schöpfte aus dem Becken eine Handvoll Wasser, warf sie sich ins Gesicht, trocknete sich mit einem ziemlich mitgenommenen Handtuch ab, kämmte sein dünner werdendes Haar, und als er auf der Brücke erschien, war ihm nicht mehr anzusehen, daß er vor Minuten noch von einer Rikschafahrt durch Chinatown geträumt hatte, in Singapore vielleicht oder auch in Djakarta, wo noch Reste solcher nostalgischer Viertel standen – genau war das in dem Traum nicht zu erkennen gewesen ...
Der Matrose, der das Ruder führte, wies ihn auf ein winziges Licht steuerbord voraus hin, das näherzukommen schien. Eine Buglampe? Wirgel nahm das Glas zu Hilfe und entdeckte, daß es sich tatsächlich um einen dieser Küstenflitzer handelte, wie er sie aus vergangenen Zeiten kannte, wenn er die baltische Route gefahren war.

»Scheinwerfer an!« rief er in die Sprechanlage. Der Lichtschein, der Sekunden später aufflammte, erhellte das Deck an Steuerbord und einen Teil der Aufbauten des Frachters. Nach den Berechnungen, die Wirgel von der Aufzeichnung ablas, stand die »Belinda« etwa zwanzig Meilen von Land ab. Selbst bei großzügigster Auslegung der Hoheitsgrenze war das offene See. Das Küstenwachboot kam jetzt schnell näher. Bald wurden die Umrisse erkennbar, und Minuten später war die schäumende Bugwelle zu sehen, die immer kleiner wurde, je näher das Boot kam. Mit geringer Geschwindigkeit zog es einen Halbkreis und legte gekonnt an der »Belinda« an, wo Ramirez mit zwei Matrosen Hilfe leistete.

Der Mann, der als erster das Fallreep heraufgeklettert kam, machte einen einigermaßen zivilen Eindruck. Blond, mit kurz gestutztem Haarschopf, in das Drillich gekleidet, das früher die Matrosen der Roten Flotte getragen hatten und das jetzt zu günstigen Preisen auf allen Trödelmärkten der lettischen Küstenorte zu erwerben war.

Er tippte wie grüßend an die Schläfe und fragte den wartenden Wirgel: »Porusski?«

»Da«, gab Wirgel zurück. Der Mann trat nicht näher, er gab ihm auch nicht die Hand, er blieb vielmehr an der Reling stehen und suchte mit seinem Blick das Deck ab, mißtrauisch, wie es schien, so als erwarte er eine Überraschung. Als nichts weiter geschah, als daß Wirgel sich eine Zigarette anbrannte und dem Russen auch eine anbot, forderte er schließlich, ein Tau mit einem Haken herbeizuschaffen. Als ein Matrose ein solches Tau brachte, prüfte es der Russe eingehend. Dabei verschob sich der Bund seiner Drillichjacke, und Wirgel konnte sehen, daß er im Gürtel eine zwanzigschüssige »Stetschkin« stecken hatte, jene großkalibrige Waffe, die Einzel- oder Dauerfeuer schoß, wahlweise, und die bei Spezialisten in den westlichen Ländern recht gefragt war.

Wirgel hatte vor nicht allzu langer Zeit, als die russischen Rüstungsfirmen anfingen, auf eigene Faust Geschäfte mit ausländischen Valutapartnern zu machen, einen Container mit solchen Pistolen als Zuladung für Dublin an Bord gehabt. Er war sicher gewesen, die Dinger würden auf dem Landwege Belfast erreichen.

Auch bei diesem Zusammentreffen auf hoher See, das Wirgel keineswegs etwa sonderbar vorkam, weil es in die neuen Bedingungen paßte, die sich in der letzten Zeit in Rußland herausbildeten, handelte es sich wieder um eine Zuladung. Weniger umfangreich als der Container mit Pistolen, aber vermutlich ebenso gewinnträchtig. Wirgel hatte keine Ahnung, was da an Bord kommen würde, das war Sache Kobzews. Er würde in Singapore sein, wenn die »Belinda« dort einlief, und alles, was mit den Behörden zu erledigen war, würde er tun.

»Herunterlassen?«

Der Russe nickte. Das Seil mit dem Haken ging über Bord, wurde auf dem Küstenwachboot ergriffen, der Haken in die kräftige Öse eines Metallbehälters geklinkt, der etwa die Größe einer Seekiste hatte, worauf der Russe das Signal zum Hochziehen gab.

Wirgel beobachtete die Gesichter der Matrosen, die das Seil zogen. Ein Zentner vielleicht oder zwei, schätzte er, auf keinen Fall mehr. Großer Wert mit kleinem Gewicht. Er bemühte sich, ein möglichst gleichgültiges Gesicht zu machen, was zum Teufel ging es ihn an, welche Art Nebenfracht Kobzew da mitnehmen ließ!

»Kapitän!« Der Russe winkte ihm, an die Metallkiste zu treten, und machte ihn auf einen mit dicker roter Farbe gemalten Pfeil aufmerksam, an der Stirnseite, sowie auf der Deckelbeschriftung: »Oben«. Ein weiterer Schriftzug bezeichnete das unbefugte Öffnen als gefährlich. Das Übliche. »Sie sind persönlich verantwortlich, daß diese Kiste nie gekippt wird, beim Transport unter Deck, und daß sie stets mit dem Deckel nach oben lagert. Unberührt. Verstanden?« Er hat den Ton eines Kommandeurs am Leibe, dachte Wirgel belustigt. Leicht lächelnd bestätigte er dem Russen, daß er die Kiste beaufsichtigen und nach seiner Weisung verfahren werde.

»Alles klar, Chef.« Um sicher zu gehen, gab er den Filipinos die Anweisung sogleich in Englisch. Die Kiste hatte an den Schmalseiten Griffe, es war leicht, sie zu tragen. Er sah zu, wie die Leute sie packten, vorsichtig aufhoben und damit zum Niedergang abgingen.

»Ist das alles?« erkundigte er sich dann bei dem Russen. Der beobachtete noch, wie zwei Matrosen mit der Kiste im Niedergang verschwanden, dann legte er wieder zwei Finger an die Schläfe und ging zum Fallreep.

Das Küstenwachboot legte ab. Die »Belinda« nahm wieder Fahrt auf. Wirgel ging zu dem Matrosen, der das Funkgerät bediente, und übergab ihm einen Spruch. Dann legte er sich schlafen. Er war erstaunt, als er nachts hochfuhr und sich dabei erwischte, daß er von der seltsamen Kiste geträumt hatte, die Schlangen enthielt. Schlangen! Unsinn. Er drehte sich auf die andere Seite und schlief wieder ein.

Als Igor Sotis aufwachte, war er schweißgebadet. Im Traum hatte er auf einem Motorrad von der Beschaffenheit einer Harley-Davidson gesessen und war durch Berlin gebraust, immer bemüht, mit keinem der unzähligen Autos zu kollidieren. Geendet hatte die Fahrt in Karlshorst, daran konnte er sich gerade noch erinnern, und zwar mit einem Sturz. Völlig konfuse Sache. Zuletzt war er vor einigen Monaten in Karlshorst gewesen, diesem verlotterten Bezirk im Osten, wo die Bretterzäune der russischen Besatzungsunterkünfte heute noch standen, wenngleich arg lädiert, und wo hinter diesen Zäunen die leeren Fensterhöhlen der verlassenen Villen gähnten.
Mit Aberg war er dort gewesen. Der hatte auf ziemlich verschlungenen Wegen und unter Zuhilfenahme von einigen Päckchen grüner Dollarscheine eines dieser verlassenen Häuser gekauft, hatte sogar über einen korrupten Beamten in der neuen Katasterverwaltung erreicht, daß es sofort auf seinen Namen eingetragen wurde, bezog es aber vorerst nicht. Abwarten war seine Devise. Er rechnete damit, daß es für dieses Gebiet eines Tages eine staatlich geförderte Sanierungsaktion geben würde. Bis dahin war Zeit. Zumal geschäftlich in der Gegend ohnehin nicht viel lief. Aber das würde sich ändern, in Jahren,

dann kam die Stunde des Handelns. Eine Immobilie, die zum gegenwärtigen Zeitpunkt so gut wie wertlos schien, würde dann plötzlich an Wert und Nutzungschancen unermeßlich gewinnen.
Nur der Zaun hatte Sotis irritiert. Da hatte auf eine noch leidlich intakte Partie Bretter jemand mit schwarzem Lack aufgesprüht »Von Gorbi lernen heißt abstauben lernen«.
Aberg hatte darüber nur gelächelt. Der große Reformator, als den ihn manche immer noch sahen, war längst von der Geschichte überholt, was kümmerte es jemanden, wenn einer Witze über ihn irgendwo anpinselte!
Sotis, der seinen Traum zu rekonstruieren versuchte, wunderte sich hingegen, denn die freche Aufschrift war nicht darin vorgekommen. Gelöscht? Von wem? Aber – wie genau sind schon Träume!
Er tappte ins Bad. Vom anderen Ende des Hauses, das in einer ruhigen Gegend an der Argentinischen Allee stand, inmitten eines gepflegten Gartens, kamen Küchengeräusche. Die Haushälterin, eine ältere Berlinerin, die sich hier ein Zubrot zu ihrer Rente verdiente, war dabei, das Frühstück anzurichten.
Sotis drehte die Dusche auf und ließ sich eine geraume Zeit lauwarm berieseln, seifte sich ein, stand mit gesenktem Kopf unter dem künstlichen Regen, bis er nicht nur den Traum vergessen hatte, samt Zaun und Aufschrift, sondern auch das Frühstück. Schließlich trocknete er sich ab, und dabei fiel ihm wenigstens das Frühstück wieder ein. Er fuhr sich zuvor noch mit dem Rasiergerät über das Gesicht, kämmte die schütter werdenden Haare sorgfältig

und rieb sich dann mit einem Rasierwasser ab, das es nur im elegantesten Kaufhaus des Westens gab. Zuletzt legte er einen hellgrauen Anzug an, knüpfte einen dunkelroten Schlips, und so gerüstet erschien er auf der Terrasse, wo ein Wärmestrahler dafür sorgte, daß man sich am Frühstückstisch angenehm fühlte. Er langte nach den frischen Brötchen, strich Butter und Konfitüre auf, gönnte sich zwischendurch eine Scheibe Wurst oder Käse, und dabei überflog er die Morgenzeitung, bis ihn die Stimme seiner Haushälterin aus dem beschaulichen Vergnügen riß.
Die stämmige, resolute Frau Wege, die ihre Arbeit hier schätzte, schon weil der Herr des Hauses anhanglos und tagsüber selten zuhause war, erschien in der Terrassentür mit dem Mobiltelefon, hielt die Sprechmuschel zu und brummte unwillig: »Ich habe ihr gesagt, Sie seien noch nicht zu sprechen, aber sie droht mir mit Ärger ...«
Sotis grinste. »Kein Ärger!« Er nahm ihr das Telefon aus der Hand. »Mara?«
Eine Weile hörte er zu. Sie berichtete, daß die »Übernahme« ohne Störung vonstatten gegangen sei, und daß sie in einer Viertelstunde mit »ihm« frühstücken werde. Er sitze schon in der Hotelhalle.
Sotis überlegte nur kurz. Fragte dann: »Hast du ihn angesprochen?«
»Habe ich. Alles offen.«
»Aber er wird nicht ablehnen, oder?«
»Ich denke, er sagt zu. Er wird es als Chance sehen, in Singapore einen Top-Job zu haben. Und dann ist da noch ...«
»Ich weiß«, unterbrach Sotis sie, »dein unwiderstehlicher Charme! Mach es, wie wir besprochen haben.

Du fliegst heute. Er muß erst noch mit mir reden. Ich werde ihn bestärken. Er kommt nach, sei sicher ... «
Er griff nach einem weiteren Brötchen, während sie um Verständnis bat, daß sie sich nicht persönlich von Aberg und ihm verabschieden konnte, bevor sie abflog. Er sagte ihr, das sei schon in Ordnung, im übrigen würde er sowieso bald in Singapore sein.
Frau Wege nahm das Telefon und zog damit ab. Nie wußte man genau, ob man jemanden abwimmeln sollte, oder ob der Herr Sotis ihn nun tatsächlich sprechen wollte, wie diese Dame!
»Sie machen das schon richtig«, rief ihr Sotis gutgelaunt nach. Frau Wege schätzte seine Art, nie ungehalten zu werden, auch wenn sie einmal etwas falsch machte. Er war ein angenehmer Hausherr. Keine zügellosen Parties, so gut wie nie eine fremde Dame morgens bei ihm im Bett, pünktliche und gute Entlohnung, und ein umgängliches Wesen. Ein feiner Herr, konnte man sagen, obwohl er eben auch aus dem Osten kam und man von dort vorwiegend Strolche gewohnt war. Daran dachte sie immer, wenn sie einmal zufällig einen Blick auf seine Tätowierungen werfen konnte, denn er pflegte zuweilen mit aufgekrempelten Hemdsärmeln herumzulaufen. Da kam ihr schon der Gedanke, daß man sich mit der Güte von Leuten auch täuschen konnte.

*

Angela Lemnitz war es gewohnt, daß Otto Aberg weiterschlief, wenn sie nach einer Nacht bei ihm zum Geschäft in der Kantstraße aufbrach. Sie legte ein

bißchen Rouge auf und zog die Lippen nach. Im Stehen griff sie sich aus der Obstschale in der Küche von Abergs Etagenwohnung im Hansaviertel einen Pfirsich und aß ihn samt Schale, während sie versuchte, Mara Toyabashi telefonisch zu erreichen. Im Hotel versprach man, sie zu suchen, und schließlich gelang es dem Boy, sie beim Frühstück ausfindig zu machen.
»Alles erledigt?« wollte die Lemnitz wissen. Mara gab fröhlich zurück: »Herzlichen Dank für den Anruf, ja, ich kann heute gegen Mittag abfliegen. Meine Geschäfte hier sind abgeschlossen ... «
Sie frühstückt wahrscheinlich mit Kobzew, sagte sich die Lemnitz, deshalb spricht sie unverfänglich. Aber es scheint alles gelaufen zu sein, sonst würde sie das andeuten. So wünschte sie ihr guten Flug, und dann verließ sie die Wohnung Abergs. Unten stand ihr Wagen. Als sie in der Kantstraße anlangte, hatte sie ein paar Stauminuten und ein paar unvernünftige Fahrer erlebt, aber sie fühlte sich frisch.
Auf ein Frühstück verzichtete sie, wie immer. Kurz vor Mittag würde sie bei dem Italiener gegenüber eine halbe Pizza essen, und dann erst wieder gegen Abend etwas. Sie war stolz auf ihre Figur, und sie war eigentlich immer ohne alle diese lukullischen Genüsse und die vielen Zwischenmahlzeiten ausgekommen, ohne das Gefühl, auf etwas zu verzichten. Die selbst auferlegte Disziplin brach sie nur, wenn sie bei einem Chinesen aß. Oder in Singapore ...

✻

Sotis war schon da. Der Laden, den er noch unterhielt, obwohl er nach der Vereinigung der beiden Teile Berlins immer weniger einbrachte, war noch geschlossen. In einer Stunde würden Leute aus dem Ostteil hier billige Batterien kaufen, Transistorradios von lächerlicher Qualität zu lächerlichen Preisen oder Feuerzeuge und Kugelschreiber mit den Abbildungen von nackten Schönheiten, die inzwischen wohl Großmütter geworden waren.

»Alles sehr gut abgegangen«, empfing Igor Sotis seine Mitarbeiterin in dem eleganten Büro in der ersten Etage. Er ahnte auch, daß die Lemnitz inzwischen mit Mara gesprochen hatte, denn sie war eine zuverlässige Mitarbeiterin, und es würde ihr keine Ruhe gelassen haben, sich zu vergewissern. Das Geschäft schien so zu laufen, wie man es sich vorgestellt hatte. Aber dies war ja nur der Anfang. Was jetzt kam und was vor allem Sotis im Sinn hatte, war komplizierter. Weniger kompliziert war es für ihn, Angela Lemnitz zu erklären, was sie in absehbarer Zeit für Pflichten hatte.

»Setz dich hin, Angie«, forderte er seine Mitarbeiterin auf, er hatte sich entschlossen, die Sache so kurz wie möglich zu machen. »Wir müssen bereden, wie es weitergeht.«

Sie ließ sich in einen Sessel fallen. Griff nach einer Zigarette und blies Rauch zur Decke.

Sotis hatte einen Kalender vor sich liegen und rechnete. Es war ein riskantes Geschäft, das sie da am Rande der von Kobzew verschobenen Ladung Schaltkreise laufen ließen. Mit Kobzews Schaltkreisen gab es keine Probleme. Man hatte bereits einen Abnehmer in Singapore, der das Zeug gern kaufte, weil es in alle jene Geräte eingebaut werden konnte, in die bisher relativ teure japanische Schaltkreise eingebaut worden waren, nur daß die russischen eben nicht einmal die Hälfte kosteten und dabei keinesfalls schlechter waren. Sotis war bei diesem Abnehmer gewesen, auf Vermittlung von Amir Tobin, seinem indonesischen Geschäftsfreund, der in Singapore eine Küstenreederei betrieb und auf Lombok seinen feudalen Wohnsitz hatte. Sie hatten sich schnell geeinigt. Obwohl Schaltkreise in den entwickelten Ländern Asiens spottbillig produziert wurden, wenn man sie mit denen aus Westeuropa verglich, unterbot natürlich ein Russe, der sie einfach klaute, selbst diesen Preis noch erheblich.

»Sehr zufriedenstellend für alle Beteiligten«, hatte sich Sotis mit dem Fabrikanten geeinigt. Der hatte ihm vorsichtig vorgeschlagen: »Es gäbe da die Chance für eine weitere Transaktion, und zwar mit einem sehr guten ausländischen Freund von mir. Darf ich ein Gespräch vermitteln?«

Einen Tag später traf sich Sotis im City Park, unweit der Pearl Bank mit einem würdigen alten Herrn. Dieser trug die schwarze Kopfbedeckung, die seinen moslemischen Glauben andeutete. Und er kam zur Überraschung von Sotis ohne viel Umschweife zur Sache: »Sie haben Verbindungen nach Rußland, sagt mir mein Freund?«

»Man könnte es so nennen«, gab Sotis vorsichtig zurück. Verbindungen waren eine harmlose Bezeichnung für das, was er hatte. Er war einer der bedeutendsten Mittler zwischen den ins Geschäftsleben eingestiegenen alten Freunden aus Odessa und der westlichen, mit Dollars gesegneten Welt.

Eine Position, die er bisher zu aller Zufriedenheit hatte versehen können, und die inzwischen beträchtliche Summen eingebracht hatte.
»Es gäbe einen Abnehmer für 239. Können Sie es aus dem zerfallenden Rußland beschaffen? Ich habe mir sagen lassen, das wäre dort leichter als ein Bankeinbruch ...«
Sotis war nicht im Bilde, und er verbarg das nicht. Er lehnte sich auf der Bank, auf der sie wie zwei ausruhende Herren würdigen Alters nebeneinander saßen, die Natur bewundernd, wie es den Anschein hatte, zurück, und bat höflich: »Sie müßten meine Unkenntnis entschuldigen und mich aufklären, was das ist. Möglicherweise hat man bei uns andere Bezeichnungen dafür ...«
Der Moslem lächelte fein. Er war ein sehr einflußreicher Mann. Der Aufpasser, der über seine persönliche Sicherheit wachte, befand sich, ohne daß Sotis eine Ahnung davon hatte, in unmittelbarer Nähe. Und er war ein sehr guter Schütze.
»Ich bitte um Entschuldigung, Mister Sotis«, sagte der alte Herr mit der schwarzen Kappe. »Bei 239 handelt es sich um eine wissenschaftliche Bezeichnung. Sie steht für waffenfähiges Plutonium. Ich höre, daß mit diesem Stoff in Rußland ein Handel entstanden ist.«
Sotis war verblüfft. Er schluckte, antwortete dann: »Das höre ich auch.« Plutonium war heißer als alles, womit er bisher gehandelt hatte. Aber in der Tat, er war von seinen Lieferanten erst kürzlich darauf aufmerksam gemacht worden, daß man dieses Material, aus dem nukleare Sprengsätze gebaut wurden, zur Verfügung hatte. Er überlegte. Bat sich dann von sei-

nem Gesprächspartner ein wenig Zeit aus, um Nachforschungen anstellen zu können. Der alte Herr mit der schwarzen Kappe war einverstanden.
»Sie bewohnen einen Bungalow in Tanglin, Mister Sotis?« vergewisserte er sich.
»Ja. Ich konnte ihn günstig erwerben«, bestätigte Sotis, ohne seine Überraschung zu zeigen. »Wir könnten in etwa zehn Tagen Näheres besprechen, inzwischen mache ich mich kundig ... «
Der Malaie nickte. »Das ist mir recht.« Er beugte sich ein wenig seitwärts, Sotis zu. »Ich darf Ihnen noch die Bedingungen mitteilen, Mister Sotis. Das 239 müßte einen Anreicherungsgrad von über 99% haben. Quecksilbergebunden. In abstrahlungssichere Bleibehälter gepackt. Ich nehme jede Menge ab. Und ich zahle für ein Kilogramm eine halbe Million US-Dollar. Die Anlieferung könnte per Schiff erfolgen. Ein Anlaufplatz ohne Belästigung durch Zollkontrollen ist vorhanden.«
»Sehr schön«, sagte Sotis mechanisch. Er war überrascht von der Direktheit, mit der dieser harmlos aussehende Mann ein Geschäft erörterte, das geradezu hochexplosiv war. Aber einträglich. Eine halbe Million für ein Kilogramm, das bedeutete wenig Transportprobleme und viel Gewinn.
»Ich werde das sogleich nach meiner Rückkehr in Europa eruieren«, sagte er zu.
Der Malaie bemerkte noch: »Wenn Sie wieder in Singapore sind, werde ich Sie unter dem Namen Iskander anrufen. Gute Reise!« »Danke, Mister Iskander«, konnte Sotis gerade noch murmeln, dann hatte sich der Malaie erhoben und war freundlich grüßend davongegangen. In einiger Entfernung klappte eine

Autotür, ein Motor lief an, das Geräusch verlor sich schnell. Neue Erfahrung, dachte Sotis. So ein Partner ist in der Tat neu.

Eine Woche später war er in Berlin. Der Mann, über den er die Geschäfte mit den ausrangierten Waffen der Oststaatenarmeen abwickelte, war sogleich aus Moskau herübergeflogen, und sie hatten sich binnen einer Stunde darüber geeinigt, daß das Geschäft mit Plutonium seiner Einträglichkeit wegen jedes Risiko wert war.

Sotis erwähnte die Summe nicht, die Iskander genannt hatte, denn der Moskauer veranschlagte zu seiner Überraschung einen Kilopreis in deutscher Mark, der etwa ein Drittel des Dollarangebots von Iskander betrug. Goldgrube, sagte sich Sotis. Woher der Stoff denn kommen könnte?

Der Moskauer meinte, es gäbe Angebote aus Tscheljabinsk, aber auch aus Tomsk und anderen Gegenden, in denen das begehrte Pulver in Gaszentrifugen produziert würde. Auch im Baltikum gab es Quellen.

»Hund wird von Leuten angeboten, die Zugang zu solchen Anlagen haben. Die Kontrollsysteme sind veraltet. Oder man drückt einem was, ich meine einem Beamten, und der besorgt eine Freigabe.«

»Hund?« Sotis hatte sich an die Terminologie erst zu gewöhnen. Sein Moskauer Freund, ehemals der Inhaber eines Straßenwettbüros in Odessa, lächelte.

»Du bist lange in Deutschland, Bruder. Hund ist 239. Außerdem gibts noch Uran im Handel. Das heißt Metro.«

»Und kein Schwanz kann einem da Schwierigkeiten machen?«

Der Moskauer belehrte ihn: »Weißt du, die Beamten sind arm. Immer wenn dem Ausland gegenüber einer vorgeführt werden soll, dem sie trauen, wird so einer geschickt, der nicht mit sich handeln läßt, obwohl er arm dran ist. Die anderen sind käuflich. Alles für Dollars. Oder für deutsche Mark. Sie würden ihre Großmutter grammweise verhökern, für Mark ... «
Sotis brummte ernüchtert: »Für Großmütter habe ich keine Nachfrage.« Und er vereinbarte das erste Geschäft, das über fünf oder sechs Kilogramm gehen sollte.
Wieder in Singapore, meldete sich Mister Iskander bei ihm, der auf unerklärliche Weise erfahren hatte, daß er angekommen war. Diesmal trafen sie sich in der Halle des Royal. Als Sotis dem Malaien vorschlug, den Stoff von Riga aus mit einem Schiff, das man dort zufällig zur Verfügung hatte, anzuliefern, schränkte Iskander lediglich ein: »Das ist zwar ein gangbarer Weg, aber ich muß zuvor mit einem Vertrauensmann in Leningrad sprechen, über den würden wir die Sache abwickeln können ... «
Vertrauensmann in Leningrad, dachte Sotis, kann es sein, daß wir Odessaer doch im Grunde Waisenknaben sind, gegen diese Leute hier?
Ein paar Tage später traf sich der Malaie wieder mit ihm. Er überreichte Sotis einen Zettel mit einer Telefonnummer in Singapore und diktierte ihm die Adresse eines Mannes in Leningrad, der unmittelbar vor der Verladung der Behälter in aller Stille eine fachmännische Überprüfung des Stoffes vornehmen würde.
»Und sobald das besagte Schiff etwa die Höhe von Colombo erreicht hat«, mahnte er, »wünsche ich

Nachricht an die Telefonnummer, die ich Ihnen übergab.«

Sotis bemerkte: »Dieses Leningrad soll bald wieder Sankt Petersburg heißen ... « Aber das interessierte Iskander nicht, er überging es und erkundigte sich, wie die Zahlung abgewickelt werden sollte. Bar oder Bankscheck?

»Bar?« Sotis mußte überlegen. Beim Umfang des Geschäftes würden das ganze Koffer voller Dollars sein, selbst in großen Noten. Die Partner in Moskau bevorzugten Barzahlung, ja, aber für ihn war das eher riskant. Also empfahl er Iskander eine Teilung. Bares in der Höhe, die er mit dem Moskauer vereinbart hatte, der Rest via Zürich.

Iskander lächelte, als er die Zahlen notierte, er war Kaufmann genug, um zu durchschauen, weshalb dieser Russe die Summe aufteilte. Aber das ging ihn nichts mehr an. Seine eigenen Abnehmer, die Glaubensbrüder weit westwärts, würden ebenfalls mehr zahlen, als er Sotis anbot. Geschäfte liefen so.

Dann, als alles besprochen war, eröffnete er Sotis, sie beide würden von nun an nicht mehr zusammentreffen, auch bei möglichen weiteren Geschäften dieser Art nicht. Er habe das nur angebahnt. Er blickte zu einem Tisch in der geräumigen, mit viel tropischem Grün ausgestatteten Hotelhalle, und dort erhob sich eine Dame, die der Malaie Sotis als Miß Toyabashi vorstellte. Von jetzt ab würde sie es sein, die alle Verhandlungen führte.

Der ausgekochte Odessaer merkte bald, daß sich hinter der jungen Frau mit der faszinierenden Figur und den freundlichen Umgangsformen eine Unternehmerin von Format verbarg, mit der jedes Ge-

schäft möglich war, allerdings meist zu ihren Bedingungen. Sie verhandelte stets mit einem einnehmenden Lächeln, aber sie besaß eine Härte, die Sotis selbst bei seinen Freunden, den altgedienten Odessaer Paschans, die jetzt in Moskau operierten, nur selten beobachtet hatte. Sie war es auch gewesen, die sich sofort für Kobzew interessiert hatte, als sie die näheren Umstände der Aktion mit der »Belinda« erfuhr.
Sotis wandte sich der Lemnitz zu und instruierte sie: »Angela, ich überlasse dir in ein paar Tagen die Verantwortung für alles, was hier geschieht, und das für eine ganze Weile.«
»Du verreist?«
Er nickte. »Ich habe kurz in Zürich zu tun. Danach geht es nach Singapore. Du kennst dich hier aus, ich muß dir deshalb keine besonderen Verhaltensmaßregeln geben. Es kommen in den nächsten Wochen die Terminlieferungen von ostdeutscher Militärausrüstung in Hamburg zusammen. Zu tun ist da eigentlich nichts mehr. Die Formalitäten sind erledigt. Verladung und Abfertigung sind gesichert. Die Papiere sind ausgefertigt und bereits in den Händen der Skipper. Für den Fall, daß es unerwartete Schwierigkeiten geben sollte, erreichst du mich telefonisch, und später in Singapore. Wenn es Dinge mit der Toyabashi zu klären gibt – du weißt, wie du sie erreichen kannst ... «
»Wielange bleibst du in Singapore?«
Es fiel Sotis schwer, das jetzt schon einigermaßen festzulegen. Da war ein Besuch bei Tobin fällig, dem Handelspartner. Man hatte über neue Geschäfte zu beraten. Und es war dann der Empfang der umfangreichen

Lieferung von ostdeutschen Panzerwagen, Lastfahrzeugen, von Materialien wie Stacheldraht, Feldspaten, Minensuchgeräten, Scheinwerfern, Handgranaten, Kalaschnikows bis hin zu Feldküchen zu überwachen, die mit verschiedenen Schiffen eintreffen würden. Dieses Zeug aus der Nachlaßmasse Ostdeutschlands war stets in einwandfreiem Zustand, aber die Partner in Fernost gefielen sich in kleinen Mäkeleien, und da war es ratsam, am Ort zu sein, um die Dinge nicht ausufern zu lassen.

Danach kamen dann mit Kobzews »Belinda« die Chips, die bereits verkauft waren, eine einfache Sache, doch an Bord würde eben auch jenes brandheiße Gepäckstück sein, auf das Miß Toyabashi wartete, im Auftrag von Mister Iskander. Die Übergabe wollte beaufsichtigt sein.

»Rechne mit zwei Monaten«, riet er der Lemnitz.

Die machte eine zustimmende Geste. Angela Lemnitz war gleichsam wild aufgewachsen, jedenfalls beschrieb sie es auf Befragen gern so. Zehn Jahre nach dem Krieg in einer Kreuzberger Hinterhofwohnung geboren, spielte sie mit den Kindern türkischer Gastarbeiter, bevor ihre Eltern bei einem Autounfall in einer klapprigen »Ente« ums Leben kamen. Von da an kümmerte sich eine entfernte Tante um das Kind, bis dieses eines Tages einfach verschwand. Von irgendwoher bekam die Tante noch einmal eine Postkarte, die kleine Angela schrieb, sie lebe noch, zöge es aber vor, in einer anderen Familie aufzuwachsen.

Die andere Familie war ein drittklassiges Heim, in dem Angela Lemnitz der Einfachheit halber angegeben hatte, sie sei aus dem Osten, mit ihren Eltern habe sie den Versuch gewagt, über die trennende

Mauer zu klettern. Ihr sei das gelungen, ihre Eltern aber seien bei dem Versuch umgekommen. Und – bitte nicht bei den Ostbehörden nachfragen, sonst müsse sie wieder dorthin zurück und werde in ein Zwangsheim gesperrt, da würde sie dann lieber Selbstmord verüben ...
Die christlichen Samariterinnen unterließen eine Nachfrage im Osten. Und sie versuchten alles, um dem vom Leben so schmerzlich gebeutelten Kind eine angenehme Zeit zu bieten. Angela Lemnitz blieb bis zur Schulentlassung bei ihnen. Kurz danach strolchte sie durch die Teenagerabteilung eines Kaufhauses und stahl einigermaßen gekonnt eine Sommerbluse. Aber es gab einen Herrn, der sie dabei beobachtete.
Igor Sotis sah, auf der Rolltreppe stehend, wie das zierliche Mädchen den Fetzen unter ihre Jeansjacke stopfte, so daß ihre Brust etwas umfänglicher wurde, als sie es eigentlich war. Sotis fuhr wieder abwärts, folgte dem Mädchen, und auf der Straße legte er Angela seine Hand fast väterlich auf die Schulter.
»Du bist Amateur, wie?«
Sein Akzent war unverkennbar, und der Instinkt sagte Angela, daß ein Ausländer sie wohl kaum verraten würde.
So landete sie als Ladenhilfe bei Sotis, der sich ihre Geschichte mit mäßigem Interesse anhörte und ihr empfahl, in der freien Zeit Kurse für Büroarbeit und Buchführung zu besuchen, ebenfalls für Schreibmaschine. Er bezahlte sie. Und er beobachtete, wie sie vom Mädchen zur Frau wurde, wie sie Interesse an der Arbeit in seinem Kramladen bekam, ja sogar eine gewisse Rafinesse an den Tag legte, wenn es

galt, von einem Zwischenhändler, manchmal einem Hehler, die günstigsten Bedingungen herauszuschlagen. Nach und nach begriff er, welch guten Griff er mit dem Mädchen gemacht hatte. Er ließ sie im Hinterzimmer des Ladens wohnen, entlohnte sie anständig, und sie wurde zu seiner Vertrauten, obwohl sein Verhältnis zu ihr eher väterlich blieb. Als sie sich später selbst ein Apartment mietete, hörte er sich schmunzelnd die Entschuldigungen an, wenn sie früh wegen eines hartnäckigen Liebhabers wieder einmal zu spät aus den Federn gekommen war und den Bus verpaßt hatte.
Junge Pferde brauchen ihren Auslauf, war Sotis' Devise. Er weihte sie in seine delikateren Geschäfte erst ein, als er merkte, daß sie wählerisch wurde, längere Zeit überhaupt keinen festen Freund hatte, und als er sich überzeugen konnte, daß sie mit niemandem über das sprach, was im Geschäft vor sich ging.
»Wir sind Partner, Angela«, ließ er sie eines Tages wissen. »Du bist, wie meine Tochter sein könnte. Ich habe keine. Also bist du es. Wenn du Geduld hast, und wenn du willst, kannst du dieses Geschäft weiterführen, nachdem es mich einmal nicht mehr gibt oder ich nicht mehr will. Möchtest du?« Sie wollte.
Angela Lemnitz war erwachsen geworden, und zwar so erwachsen, daß selbst Igor Sotis nicht alle ihre Eigenheiten kannte, die sie im Laufe der Jahre entwickelt hatte. Angela Lemnitz plauderte über sich selbst ebenso wenig wie über Geschäftsangelegenheiten.
Selbst Victor Sagaradjan, der später zu Otto Aberg wurde, erfuhr von ihr nur das, was sie für richtig hielt,

nachdem sie sich diesen putzigen Herrn aus Karlshorst gelegentlich gönnte.
Junge Männer wurden nach und nach rar in ihrer Gesellschaft. Und wenn ein Hartnäckiger im Laden darauf bestand, eine der illegal kopierten Musikkassetten abzuspielen, bevor er sie kaufte, in der Hoffnung, die Gesellschaft des Mädchens zu genießen, zog sie sich zeitweilig hinter den dämmenden Vorhang zurück, um erst wieder zu erscheinen, wenn der letzte Hammerschlag einer dieser Musikbands verklungen war, die sich meist »Gruppe« nannten.
Sie brachte Sotis zum Flughafen. Und sie gab ihm mit auf den Weg: »Ruf ab und zu an, sonst gehe ich mit der Ladenkasse durch!«
Der Odessaer lachte über den Scherz noch, als die Maschine schon über Mitteldeutschland war.
Um diese Zeit kam Angela Lemnitz in der Kantstraße an und sah, daß es Zeit war, den Laden zu schließen. Seit einiger Zeit hütete ihn eine ältere Verkäuferin, die aus Ost-Berlin stammte, arbeitslos war und sich auf diese Weise ihr Sozialgeld aufbesserte.
Angela schickte sie nach Hause, schloß ab, und dann fuhr sie ein paar Blocks in Richtung Wilmersdorfer Straße, bis sie an einem nicht sehr auffällig aufgemachten Massagesalon parkte.
Sie wurde bereits am Eingang von einer etwas verschwitzt wirkenden Dame freundlich empfangen: »Frau Angela! Wie schön, daß Sie wieder einmal reinschauen!«
Den Weg kannte sie. Sie vermied den Kontaktsalon, in dem einige Männer saßen, sehr gut angezogen, sehr nobel wirkend, während sie in Zeitschriften

blätterten. Mittlere Angestellte, die sich vor der Heimkehr in das Reihenhaus im Vorort schnell noch ein Vergnügen gönnten.
Wie beim Arzt, dachte die Lemnitz. Aber bei einem teuren. In der ersten Etage lag am Ende des Korridors eine gepolsterte Tür, die in ein Apartment führte, das Spezialkunden vorbehalten war. Noch ehe Angela Lemnitz an der Tür war, ging diese auf, und ein Thai-Mädchen in sehr knapper Bekleidung erschien, die Arme ausgebreitet.
»Angie! Das ist eine echte Freude!«
Die Frauen küßten sich. Das Apartment hatte ein sehr breites, mit schwarzer Seide bezogenes Luxusbett, über dem Spiegel angebracht waren. Es roch nach einem teuren Parfüm und Zigarettentabak. Angela Lemnitz kam hierher, etwa einmal in der Woche, um zu verdrängen, was in der übrigen, von Arbeit und Otto angefüllten Zeit geschah.
»Mach es dir bequem«, forderte das Thai-Mädchen sie auf. Sie schenkte aus einer bereits geöffneten Flasche Sekt ein und stieß mit Angela Lemnitz an, bevor diese ihre Kleidung ablegte und sich auf dem schwarzen Laken ausstreckte. Das Thai-Mädchen lächelte und reichte ihr eine angerauchte Zigarette. Dabei fragte sie leise: »Wieder mal genug von dem behaarten Hengst?«
Angela Lemnitz räkelte sich wohlig, schloß die Augen und summte leise vor sich hin. Dann sah sie zu, wie das Thai-Mädchen ihr Kleid abstreifte.
»Tu mir den Gefallen und geh vorher unter die Dusche«, sagte sie leise. »Und leg etwas von dem Parfüm auf – wie hieß es gleich?«
»Flair.« Das Mädchen streifte lächelnd den Slip her-

unter. Ihre Haut war tief gebräunt, die Brüste wippten, als sie zu der Duschkabine im Hintergrund des Raumes ging.
»Flair, ja«, wiederholte Angela Lemnitz. Sie beobachtete das Mädchen, wie es sich hinter der Mattglasscheibe in den dampfenden Strahl reckte. Otto, der behaarte Hengst. Nun gut, dies hier war Sumi, die zarte Blume Asiens. Ich brauche sie beide. Jeden zu seiner Zeit.
Als sie das erste Mal für Sotis in Bangkok zu tun gehabt hatte, war Sumi ihr aufgefallen. Hatte sie verzaubert. Zu Gefühlen gebracht, die sie nie in sich vermutet hätte. Sumi in Berlin einzubürgern war nicht allzu schwer gewesen, damals. Eine zarte, dankbare Blume, dachte Angela Lemnitz ...

Als Ernst Wirgel gerade die Schnur des Rasierers aus der Steckdose zog, klopfte es, und Ramirez, der kleine forsche Filipino schob sich in die Kajüte.
»Sie haben mich rufen lassen, Kapitän?«
Wirgel mochte den Filipino. Natürlich, alle diese Leute waren Billigseeleute, wie die »Belinda« unter einer Billigflagge fuhr, aber mit einem Offizier wie Ramirez konnte man sich trotzdem getrost auf See trauen.
»Ich gebe Ihnen frei«, sagte Wirgel, wobei er mit der Handfläche prüfte, ob die Rasur gelungen war.
»Aber die anderen Leute sind bereits von Bord«, gab Ramirez zu bedenken. Wirgel winkte ab.
»Wir haben von hier ab eine lange Fahrt ohne Ha-

fenzeiten vor uns, toben Sie sich noch einmal richtig aus. Ich bleibe an Bord. Habe keine Lust auf Hamburg ...«
Der Filipino legte erfreut die Hand an die Mütze, auf deren goldene Kordel er sehr stolz war. »Aye aye, Sir, danke. Wann muß ich wieder an Bord sein?«
»Wir laufen morgen mittag aus. Zwei Stunden vorher genügt.« Als sein Offizier verschwunden war, ging Wirgel an Deck und beobachtete eine Weile den Kai. Er sah das Taxi mit Ramirez abfahren. Die St. Pauli Landungsbrücken hatten das übliche Gewimmel zu bieten. Diesmal nicht, dachte Wirgel. Wäre schön gewesen, mal wieder über die sündigen Straßen da drüben hinter den Hochhäusern zu schlendern, nur daß es diesmal anderes zu tun gab.
Wirgel warf einen Blick in den verhangenen Himmel. In zwei Stunden würde es finster sein. Er griff nach dem Funktelefon, das er in der Jackentasche trug, überlegte kurz und tippte eine Nummer ein, die er aus dem Kopf wußte. Als die Verbindung stand, meldete er sich nicht mit seinem Namen, er sagte nur: »Kannst du kommen?«
Der Angewählte erwiderte: »Ich bin schon einmal an dir vorbeigefahren. Liege jetzt in der Nähe des Fischereihafens. In einer halben Stunde bei dir?«
»Ich erwarte dich.« Wirgel klappte das Gerät zusammen und steckte es wieder ein.
Er war sich bewußt, daß er sich in eine noch nicht ganz abzuschätzende Gefahr begab, mit dem, was er jetzt tat, aber er hatte sich gestern dazu entschlossen.
Die mysteriöse Kiste, die in der Ostsee, auf der Höhe von Libau an Bord gehievt worden war, hatte ihm

keine Ruhe gelassen. In der Nacht, als die Besatzung bis auf die beiden Männer auf der Brücke schlief, war er in die Kabine hinabgestiegen, in der die Blechkiste stand. Früher einmal war diese Kabine als Unterkunft für Mitfahrer verwendet worden. Jetzt stand sie leer. Die Kiste war mitten in dem kleinen Raum abgestellt worden, und als Wirgel sie untersuchte, fand er heraus, daß der Deckel nur mit Schnappschlössern gesichert war, die auf einen Fingerdruck aufsprangen. Er entfernte einen metallenen Zwischendeckel, und dann lagen da, in schmutzigen Sand gebettet, fünf Stahlzylinder, auf denen sich gelbe Zeichen, ähnlich einem dreiflügeligen Rad befanden, sowie die kyrillische Aufschrift, daß beim Öffnen Gefahr der Verstrahlung bestünde.
Verstrahlung! Während Wirgel überlegte, klappte er den Metalldeckel wieder zu, ohne die Stahlzylinder auch nur berührt zu haben. Oben auf der Brücke griff er zu seinem Funktelefon und wählte Bruno Laubach an, der sogleich begriff, daß sein Freund Wirgel in der Klemme war, ohne daß er Einzelheiten erfuhr.
Mit Bruno Laubach hatte es eine besondere Bewandtnis. Wie oft hatte er Wirgels »Belinda«, als sie noch »Fortschritt« hieß, in Rostock bei ihrer Heimkehr inspiziert! Laubach war ein kluger Mann, er wußte ziemlich genau, was Seeleute von ihren Reisen nach Rostock mitbrachten. Er belästigte kaum jemanden ernstlich, weil er der Meinung war, das führe nur zu neuer Unzufriedenheit. So vernünftig diese Einstellung war, so wenig war sie für einen Rostocker Zollmann haltbar. Und eines Tages entzog sich Bruno Laubach der auf ihn gezielten Kritik, in-

dem er – ohne jemanden zu fragen – nach Hamburg auswich. Er hatte das gut vorbereitet, so daß man seine Abwesenheit erst merkte, nachdem er bereits ein möbliertes Zimmer in Altona bezogen und seinen Dienst in der dortigen Zollbehörde angetreten hatte.
Zuerst hatte er die neuen Vorschriften zu lernen, aber er lernte schnell, und im übrigen war das eine Zeit, in der man in Hamburg durchaus noch geneigt war, Arbeitskräfte aus dem Osten ohne langwierige Prozeduren einzustellen, wenn sie aus verwandten Berufen kamen.
Heute war Laubach Beamter. Seine Frau hatte ein Reihenhaus am Fährweg mit in die Ehe gebracht. Er war gerade dabei, seine Zierfische zu füttern, als Wirgel sich meldete.
»Du hast Probleme?«
»Ernstliche«, gestand Wirgel. »Bruno, wenn du kannst, komm rüber ...«
Er sagte ihm, wo die »Belinda« lag, und als der vorsichtige Zollbeamte sich erkundigte, ob es noch Besatzung an Bord gäbe, eröffnete Wirgel ihm, die letzten beiden Seeleute seien schon dabei, sich auf den Abend an Land vorzubereiten, er würde dann allein sein.
»Ich habe ein Boot zur Verfügung«, sagte Laubach. Ehrensache, daß er Wirgel half, wenn der in einer Klemme war. Dafür kannte man sich lange genug. Wer weiß, vielleicht hat einer seiner Leute Hasch im Gepäck ...
»Wenn du allein auf dem Schiff bist, ruf mich wieder an«, verlangte er. »Ich werde dann bei dir anlegen.«

Jetzt schob das kleine Fahrzeug des Zolls, das sich Laubach jederzeit ausleihen konnte, eine schäumende Bugwelle vor sich her, als es auf die »Belinda« zuhielt.

Laubach machte es fest, und als er an Bord geklettert war, hatte er zuerst die Umarmung Wirgels hinter sich zu bringen, eine der Gewohnheiten, die dem Kapitän noch aus der vergangenen Zeit anhafteten. Endlich lösten die beiden sich voneinander. »Du siehst gut aus«, fand Wirgel. Laubach grinste. Sein Vollmondgesicht war sonnengebräunt.

»Kapverden. Du solltest da auch mal Urlaub machen. Schlechte Zeiten jetzt für euch, wie?«

Das bestätigte Wirgel gewohnheitsgemäß. Es waren immer schlechte Zeiten! Er bot Laubach eine Zigarette an und sagte, als sie eine Weile geraucht und sich über das Befinden ausgefragt hatten: »Ich muß fahren, Bruno. Sonst sitze ich zuhause herum, mit Stütze. Du weißt, dafür bin ich nicht der Mann. Und du weißt, wie das heute da im Osten läuft ... « Das wußte Laubach recht gut, und er nickte verständnisvoll. Dann wieder flachste er: »Fährst eine schöne bunte Flagge!« Er sah sich um. »War das nicht mal die ›Fortschritt‹?« Wirgel antwortete langsam: »Jetzt ist es eben die ›Belinda‹, und sie gehört mir.«

Als Laubach staunend die Augenbrauen hochzog, fügte er an: »Was würdest du machen, wenn dir jemand das Brett unterm Arsch wegzieht? Dich wo festhalten, oder?«

»Klarer Fall«, stimmte Laubach ihm zu. Er war zeitig genug von der Ostsee hierher gesiedelt und hatte sich jetzt nicht mit Sorgen herumzuplagen, wie sie die Leute dort hatten, die früher seine Kollegen gewesen waren. Er verzichtete darauf, das einem alten Freund wie Wirgel auch noch zu sagen, der hatte vermutlich genug Probleme und könnte das als Hohn auffassen.

»Ich soll dir helfen«, kam er zur Sache. »Was hast du geladen?«

»Chips«, antwortete Wirgel wahrheitsgemäß. »Nach Singapore.«

Laubach schüttelte sanft den Kopf. »Holz in den Wald, wie?«

Wirgel zog die Schultern hoch. »Die Ladung hat ein Russe in Riga abgestaubt. Er will sie da unten billig verhökern, Chancen dafür gibt es, weil die Japaner teurer sind und nicht besser. Eine Art Dumping, klar, aber was kümmert's mich!«

»Willst du auf Trampfahrt machen, da zwischen den Inseln?« Wirgel bestätigte das durch ein Nicken. »Irgendwie muß man überleben, Bruno.«

Das fand Laubach auch. Er hatte Wirgel schon immer gemocht. Das beruhte auf Gegenseitigkeit. Ab und zu hatte der Zöllner sich in Rostock, wenn Wirgels Crew von Bord ging, plötzlich mit etwas ganz anderem beschäftigen müssen und sich den Teufel um die Seeleute geschert.

»Was drückt dich heute? Willst du ein paar Kisten von dem Zeug illegal hier verramschen?«

»Nein«, antwortete Wirgel ernst. Mich hat man da in was reingezogen, was mir gespenstisch wird. Du könntest mir raushelfen. Oder sagen, wie ich rauskomme ...«

Er lotste ihn unter Deck, zu der Kabine, in der die Blechkiste stand.

»Sieht aus wie so ein Ding, mit dem die Filmleute

ihre Ausrüstung transportieren, wenn sie auf Expedition zum Amazonas gehen ...«
Wirgel hielt sich nicht bei Betrachtungen auf, er betätigte die Schlösser und klappte den Deckel hoch, schob den Decksand beiseite und sagte: »Da ...«
Laubach erblickte die Stahlzylinder mit dem gelben Zeichen und trat unwillkürlich einen Schritt zurück. Es dauerte eine Weile, bis er sagen konnte: »Das gibt es nicht, Ernst!«
»Das gibt es«, sagte Wirgel. »Ist da drin das, was ich vermute?« Die Mundwinkel Laubachs senkten sich, seine Augenbrauen gingen in die Höhe.
»Ich habe einen Geigerzähler auf dem Boot ...«
Er wandte sich zum Aufgang. Dabei fragte er Wirgel: »Wie kommt das Zeug an Bord?«
Wirgel erzählte es ihm. Als er die Geschichte von der Übernahme auf See hörte, wurde das Gesicht Laubachs noch ernster. »Du sitzt da auf einer Mine«, machte er Wirgel aufmerksam. Der half ihm zum Boot hinunter. Als Laubach wenig später die Kiste mit seinem Geigerzähler untersuchte, murmelte er, während das Gerät piepsende Töne von sich gab und auf der Skala Zahlen abliefen: »Keine Ahnung, was es ist, aber es strahlt, wenngleich sehr gering. Wenn du die Dinger nicht grade aufmachst, wirst du nicht direkt gefährdet sein. Offenbar die richtigen Transportgefäße. Aber der Inhalt ist radioaktiv, keine Frage. Sie haben es dir sozusagen untergeschoben, ohne daß du eine Ahnung hattest, was es ist?«
»Ja«, bestätigte Wirgel. »Leute, die ziemlich rüde aussahen. Wie werde ich das Zeug los, Bruno? Einfach in den Bach kippen?«

Laubach richtete sich erschrocken auf. »Bist du übergeschnappt? Du vergiftest das Wasser!«
»Wenn ich es im Schiff behalte, vergifte ich mich. Und die Mannschaft.«
Laubach überlegte eine Weile, wie er Wirgel aus dieser unangenehmen Klemme helfen könnte. Währenddessen sagte der: »Ich fahre das Zeug nicht weiter. Zu gefährlich. Ich will es loswerden. Kann man es den Behörden übergeben?«
Laubach schüttelte den Kopf. »Du würdest einen Haufen unangenehmer Untersuchungen an den Hals kriegen. Niemand glaubt dir, daß du von der Sache nicht mehr weißt.«
»Aber du glaubst mir, oder?«
»Ich glaube, die Kerle, für die du fährst, haben dir da mächtig eins über den Schädel gebraten«, sagte Laubach. Dann überlegte er noch eine Weile, bevor er einen Weg fand, Wirgel zu helfen, ohne diesen und sich selbst überhaupt ins Spiel zu bringen.
Er wandte sich an Wirgel: »Ernst, ich helfe dir, keine Frage. Vielleicht geht es ja ins Auge, aber ich denke, ich schaffe es. Hab dann bei dir was gut.«
»Und wie?«
»Wir nehmen die Dinger aus der Kiste. Anfassen kann man sie, ohne Gefahr. Wir tragen sie an Deck. Da knüpfst du ein Stück Plane um sie herum, hängst das Bündel an die kleine Winch und läßt es auf mein Boot herunter.«
»Und was machst du damit?«
Laubach riet ihm: »Zerbrich dir nicht meinen Kopf. Sieh zu, daß es ein Stück Plane ohne Aufdruck ist. Niemand darf daraus erkennen, daß es von deinem Kahn kommt. Los, nimm die Dinger, ich nehme auch

welche. Ich denke, es wird gut sein, wenn du die Kiste genau so stehen läßt, wie sie steht, und es dem Empfänger überläßt, um den Inhalt zu trauern. Oder hat einer von deiner Besatzung gesehen, was da drin ist?«

»Keiner. Die Kiste war zu, die ganze Zeit.«

»Na gut«, meinte Laubach, »dann bist du vom Mond, wenn dich einer fragt. Hast das Ding eingeschlossen, dich nie darum gekümmert, es lediglich befördert und nicht geöffnet. Soll der Empfänger denken, er sei vom Lieferanten betrogen worden, kann dir egal sein, wie?«

»Mir ist alles egal«, stöhnte Wirgel, »wenn ich bloß das Zeug loswerde. Immer habe ich Angst, es könnte explodieren oder mir den Krebs an den Hals ätzen!«

Laubach half ihm, die Stahlzylinder mit den gelben Warnzeichen an Deck zu schaffen und in eine Plane zu knüpfen. Er wartete, bis die Winch das Gebinde auf das Deck des Zollbootes gehievt hatte. Dann wandte er sich an Wirgel: »Du weißt von nichts, egal wer fragt. Ich helfe dir, aber du hast mich nie gesehen. Klar?«

»Wirst du das Zeug los?«

Laubach hielt ihm die Hand hin, um eine erneute Umarmung zu vermeiden. Diese Sitte war ihm immer ein wenig fremd geblieben, und wenn er auf dem Bildschirm Politiker dabei beobachtete, war ihm stets das Lachen angekommen.

»Mach dir keinen Kopf«, sagte er. »Vergiß es. Du hast die Dinger nie gesehen. Wenn du wieder in Hamburg bist, laß was hören ... «

»Das kann lange dauern«, meinte Wirgel. Er half dem Zöllner beim Umsteigen. Als Laubach die

Plane von der Winch losgeknüpft hatte, fuhr Wirgel sie ein. Er beobachtete noch, wie das Zollboot ablegte und mit aufschäumender Bugwelle davonfuhr. Dann ging er unter Deck und kontrollierte nochmals die nun nur noch mit Sand gefüllte Kiste. Sie sah so aus, als habe sie niemand angerührt.
Laubach steuerte das Boot zu einer der Anlegestellen, die vom Zoll oft benutzt wurden. Hier gab es Lagerschuppen, in denen kurzfristig unklare Güter verwahrt wurden. Um diese Zeit waren sie unbesetzt, nur am ziemlich entfernt liegenden Zufahrtstor stand ein Kontrolleur.
Laubach kletterte an Land und holte sich einen der herumstehenden Karren. Damit beförderte er die Plane samt Inhalt in eine der Hallen, lud sie dort ab und verschwand mit dem Boot wieder.
Er versäumte es nicht, vor dem Verlassen des Geländes im Zollbau ausgiebig und unter Verwendung von viel Seife zu duschen, bevor er sich auf die Heimfahrt machte, wo er seine Frau mit der Mitteilung beglückte, es sei ein guter alter Freund gewesen, der da angelegt hatte und der ihn gerne mal hatte sehen wollen. Trotzdem sei kein Schluck Alkohol getrunken worden.

Die »Belinda« befand sich ein paar Meilen vor Port Said, als Wirgel über Kurzwelle die deutschen Nachrichten hörte und dabei erfuhr, in Hamburg seien in einem Lagerschuppen des Zolls unerklärlicherweise mehrere Container mit waffenfähigem Plutonium

239 des Reinheitsgrades 99,7 entdeckt worden. Die gefundene Menge, für deren Herkunft es nicht den geringsten Hinweis gäbe, reiche aus, um eine Atombombe zu bauen. Es gäbe Anhaltspunkte, daß die gefährliche Substanz aus russischen Reaktoren stammt. Geringe Mengen davon, etwa als Staub eingeatmet, lösten bereits Lungenkrebs aus oder könnten große Trinkwassermengen vergiften. Gegenwärtig werde der Stoff verstärkt illegal gehandelt, zum Preis von etwa zweihunderttausend Dollar für ein Kilogramm und darüber. Die Behörden hätten Ermittlungen eingeleitet, stünden aber vor einem kaum zu lösenden Problem ...
Igor Sotis hörte die Meldung nicht, weil englischsprachige Sender in der Region Singapore sie nicht verbreiteten. Europa war fern, und ein bißchen Plutonium, das irgendwo dort auftauchte, erregte hier niemanden. China besaß Atomwaffen, Indien besaß sie, von einigen anderen, kleineren Staaten wußte man, daß sie dabei waren, sich diese Waffe anzuschaffen, was kümmerte einen da solch ein Fund! Und überdies – daß aus dem von inneren Wirren geplagten Rußland heraus Plutonium zu Geld gemacht wurde, oder aus seinen ehemals sowjetischen Mitgliedstaaten, wo niemand mehr genau sagen konnte, wohin irgendwas verschoben wurde, erschien kaum verwunderlich. Man hatte selbst Krisenzeiten und blutige Kriege hinter sich und wußte schließlich, daß da auch die feierlichsten Schwüre oder die sogenannten höchsten Ideale der Menschheit kaum mehr wert waren als eine abgeschossene Patrone.
»Muß ich selbst kommen?« erkundigte sich Igor Sotis.

Er sprach in ein Mobiltelefon, saß an einem üppig gedeckten Frühstückstisch und hatte dabei den Blick frei auf ein kleines Schwimmbecken, an das sich eine Art japanischer Park anschloß, die Imitation eines echten, wie es ihn in der Heimat des ehemaligen Besitzers gegeben haben mochte. Den weißen Bungalow hatte Sotis von einem Tokioer Geschäftsmann erworben, in der Tyersall Road, einer ruhigen und sehr grünen, von den Ärgernissen der City verschonten Gegend in Tanglin, westlich der Innenstadt des Inselstaates.

In der näheren Umgebung befanden sich einige der schönsten Parks, der Botanische Garten, die Häuser lagen weit voneinander entfernt, und daß es im Norden und Osten ein College für Mädchen und ein Institut der Universiti Singapura gab, hatte Sotis zwar gehört, aber er interessierte sich nur mäßig für solche Einrichtungen. Ihm genügte es, in diesem geradezu paradiesischen Flecken wohnen zu können.

Der Kauf war ihm durch Mara Toyabashi vermittelt worden, nachdem er über mehrere Jahre hinweg Unsummen in Hotels für seine Aufenthalte gezahlt und sich dabei nie so recht wohlgefühlt hatte.

Wenn er sich in Berlin aufhielt, sahen ein tamilischer Gärtner und eine chinesische Hausbesorgerin hier nach dem Rechten. Eine mit der nächsten Polizeistation verbundene Alarmanlage sicherte das Anwesen bei Nacht – eine sicherlich unnütze Ausgabe, wie Mara Toyabashi ihn mehrmals aufmerksam gemacht hatte, denn Einbruchskriminalität war in Singapore unbedeutend. Der Gärtner, der in einem Pavillon im Garten wohnte, hätte genügt.

Es war Amir Tobin, der anrief, der Mann, über den

Sotis den Hauptteil seiner Geschäfte abwickelte. Der Indonesier hatte sein Büro im Kim Seng Building, einer der unzähligen Geschäftsburgen aus Stahl, Beton und Glas unweit des Raffles Quays. Er verfügte dort über eine ganze Etage, ein Teil davon diente ihm als Wohnung, wenn er sich nicht auf seinem Anwesen in Lombok aufhielt.
Amir Tobin war etwas ungehalten, wie es Sotis erschien. Er wiederholte: »Tun Sie mir den Gefallen, Mister Sotis, und erklären Sie sich zu einer Rücksprache bereit. Ich habe im Vorzimmer einen indonesischen Colonel sitzen, der kocht vor Wut. Fühlt sich bei dem Materialgeschäft betrogen. Er hat eines dieser kleinen ostdeutschen Geländefahrzeuge zu Schrott gefahren und findet, wir seien schuld daran.«
»Zu Schrott gefahren?« wehrte Sotis ab. »Was haben wir damit zu tun, wenn der Kerl kein Auto lenken kann? Er soll einen Büffelkarren nehmen oder auf den Baum zurückklettern, von dem er kam ...«
Amir Tobin saß in einem Drehsessel, den er sich sozusagen auf den Körper hatte schneidern lassen. Ein schmalhüftiger, etwas zart gebauter Mann mit sorgfältig frisiertem Haar und gepflegten Fingernägeln, in einen dunkelblauen Anzug gekleidet, wie ihn viele Geschäftsleute hier trugen, dazu ein weißes Hemd mit den modischen Schattenstreifen, und darauf einen dezent bunten Schlips.
Er drückte nervös eine Kretek in einem mächtigen Aschenbecher aus eisblauem irischen Waterford-Kristall aus, der ein Vermögen gekostet haben mußte. Im Gegenteil zu der Kretek, die im ganzen Büro einen schweren, süßlichen Gewürzduft verbreitete. Diese Zigarette, die auf den Inseln heute

vorwiegend noch von der weniger bemittelten Bevölkerung geraucht wurde, war Tobins einzige Konzession an seine Vergangenheit in einem mit weniger Geld, Glas, Stahl und anderen Attributen der Moderne gesegneten Vorort Djakartas. Der Umstand, daß er mit einem Kind russischer Emigranten zusammen aufgewachsen war, und daß er zuweilen bei ihm zuhause spielte, hatte dazu geführt, daß er die russische Sprache erlernte. Zuerst pickte er sie just auf, wie er manchmal erklärte, aber später besuchte er Kurse, und schließlich engagierte ihn, nachdem er eine Anzahl zweitklassiger Bildungseinrichtungen absolviert hatte, die sowjetische Handelsvertretung in Singapore als Dolmetscher. Er wußte sehr wohl, daß er für die Russen einen Schatz darstellte, denn Dolmetscher in ihrer Sprache waren in dieser Gegend der Welt rar.

Als er gebeten wurde, seinen Abschied zu nehmen, weil man sich einige Unregelmäßigkeiten nicht so recht erklären konnte und der Lebenswandel Tobins vermuten ließ, er verschaffte sich Nebeneinkünfte der unerwünschten Art, hatte er das Startkapital für die Handelsgesellschaft Tobin bereits beisammen gehabt und dazu die besten Verbindungen für einen Anfang als Zwischenhändler.

»Er kann ein Auto lenken«, sagte er jetzt ins Telefon, »er hat es auch nicht gegen eine Palme gejagt, es ist der Motor. Aus dem was er sagte, entnehme ich, daß er etwas fertiggebracht hat, was die Mechaniker einen Kolbenfresser nennen. Diese Leute kennen keine Zweitaktmotoren, sie glauben, die gibts nur bei Motorrädern. Er macht mir Vorwürfe. Will das ganze Geschäft auffliegen lassen. Nicht zahlen. Oder

nur unter der Bedingung, daß Sie das angekommene Material mit ihm zusammen besichtigen.«
»Ist der krank im Kopf?« erkundigte sich Sotis erbost. »Wer von mir anständig bedient wird, der kündigt gefälligst nicht eine Woche später! Was will er? Preisnachlaß?«
»Erklärungen, sagt er.«
»Und dazu muß ich herhalten?«
»Er wird beruhigt sein, wenn Sie die Fehlfunktion aufklären. Vielleicht ist es ja nur ein Einzelfall.«
Für Sotis schien die Sache einigermaßen klar. Es war nicht das erste Mal, daß ein Käufer auf diese Weise versuchte, von dem vereinbarten Preis ganz zuletzt noch etwas abzuhandeln. Nun, er würde sich die Sache ansehen, sie war in den Griff zu bekommen. Im Preis war genau dieser Trick des Käufers einkalkuliert. Wenn es mir nicht gelingt, ihm die ursprünglich vereinbarte Summe abzunehmen, kann ich immerhin bis zu zehn Prozent heruntergehen, ohne daß ein Schaden entsteht, überlegte Sotis. Es störte ihn nur, daß er sich selbst darum kümmern sollte. Wofür bezog Tobin eigentlich eine Provision, wenn er nicht in der Lage war, eine solche Sache selbst zu regeln?
»Der Mann ist störrisch«, vertraute der Indonesier ihm an. »Militärs sind manchmal schwer zu behandeln. Er betrachtet mich als Zwischenvermittler und will mit genau dem sprechen, mit dem er das Geschäft gemacht hat. Das sind Sie. Ich kann jetzt offen reden, er ist an die Etagenbar gegangen, um einen Kaffee zu trinken. Tun Sie uns beiden den Gefallen. Vielleicht ein kleiner Nachlaß. Eine Geste. Das wird alles sein ... «

Sotis knurrte etwas Unfreundliches zur Antwort. Aber was Tobin verlangte, klang plausibel.
»Sie müßten zum Flughafen ... « Tobin ließ den Rest ungesagt. Sotis war ungehalten. Nach Changi, zum Flughafen, das hieß eine Menge Aufwand. In der Garage des Bungalows stand zwar ein Auto, aber Sotis hatte keine Genehmigung zum Befahren aller Strecken. Sie kostete nur ein paar Dollar, das eigentliche Problem war allerdings, daß er sich nie die Zeiten merkte, zu der bestimmte Gegenden überhaupt nicht befahren werden durften. Singapores Verkehrspolitik war ein kompliziertes System der Einschränkungen des Individualverkehrs, und sie begann schon bei der Zulassung. Sie konnte allein soviel kosten wie in Deutschland ein Auto der Luxusklasse. Die Steuer kostete dann noch einmal das Doppelte. Und wenn man das alles abgegolten hatte, mußte man zusätzlich für das Befahren der Stadt täglich neu Maut zahlen.
Aber es war wohl nicht zu vermeiden, mit diesem Colonel zu sprechen. »Ich rufe mir ein Taxi«, erklärte er Tobin schließlich.
Tobin kam ihm zuvor: »Ich schicke Ihnen eins von den ›Hellblauen‹. Aber da ist noch die heikelste Frage. Sie müßten mit dem Kunden nach Java fliegen ... «
»Wozu das?«
»Es ist mir furchtbar unangenehm«, wand sich Tobin, »und ich verlange das nicht gern von Ihnen. Nur besteht er darauf, daß Sie als Verkäufer an Ort und Stelle das angelieferte Material besichtigen und mit ihm gemeinsam die vermeintlichen Schäden feststellen.«

»Vermeintliche Schäden!« grollte Sotis, »wenn ich das höre, fällt mir immer einer ein, der den Preis drücken will! Was kann ich dafür, wenn der Kerl in Zweitakttreibstoff kein Öl mischt?«
Tobin beruhigte ihn. Es handle sich offenbar nur um ein paar Kleinigkeiten, man sei zu Kulanz verpflichtet, und überdies habe man ja einen gewissen Spielraum beim Preis.
Daß er soeben von dem in Geschäftstricks unerfahrenen Colonel den Scheck in voller Höhe der Kaufsumme vereinnahmt hatte, samt seiner Provision, sagte er Sotis nicht. Es war sein Spiel, und es war gut ausgedacht. Er erinnerte Sotis leise daran, er sei ja eigens nach Singapore gekommen, um bei Bedarf verfügbar zu sein, und das sei eben so ein Fall. Er versicherte ihm, er würde am Abend bereits wieder in seinem Bungalow Whisky trinken können, es handle sich da um eine schnell zu erledigende Formalität.
»Sie treffen den Mann gleich draußen in Changi«, schlug er vor. »Wozu sollten Sie erst noch einmal zu mir kommen, der Colonel ist sowieso im Aufbruch begriffen ...«
»Wer bucht die Tickets?« erkundigte sich Sotis sachlich. Er hatte sich entschlossen, die Angelegenheit wohl oder übel hinter sich zu bringen. Das Material war da, also war es an der Zeit, zu kassieren. Selbst wenn man einen kleinen Nachlaß in Kauf nehmen mußte, so war das zu verschmerzen. Und – beim Seetransport kam es ja in der Tat vor, daß Gerät beschädigt wurde.
Tobin sagte: »Keine Tickets, Mister Sotis. Ich habe vergessen, ihnen zu sagen, daß der Colonel seine ei-

gene Maschine in Changi stehen hat. Er fliegt einen Learjet.«
»Und er fliegt mich auch zurück?«
»Er hat es zugesagt. Ich erinnere ihn nochmals daran, sobald er seinen Kaffee getrunken hat. Darf ich ihm vorschlagen, daß Sie ihn in Changi vor der Abfertigung der Privatpassagiere treffen?«
»Ich werde sie finden. Wann kommt das Taxi?«
»Ich ordere es jetzt sofort.«
»Wie erkenne ich den Mann?«
»An seiner Uniform. Oder Sie fragen an der Abfertigung. Sein Name ist Hartono. Colonel.«
Sotis hatte sich vorgenommen gehabt, ein paar ruhige Tage in Singapore zu verbringen. Die Chinesischen Gärten zu besuchen, das Ozeanarium auf der kleinen Insel Sentosa, die Tiger Balm Gärten, den liebevoll erhaltenen Flecken Dschungel in Bukit Timah. Er grollte, als er den Hörer wieder zusammenklappte, aber er ging sich ankleiden, und als das hellblaue Taxi kam, erwiderte er den Gruß des Fahrers nur mürrisch. Erst als der Wagen anfuhr, fiel ihm ein, daß er der alten chinesischen Wirtschafterin nicht einmal gesagt hatte, er werde erst am Abend zurücksein.
Der Fahrer des Taxis fädelte sich gekonnt in den Irrgarten der Zufahrten von Changi Airport ein, und als er vor dem Eingang parkte, wunderte sich Sotis, daß der Fahrpreis nicht höher ausfiel. Offenbar gab es ehrliche »Hellblaue«.

*

Tobin verabschiedete den Obersten Hartono mit ausgesuchter Höflichkeit. Von Defekten an dem gelieferten Material war nie die Rede gewesen, auch nicht, daß in Changi Sotis wartete. Hartono hatte ein Geschäft gemacht, von seinem Standpunkt aus ein gutes. Er hatte für den Teil der Armee, bei dem er als Beschaffungsoffizier fungierte, erheblich billiger eingekauft, als er gehofft hatte. Seine Beförderung stand an. Das sollte bei der Bedeutung, die die Armee für das ganze Land hatte, bei den weitreichenden Befugnissen, die bis in das zivile Geschäftsleben hineinlangten, eine echte Hilfe für die Zukunft sein. Man würde seine Verdienste bei der Beschaffung berücksichtigen und ihn voraussichtlich noch vor dem Sommer zum Brigadier ernennen. Und ein Brigadier stellte auch in der einheimischen Geschäftswelt etwas dar. Manche Brigadiere verfügten über Ölquellen. Andere machten Gewinn, indem sie Edelhölzer verhökerten.
Der schlanke, gutaussehende Offizier in der untadelig gebügelten Uniform drückte dem Zivilisten Tobin zum Abschied die Hand und ließ durchblicken, daß er für die Zukunft als Geschäftspartner stets zur Verfügung sein würde. Er kalkulierte vorausschauend, seine zukünftige Ellenbogenfreiheit als Brigadier bereits berücksichtigend. Ölaktien wären auch noch ein Weg, überlegte er.
Tobin wartete, bis die Sekretärin ihn hinausbegleitet hatte, dann griff er zum Telefon und tippte eine Nummer ein, die nirgendwo notiert war. Er sagte halblaut: »Er ist auf dem Weg.«
Als Antwort kam ein »O.K.« zurück. Mister Tobin setzte sich wieder an seinen Schreibtisch und widmete sich den Wirtschaftsseiten der »Straits Times«.

Colonel Hartono stieg etwas seitlich des Haupteingangs in Changi aus einem Toyota der Botschaft seines Landes, der ihn bis zum Flughafen gebracht hatte. Bei seinem militärischen Rang stand ihm zu, im Ausland die Dienste der Vertretung in Anspruch zu nehmen. Er grüßte knapp, als der Fahrer die Hand an die Mütze legte, und betrat den Flughafen durch einen Seiteneingang, der für die Piloten von Privatflugzeugen bestimmt war. Sie konnten hier ihre Starts anmelden, die Gebühren bezahlen und zugleich das Wetter erfahren.
Colonel Hartono hatte keine Schwierigkeiten. Er buchte den Start, ging dann, nachdem er die Wettermeldungen gelesen hatte, durch die Kontrollschranke des Zolls, die keine Reaktion zeigte, teilte den Beamten mit, er habe nichts Anstößiges bei sich, und stieg draußen in eine Art Golfkarren, mit dem ihn ein Flughafenangestellter über die weite, ebene Betonfläche des Abstellgeländes bis zu seiner in den Landesfarben rot-weiß gespritzten Maschine fuhr.
»Danke«, sagte er zu dem Karrenfahrer, als er abstieg. Der Mann, der im Gegensatz zu den übrigen Fahrern einen ausgesprochen militärisch disziplinierten Eindruck machte, nickte nur und fuhr zurück.
Unter der Tragfläche des Learjet erschien ein Polizeibeamter und grüßte stramm. Hartono stutzte. Was hatte ein Polizist hier zu suchen? Er trug an der Tasche seines Uniformhemdes die in Plastik gegossene Legitimation, die ihn berechtigte, sich auf dem Territorium des Flughafens zu bewegen. Um die Maschine herum kam noch ein zweiter Polizeibeamter auf Hartono zu. Der Colonel runzelte die Stirn. Ei-

gentlich hätte nach seiner Abmeldung im Büro nur ein Monteur bei der Maschine sein müssen, der Mann, der sie betankt und durchgesehen hatte und sie ihm nun wieder übergab. Er war nicht zu sehen. Warum die Polizei?
»Colonel Hartono?«
Er nickte. Sein Gesicht war nicht besonders freundlich. »Ist etwas nicht in Ordnung?«
Der erste Polizist bat ihn mitzukommen. Erstaunt folgte Hartono ihm bis zum bereits hochgeklappten Einstieg und kletterte hinter ihm in die Maschine. Dabei fiel ihm auf, daß die Triebwerke noch mit den roten Deckeln verschlossen waren, die bei abgestellten Maschinen dafür sorgten, daß sich nicht etwa Vögel in den Triebwerkschaufeln einnisteten oder andere Fremdkörper sie verunreinigten. Er hatte den Start angemeldet, warum waren die Deckel noch nicht vom Monteur abgenommen worden? Wo war der Mann überhaupt?
»Was soll das bedeuten?« fragte er unwirsch, als er sah, daß der zweite Polizist inzwischen den Einstieg besetzt hatte und wie unbeabsichtigt die rechte Hand auf seine Pistolentasche legte.
»Wir bitten Sie, einen Blick hierher zu werfen«, forderte ihn der erste Polizist auf. Er war nach links bis ins Cockpit gegangen und deutete auf eine schwarze Pilotentasche, die Hartonos persönliches Gepäck enthielt, einige Papiere und eine Wechselgarnitur Kleidung.
»Ist das Ihre Tasche, Colonel?«
Hartono brauchte nur einen kurzen Blick. »Natürlich. Sie sehen ja das Schild mit meinem Namen!«
»Eben«, gab der Polizist zurück. Er war ein Chinese.

In Singapore versahen meist Chinesen den Polizeidienst. Er öffnete die Tasche und klappte den Frontteil so weit ab, daß der Inhalt zu sehen war. Da lag auf dem Fliegerhemd ein quadratisches Paket, in durchsichtige Plaste gehüllt. Der Inhalt war, wie man sehen konnte, ein weißes Pulver.
»Ihre Tasche?« Der Polizist richtete sich auf.
»Das sagte ich bereits.«
Der Polizist nickte. »Dann müssen wir Sie bitten, der Prüfung des Inhalts dieser Packung zuzustimmen.«
»Ich habe das nicht eingepackt«, stellte Hartono ungehalten fest. »Ich sehe es zum ersten Mal. Was ist das?«
»Wir werden es sogleich feststellen lassen«, versprach der Polizist, klappte die Tasche zu, nahm sie auf und bedeutete Hartono, vorauszugehen. Der protestierte: »Was geht Sie mein Gepäck an? Und – wohin gehen wir?«
»Sind Sie bewaffnet, Colonel?«
»Nein!«
»Danke. Wir fahren«, antwortete der Polizist gelassen.
Draußen stand plötzlich ein Polizeiwagen, der Schlag war bereits geöffnet.
Die beiden Polizisten stiegen mit Hartono zusammen ein. Die Fahrt endete an den Abfertigungsgebäuden. Dort ging es in eine zu ebener Erde gelegene Dienststelle der Flughafenpolizei, in der sich ein Malaie, in einen weißen Kittel gekleidet, aufhielt. Er nahm die Plastikpackung entgegen, die der Polizist ihm übergab, beroch sie, ritzte sie dann mit einer Art Skalpell an und verschwand damit zu einem Arbeitstisch, auf dem es verschiedene Reagenzgläser,

Bunsenbrenner, Schalen und Instrumente gab. Er hantierte mit einem Stäubchen des Pulvers herum, das er der Packung entnommen hatte, schüttete es in ein Glas, in dem sich eine vorbereitete Lösung befand, hielt es gegen das Licht und beobachtete die Verfärbung.
Als er sich zu Hartono umdrehte, sagte er ohne besondere Gefühlsregung: »Heroin. Unverschnitten.«
»Das ist eine Frechheit!« brüllte Hartono. Der Polizist neben ihm behielt die Ruhe und bedeutete ihm, sich nicht zu erregen. Sachlich fragte er: »Für das Protokoll, Colonel, ist das Ihr Eigentum?«
»Zum Teufel, ich habe das Zeug nie gesehen! Jemand hat mir das untergeschoben!«
Der Malaie im weißen Kittel meinte verständnisvoll: »Das haben wir schon öfters gehabt, daß jemand erklärte, ihm sei Heroin ohne sein Wissen ins Gepäck geschmuggelt worden ...«
»Aber es war in Ihrer Tasche, oder?« vergewisserte sich der Polizist nochmals. Als Hartono mürrisch bestätigte, erklärte er ruhig: »Dann werden Sie bitte mit uns zum Headquarter fahren. Die Abteilung Drogenfahndung wird die Angelegenheit klären. Bitte ... «
Er nahm die Tasche mit dem Heroinpaket wieder auf und bedeutete Hartono, voranzugehen. Der zweite Polizist ging neben ihm her, die Hand über der aufgeknöpften Pistolentasche. Hartono war völlig verwirrt und wütend zugleich. Was war hier geschehen? Er hatte nie mit Heroin zu tun gehabt. Es lag auf der Hand, daß jemand das Zeug in seiner Tasche deponiert hatte. Entweder damit es von Java nach Singapore gelangte, oder umgekehrt. Die Polizisten scho-

ben ihn in das Auto und quetschten sich rechts und links neben ihn. Es gab keine Chance wegzukommen.

Hartono sprach kein Wort, während der Fahrer das Auto zur Innenstadt lenkte. Auch die Polizisten schwiegen. Vor dem Hauptquartier hielt das Auto, und Hartono wurde in ein Büro geführt, in dem sich ein sehr junger Beamter in Zivil aus seinem Schreibtischsessel erhob und höflich grüßte. Er gab sich betont freundlich, als er sich den Protest Hartonos und den Bericht der Polizisten anhörte. Schließlich teilte er Hartono mit: »Während Sie sich in der Stadt aufhielten, ging bei uns ein Hinweis auf in Ihrem Gepäck befindliches Heroin ein. Die beiden Polizisten untersuchten daraufhin die Maschine, wozu sie nach unseren Gesetzen berechtigt sind. Den Rest kennen Sie. Wollen Sie bitte Platz nehmen …«

Er schob ihm einen Stuhl hin. »Ich bin Staatsanwalt Ah Loy. Wir werden ein Protokoll aufnehmen.«

Hartono brauste erneut auf: »Das ist eine Frechheit! Eine Falle! Dieses Zeug gehört mir nicht, da ist eine Intrige im Gange …«

Der Staatsanwalt nickte geduldig, griff nach einer leicht getönten Brille und legte Papier zurecht. »Wir werden das untersuchen, Colonel. Es tut mir leid, doch ich muß Sie aufmerksam machen, daß Delikte mit diesem Stoff bei uns sehr streng geahndet werden. Wollen Sie mir bitte zunächst Ihren vollen Namen nennen, Ihren Paß vorweisen, und dann sehen wir weiter …«

»Wie kann ich denn beweisen, daß ich nie etwas mit Drogen zu tun hatte?«

Der Staatsanwalt machte ein betrübtes Gesicht, so als

versuche er, sich in Hartonos Lage zu versetzen. Schließlich sagte er: »Ja, das wird schwer sein. Und, wie ich schon erwähnte, unsere Gesetze gegen Drogen sind streng ...« Er griff nach einem Füllhalter.
Colonel Hartono kannte die Gesetze des Stadtstaates einigermaßen. Der Besitz von lächerlichen fünfzehn Gramm Heroin in Singapore genügte zur Verhängung der Todesstrafe. Und seine Vorgesetzten in Djakarta würden ihm kaum helfen können, selbst wenn sie das versuchten. Doch das war wenig wahrscheinlich, denn aus Drogendelikten hielten sich hohe Militärs heraus, selbst wenn sie um Intervention gebeten wurden. Es gab zu viel Aufsehen. Und Aufsehen um Privatgeschäfte neben den offiziellen Aufgaben vermied das Militär lieber aus gutem Grund. Da ging es nämlich um das Ansehen ...

Amir Tobin nahm den Hörer ab, als das Telefon anschlug. Die Stimme am anderen Ende der Leitung sagte ohne Begrüßung: »Erledigt.« Dann war Stille.
Tobins Gesicht veränderte sich nicht. Er war gewohnt, daß Dinge, die er gut vorbereitete, auch reibungslos abliefen. Und die Bezahlung für das, was der Mann am anderen Ende der Leitung für ihn gemacht hatte, war entsprechend.
Er tippte auf seine Sprechanlage und trug der Sekretärin im Vorzimmer auf: »Rufen Sie bitte in Changi Airport an. Die Abfertigung für Reisende mit Privatmaschinen. Man soll dort einen Mister

Sotis ausrufen. Er hält sich gewiß in der Nähe des Schalters auf. Wenn Sie ihn an der Strippe haben, legen Sie mir das Gespräch herein.«
Igor Sotis war ungeduldig geworden. Warten war nicht seine Stärke. Zudem durfte er da, wo er war, nicht einmal rauchen. Die Bestimmungen besagten, daß das in öffentlichen Gebäuden verboten war, und die Strafen waren erheblich. Vielleicht, dachte er, war es doch ein Fehler, hier warten zu wollen. Ich hätte abmachen sollen, daß wir uns vor dem Eingang treffen.
Da nickte ihm die dunkle Schönheit hinter dem Schalter plötzlich zu. Sie winkte ihm, hielt ihm den Telefonhörer hin und lächelte: »Mister Sotis, nicht wahr?«
Er nahm den Hörer und ließ sich von Tobin aufklären, daß der Colonel voraussichtlich nicht mehr kommen würde. Warum? Das sei noch nicht so genau zu sagen. Es habe Ärger mit der Drogenbehörde gegeben.
Hoffentlich hat er wenigstens den Kaufpreis bezahlt, dachte Sotis, danach kann er jeden Ärger mit jeder Behörde haben, ganz wie er will.
»Der Colonel zahlt, nachdem Sie die Mängel inspiziert haben«, teilte ihm Tobin mit. Und fügte an: »Das beste ist, Sie fahren jetzt wieder zurück in die Tyersall Road. Im Augenblick ist die Sache für mich noch ziemlich undurchsichtig. Ich werde Ihnen über den weiteren Verlauf berichten ... «
Er wollte ihm noch raten, wieder eins von den hellblauen Taxis zu nehmen, die seien preiswerter, aber da hatte Sotis der schönen Tamilin den Hörer schon auf den Tisch geknallt, und die hatte ihn pikiert aufgelegt.

Als Igor Sotis bei Mara Toyabashi erschien, war es Abend geworden. Einer dieser angenehmen Abende, an denen die Luft etwas abkühlte und die Zikaden im Garten lärmten. Die junge Frau mit dem unmodisch langen und doch so anziehend wirkenden Haar, das sie in ihrem Haus unweit des MacRitchie Reservoirs gern aufgelöst trug, so daß es ihr weit über die schmalen Schultern herabfiel, genoß die frisch schmeckende Luft, die vom Wasser herüberwehte. Am Abend kam manchmal ein ganz sanfter Wind auf, und dann schätzte sich Mara Toyabashi glücklich, gerade hier ihren Wohnsitz genommen zu haben, am Nordhang des Calderon Hill, wo sich die Stadt langsam mit immer niedriger werdenden Gebäuden im Grünen verlor.

Mara sah das Taxi hangaufwärts kommen, mit eingeschalteten Lichtern. Sie stand hinter dem Panoramafenster, das die ganze Wand einnahm, und das stets, solange in den Räumen noch kein Licht brannte, hochgeschoben war, so daß die vom Wasser gekühlte Brise hereinkam. Neben der Frau stand ein junger, flott wirkender Filipino, schnurrbärtig, in einem tadellos geschneiderten hellen Anzug. Wenn man ihn näher betrachtete, konnte man glauben, daß eine Casual-Kluft ihm besser gestanden hätte, so etwas wie es wohlhabende Herren meist auf Yachtausflügen tragen, wenn sie ein bißchen so aussehen wollten, als wären sie imstande, selbst einen defekten Diesel noch eigenhändig zu reparieren oder sich gegen einen Einbrecher erfolgreich mit der Faust zu verteidigen.

»Sieh ihn dir genau an«, sagte Mara zu ihrem Besucher. Der Tonfall war freundlich, nicht vertraulich.

»Und?« wollte der junge Mann wissen.
»Nichts«, gab Mara zurück. »Jedenfalls nicht im Augenblick. Wir brauchen ihn. Er braucht uns. Was später kommt, ist ungewiß. Ich will nur, daß du einen Eindruck von ihm bekommst. Daß du ihn wiedererkennst, wenn es einmal nötig ist.«
»Ich verstehe, Miß Mara. Wer bin ich für ihn?«
Der Mann war intelligent. Er strahlte ausgeruhtes Selbstbewußtsein aus. Dazu kam Gelassenheit, die bei den meisten Leuten gut kalkulierte Entscheidungen verbürgte. Und er hatte wohl ein Gefühl für Stil. Er stand da wie ein Partygast ohne Cocktailglas, aber an seinem Gesicht war nicht abzulesen, was er dachte, es war freundlich nichtssagend.
»Du bist Mister Dando. Geschäftspartner. Du weißt nicht viel, und du mußt mich bei Entscheidungen fragen. Bist höflich. Ein nachdenklicher Mensch mit guten Manieren.«
Er lächelte. Aber das war nur wie ein Lichtstrahl, der zügig über ein Gesicht huschte und schnell wieder verlosch. Dando brauchte die Einweisung Maras eigentlich nicht, er war auch ohne ihre Verhaltensmaßregeln in der Lage, als genau das zu erscheinen, was sie jetzt verlangte. Dando hatte gelernt, sich den verschiedensten Situationen anzupassen. Es war für ihn eine Art Lebensfrage geworden.
Zwei Jahre zuvor noch war Dando in Zamboanga zuhause gewesen. Der Sohn eines Hafeninspektors war mit unverrückbaren Plänen von der Universität in Manila auf die südlichste Philippineninsel heimgekehrt und hatte sich zusammen mit einem halben Dutzend Gleichaltriger in ein für diese Gegend nicht gerade ungewöhnliches Geschäft gestürzt.

In Manila, als sie zusammen studierten, war ihnen klargeworden, daß es sich auf den Philippinen nur noch anspruchsvoll leben ließ, wenn man das große Geld machte, ohne Skrupel zu haben. Nicht jedenfalls als Historiker, der Dando nach seinem Studium war. Gewiß, die Geschichte der Philippinen war ein Studium wert gewesen. Von Magellan angefangen, über die spanische Kolonialzeit, die nach über dreihundert Jahren von der amerikanischen abgelöst wurde, über Tausende von kleinen und größeren Aufständen, Kriegen und Verschwörungen, über die japanische Besetzung und die amerikanische Wiederkehr bis zur Republik – das war eine Kette von prägendem Leben gewesen, das genau zu besehen sich lohnte, um es den jüngeren Generationen zu vermitteln. Nur daß ein Lehrer, auch ein Hochschuldozent, miserabel bezahlt wurde und daß Dando allein deshalb schon nicht die geringste Neigung zum Lehrberuf verspürte, als er Zamboanga wiedersah.

Hier im Süden von Mindanao, wo der Islam zeitig Fuß gefaßt hatte, waren die Glaubenskriege gegen den spanischen Katholizismus nie abgerissen. Eine glorreiche Legende. Sie hatten die Bevölkerung geprägt: kriegerisch, dem Meer verbunden, wagemutig, jederzeit bereit, Beute zu machen, beim friedlichen Handel ebenso wie beim Entern eines mit wertvollen Gütern beladenen Schiffes. Die Sulu-See hatte immer ihre Freibeuter gehabt, und sie hatte sie heute noch. Dando war darauf gekommen, als er eines Tages im Hafen die kleinen Jungen beobachtete, wie sie nach Münzen tauchten, die Passagiere von Bord ausländischer Schiffe ins Wasser warfen, um sich dann an den Tauchkünsten der Seezigeunerkinder

zu erfreuen, die auf Booten aufgewachsen waren. Die See ...
Er saß lange mit einigen früheren Kommilitonen zusammen, und sie berieten. Das Land war schön, aber die Chancen wurden immer geringer. Der größere Teil der Bevölkerung lebte elend, obwohl er inbrünstig betete, der jeweilige Gott möge die Reichen schützen, vielleicht damit sie dann gelegentlich ein Almosen übrig hätten. Die jungen Männer rechneten sich aus, daß sie Ungewohntes tun mußten, um einerseits dem Leben das abzuringen, was ihnen vorschwebte, und andererseits sich selbst zu erproben.
In Davao, wo die Amerikaner Überschußgerät aus den Magazinen ihrer Marine verkauften, erwarben sie zwei der seetüchtigen Torpedoschnellboote, die sie mit Hilfe von Freunden umbauten, und damit betrieben sie längere Zeit den einträglichen Handel mit Waffen verschiedenster Art, die von den einzelnen Sultanen für ihre jeweiligen Schutztruppen gebraucht wurden. Dann stieß, aus Indonesien kommend, Tomo zu ihnen, und der hatte von der Straße von Malakka zu berichten, wo es sich eingebürgert hatte, daß man in schnellen, kleinen Motorbooten bei Nacht an die langsam dahinziehenden Frachtschiffe, sogar an Öltanker heranfuhr, an Deck kletterte und außer der Schiffskasse alles das mitnahm, was sich über bereitwillige Händler gewinnbringend verhökern ließ. Wenn dabei hin und wieder ein Kapitän den Tod fand oder einer der aus dem Schlaf gerissenen Offiziere, dann war das nicht besonders tragisch.
Tomo hatte Beziehungen nach Langkawi, der Hauptinsel eines kleinen Archipels am nördlichen Ausgang

der Straße von Malakka, nur drei Dutzend Kilometer westlich des malaysischen Festlandes, dort wo die thailändische Grenze verlief. Noch weiter westlich lag Sumatras Küste, an dieser Stelle auch nicht gerade mit Großstädten besät, aber von Leuten bewohnt, die alles, was vom Meer kam, egal auf welche Weise erworben, abzunehmen bereit waren.

Zunächst richteten die jungen Männer sich auf einem kleinen Eiland südlich der Hauptinsel Langkawi ein. Noch war hier der Tourismus in den Anfängen, und Kuah, ein Nest mit knapp zweitausend Bewohnern, erwies sich als angenehmer Aufenthaltsplatz auf der Hauptinsel.

Trotzdem wurden die jungen Männer nach einiger Zeit bei den Behörden von Perlis, der nördlichsten malaysischen Provinz vorstellig, und da sie offiziell eine Konzession für Küstenschiffahrt erworben hatten, wurde ihnen die Genehmigung für den Bau eines Lagerhauses auf einer der südlich von Langkawi gelegenen unbewohnten Inseln erteilt, wie auch das Anlegen mit ihren beiden Motorschiffen.

Tomo war ein ausgezeichneter Navigator. Dando stellte auf der Insel eine kleine, generatorbetriebene Funkstation auf, mit deren Hilfe die kleine Truppe den Funkverkehr abhören konnte, der sich in der auf Singapore zu immer enger werdenden Wasserstraße abspielte. Bald hatten die jungen Leute eine ziemlich genaue Übersicht über das, was die Straße befuhr. Das waren immerhin täglich um die zweitausend Schiffe, und obwohl die Straße stellenweise schwierig zu befahren war, es Untiefen und andere Gefahren gab, machten die jungen Männer, aus denen bald Piraten wurden, die Erfahrung, daß die Besatzungen

nachts meist schliefen, bis auf die Brückenmannschaft. Dazu kam noch, daß die Seefahrt durch die Einführung von elektronischen Ausrüstungen immer weniger Menschen an Bord benötigte – zuweilen fanden sich auf einem Containerschiff gerade ein halbes Dutzend Matrosen, wozu zwei Steuerleute und der Kapitän kamen. Dadurch konnte es fast nie zu einer zahlenmäßigen Übermacht der Schiffsbesatzungen kommen. Und – jedes der Schiffe hatte für die Entlohnung der Leute, für Hafengebühren und Proviantbeschaffung eine Kasse mit Bargeld an Bord.
In dem eilig errichteten Lagerhaus auf der abgelegenen, von niemandem beachteten Insel stapelten sich bald die Ladungen aus Taipeh oder Osaka – Fernsehgeräte und Radios, Computer und Druckmaschinen, elektronische Anlagen aller Art.
Ein Teil konnte von Dando und seinen Leuten bei Hehlern in thailändischen Häfen abgesetzt werden, auch auf Sumatra gab es Abnehmer, in Banda oder in Belawan. Doch es fiel bald mehr an, als man auf diese Weise loswurde.
Es war Tomo, der sich in Singapore herumhörte, in Kreisen, denen er früher nahegestanden hatte, und der eines Tages an Mara Toyabashi geriet. Sie war vorsichtig und deckte ihre Karten nicht auf, bis sie sich vergewissert hatte, daß dies keine Falle war. Aber dann flog sie selbst zu der Insel und sah sich an, was da vorging. Von da an waren Toyabashi Enterprises im Geschäft mit den jungen Leuten von Langkawi. In den Gewässern Südostasiens, vornehmlich in der Straße von Malakka, aber auch in der Andamanen-See, im Golf von Siam und vor den Küsten

des Südchinesischen Meeres operierten mittlerweile Gruppen wie die Dandos in wachsender Zahl. Die Behörden der betroffenen Länder standen zwar miteinander in Kontakt, um Gegenmaßnahmen und Warnsysteme zu entwickeln, aber die Gebiete waren zu groß, um eine lückenlose Kontrolle zu ermöglichen, sie ließen die Kosten dafür in Höhen steigen, die dem Erfolg nicht mehr entsprachen. So erwies sich das Geschäft der modernen Piraterie einstweilen noch als einträglich, und Mara Toyabashi erkannte die Chance, es neben ihren anderen Unternehmungen als willkommene Einnahmequelle zu nutzen.

Sie hatte Absatzmöglichkeiten für alles, was Dando und seine Leute beschafften. Dando, inzwischen ein wohlhabender Unternehmer mit Kapitalrücklagen in Hongkong, die es ihm erlaubt hätten, sofort weltweit Kaufhaus- oder Hotelketten zu gründen, eine Schiffahrtslinie zu erwerben oder eine Luftverkehrsgesellschaft, hatte sich entschlossen, das Geschäft noch so lange weiterzubetreiben, bis sich deutliche Gefahren zeigten. Etwa daß die malaysischen Behörden herausfanden, was sich hinter der Fassade der harmlosen Küstenschiffer in Langkawi verbarg. Dann wollten er und seine Freunde in aller Stille einen Schlußstrich ziehen. Noch war es nicht soweit. Und Mara Toyabashi hatte soeben, wie Dando wußte, über ihre in Deutschland tätigen Geschäftsfreunde eine Sache eingefädelt, bei der die Gewinnchancen höher als jemals zuvor sein würden.

Man stieg schon seit einiger Zeit nachts nicht mehr auf beliebige Schiffe und nahm, was gerade gefahren wurde – nein, man suchte sich über Informanten in den Häfen die interessantesten Ladungen heraus. Oder man verhalf einem Schiffer zu einer üppigen Versicherungssumme, indem man ihn ausraubte.

Die Sache mit dem Dampfer »Belinda«, der unter der Flagge Antiguas fuhr und den man sich in einigen Tagen vornehmen würde, verlief nach einem von Mara Toyabashi genau vorgegebenen Plan.

»Ob er schon Nachricht von dem Schiff hat?« Dando machte eine Kopfbewegung in Richtung auf die Scheinwerfer des Autos, das sich den gewundenen Weg heraufquälte.

Mara wußte es nicht. Sotis hatte sie angerufen und ihr gesagt, mit dem Ausrüstungsgeschäft sei eine Riesenschweinerei passiert. Er kam, um Näheres mitzuteilen und sie um einen Rat zu bitten, was zu tun sei. Die »Belinda« hatte er nicht erwähnt.

»Wir werden sehen«, sagte Mara. »Falls es schnell geht – den Behälter mit dem Plutonium ohne Kommentar mitnehmen, just wie ein Beutestück eben. Dazu einen Teil der Chips, aber eben nur, damit es wie ein echter Überfall aussieht. Die Leute nicht etwa töten, die brauchen wir noch, das Schiff vermutlich auch. Dürfte eine einfache Sache sein, oder?« Dando nickte bedächtig. Es gab zwar die Erfahrung, daß manche dieser einfach erscheinenden Sachen sich später als recht schwierig herausstellten, aber bisher hatte man noch immer die Situation gemeistert, die auf dem jeweiligen Schiff entstand. Es hatte Fälle gegeben, da schoß man die Besatzung mit den handlichen kleinen Ingrams zusammen, die man aus dem unerschöpflichen Vietnam-Waffenbestand der Amerikaner günstig hatte erwerben können. Oder man war gezwungen, eine Handgranate ins Ruderhaus zu

werfen. Im allgemeinen kam man ohne Feuergefechte aus.
»Einfach«, sagte Dando jetzt nachdenklich, »ist nichts bei diesen Unternehmungen, Miß Mara. Aber wir sind keine Anfänger. Ist die Übergabe des Blechkoffers vorbereitet?«
»Ihr bekommt einen Spruch mit der Zeitangabe, sobald Ihr meldet, daß die Sache gelaufen ist. Der Platz ist bekannt, den senden wir nicht mit. Lediglich die Uhrzeit und den Tag.« Der Platz, an dem der Blechkoffer mit dem brisanten Inhalt an den Empfänger übergeben werden sollte, lag nördlich des thailändischen Touristenzentrums Phuket.
»Ko... sowieso«, murmelte Dando, während er zusah, wie die Lichtfinger der Autoscheinwerfer näherkamen. Ab und zu verschwanden sie hinter einer Wand von dicht gewachsenem Gebüsch, platzten dann gleichsam wieder in die Nacht.
»Dreißig-Meter-Yacht mit Anglersitz am Heck«, erinnerte Mara den jungen Mann. »Flagge ist eine Art Privatwappen. Drachen mit Feuer aus dem Maul. Gelb und Rot. Empfänger stellt sich mit den Worten vor: ›Wir Seefahrer sind schon ein lustiges Völkchen, wie?‹ Auf Englisch. Er spricht Akzent. Wie der indische Kinderbeauftragte bei der Uno hört sich das an. Yacht trägt den Namen ›Habibi‹ ... «
Sie hatte das alles schon einmal mit Dando besprochen, und der hatte es nicht vergessen. Ein Geschäft wie manche andere zuvor. Miß Mara wußte so etwas einzufädeln. Sie verfügte über Beziehungen, die wohl über die ganze Welt reichten. Jetzt waren da diese Russen ...
Dando bestätigte ihr, daß er alles behalten habe. Be-

wegte leicht die Mundwinkel, um anzudeuten, daß er keiner Nachhilfe mehr bedürfe. Überlegte, während er die Frau ansah, wie sie wohl auf der Matte sein könnte.
Dando hatte seine Erfahrungen, aber hier war er unschlüssig. Kalt wie ein Fisch? Oder verbarg sich hinter der höflich-gesitteten Fassade ein verzehrendes Feuer?
Ich werde mit ihr nichts anzufangen versuchen, dachte er, ich werde mir nicht eine Ablehnung holen, mit der ein Abbruch der Geschäftsbeziehungen verbunden sein würde.
Eines Tages werde ich mir den Luxus leisten, mir all die besonderen Kenntnisse über die besonderen Frauen anzueignen. Denn eines Tages beenden wir unseren Fischzug in der Straße von Malakka, dann siedeln wir uns in Sumatra an, egal, jedenfalls werden wir dann das Leben genießen, wie der Sultan von Brunei. Einen Augenblick überlegte er: Warum eigentlich zieht sich Miß Mara nicht jetzt schon in ein solches Leben zurück? Sie könnte es sich fraglos leisten, wenn sie nicht von dem Ehrgeiz getrieben würde, ihr Geschäft immer weiter auszudehnen, immer mehr Chancen wahrzunehmen, die sich bieten. Ist es Ehrgeiz? Ist der Erfolg für sie vielleicht wie eine Droge, von der sie nicht loskommt?
Sein strichfeiner Schnurrbart zuckte leicht, als er die Mundwinkel herabzog. Mara nahm es nicht wahr. Für sie war dieser moderne Pirat mit seiner Schar einer von den Leuten, mit denen man Geschäfte macht, die aber im übrigen nicht sonderlich amüsant sind. Maras geheimste Gedanken kreisen neuerdings um einen dieser baumlangen, breitschultrigen

Europäer. Hellhäutig und ein bißchen sentimental. Wie Igor Sotis, nur der war zu alt, zu verschlagen, zu abgelebt, wie es schien. Nicht einmal mehr seine Sekretärin verführte er, das überließ er jenem kleinen Kretin, der in einem militärischen Bürosessel alt geworden war, wie hieß er doch gleich?
»Aberg ... «, murmelte sie, ohne es zu merken. Erst als Dando sagte, er habe nicht verstanden, gab sie schnell zurück: »Ach es war nichts, ich war nur in Gedanken ... «
Kobzew. Sie erinnerte sich an den Mann mit einem Gefühl unbestimmter Zuneigung. Nun ja, er würde seine Chance bekommen, sobald er hier eintraf.
Sie trat mit Dando zusammen hinaus auf die Terrasse. Hier war noch mehr Blütenduft in der warmen Abendluft. Das Konzert der Zikaden war noch lauter als das Geräusch des sich nähernden Autos. Ärgerlich dachte Mara, der Motorkrach wird dem Abend seinen Reiz nehmen, wird ihn profan machen. Die Welt ist voller Schönheit, aber die Technik ist ihre Geißel. Dando hielt sich etwas hinter ihr. Er hatte begriffen, welche Rolle er hier spielen sollte. Es ging niemanden etwas an, daß die hinreißend anzusehende, geschäftlich erfolgreiche und in den schönen Künsten nicht unbewanderte Miß Mara einen Teil ihres Reichtums der Zusammenarbeit mit einigen jungen Abenteurern verdankte, die mit umgebauten Schnellbooten in der Straße von Malakka nachts Schiffe überfielen und ausplünderten.
Er blickte auf ihren Rücken und bewunderte wieder einmal die Perfektion ihrer Figur. Was ist man, wenn man mit Leuten Geld macht, die von anderen Piraten genannt werden? Verbrecherin? Oder ist man

eine unnahbar kultivierte Lady mit Konten in der Schweiz, auf den Bahamas und der Einfachheit halber auch in Singapore und Hongkong? Der Teufel soll urteilen! In diesem Teil der Welt war nach der Vertreibung der Büttel, die den Kolonialmächten dienten, eine wirre Zeit angebrochen. Bis dann an die Stelle der Büttel die Geschäftemacher in die ehemaligen Kolonialländern kamen. Sie hatten Kapital gebracht und Wissen, hatten in Universitäten gelehrt und auf manche andere Weise unter Wahrung ihres höchst eigenen Vorteils den Samen für das Aufblühen neuer Zweige der Wirtschaft und des Handels gelegt. Heute waren daraus starke Bäume geworden. Sie warfen ihre Schatten schon jetzt bedrohlich über die Heimatländer der einstigen Kolonialherren. Manche trugen wunderschöne Blüten, die durch ihre Fremdheit bezauberten.

Wie Miß Mara, die Erfolgreiche, Geschickte, Verbindliche oder Unerbittliche, die Frau mit dem Gesicht einer javanischen Tempeltänzerin und dem Herzen eines amerikanischen Computers. Oder täusche ich mich in ihr? Es gab wohl keinen Menschen unter seinen Bekannten, der für Dando so unerforschlich war, so voller widersprüchlicher Eigenschaften wie Mara. Ist es wahr, daß Mischlinge so sind? Die Europäer sagen das über die Kinder, die aus den Ehen von Javanern und Niederländern entsprungen sind. Ach, diese Europäer, was wissen sie von uns! Was wissen sie überhaupt, außer den Börsenkursen!

✳

Igor Sotis war nicht das erste Mal bei Mara. Ihre zunächst flüchtige Bekanntschaft, die sich bei dem Geschäft mit Iskander ergeben hatte, war später, als Mara genauer herausfand, welche Möglichkeiten sich durch eine Verbindung mit Sotis ergeben könnten, hier gefestigt worden. An Abenden wie diesem.
»Du bist noch schöner geworden, Mara«, begrüßte er die Frau, die ihm die Hände entgegenstreckte. »Du bist überhaupt in Singapore schöner als du in Berlin bist. Wie machst du das?«
Er sagte es so, daß der Tonfall schon andeutete, es würde keine Antwort erwartet. Sein Blick streifte den hinter Mara stehenden Filipino, der ein höflich-unbeteiligtes Gesicht machte. Ob das ihr Held ist? dachte er, aber er hielt sich nicht lange mit Vermutungen auf: Mara war eine seiner wichtigsten Geschäftspartnerinnen, und wenn Igor Sotis aus seinem Odessaer Leben eine Lehre mitgebracht hatte, so hieß die, mache nie eine Geschäftspartnerin zu deiner Geliebten, das bringt nur Ärger! Es gab kaum Bettverhältnisse zwischen Chefs und Partnerinnen oder Mitarbeiterinnen, die auf die Dauer keinen Ärger ausbrüteten, deshalb, weil man im Geschäftsleben Ärger kaum vermeiden konnte, sollte man privat auf Distanz bleiben, meinte Sotis. Sein Verdacht war, daß Mara das ähnlich sah. Aber bei einer Frau konnte man über nichts in der Welt sicher sein.
»Danke«, sagte sie artig. Deutete auf Dando und stellte ihn vor: »Einer meiner hiesigen Geschäftsfreunde. Wir haben gerade einen für beide Seiten einträglichen Abschluß getätigt ... «
»Wie schön«, bemerkte Sotis, bemüht, keine Ironie

erkennbar werden zu lassen. Der junge Kerl sah ganz genau wie das aus, was eine Frau von Maras Beschaffenheit gelegentlich brauchte. Auch ohne Geschäftsabschluß.
Was geht es mich an, sagte er sich dann. Er nickte dem Fremden freundlich zu, und dieser überraschte ihn damit, daß er sagte: »Es tut mir leid, daß ich Ihnen nicht länger Gesellschaft leisten kann, aber ich habe mich ohnehin schon verspätet – Mister Sotis, wir werden uns sicher wieder einmal sehen ...«
»In welcher Branche sind Sie?« wollte Sotis wissen.
Der Filipino gab gelassen zur Antwort: »Küstenschiffahrt. Wenn Sie etwas zu befördern haben – wir sind immer gern bereit!« Er verbeugte sich vor Mara, und der fiel ein: »Ach ja, es ist überhaupt Zeit, wieder einmal eine Gartenparty zu veranstalten. Ich würde mich dann freuen, auch Sie zu sehen, Mister Dando, wenn Sie nicht gerade auf Reisen sind ...«
Er quittierte die unbestimmte Einladung mit der fröhlichen Versicherung, das werde er zu verhindern wissen, weil das Sate, das Maras Koch zubereitet, weit und breit nicht besser zu finden sei.
Er hat das tadellos gemacht, dachte sie. Über kurz oder lang kriegen wir Sotis von Tobin weg, und dann kontrollieren wir erst einmal, was er hier verschifft und mit wem er arbeitet. Ein Blick auf Sotis gab ihr die Gewißheit, daß der keinerlei Verdacht geschöpft hatte, wenn doch, so verbarg er das geschickt.
»Ich dachte, du würdest dich schon früher melden«, begann Mara, als Dando gegangen war. Sie geleitete den Russen ins Innere des Hauses, und hier setzten sie sich in bequeme Polstersessel, die so standen, daß

man aus dem Panoramafenster die Landschaft sehen konnte, aus der das letzte Licht zügig verschwand. Schon waren Sterne sichtbar.
Als Mara hörte, was geschehen war, gab sie durch keine Veränderung ihres Gesichts zu erkennen, was sie dachte. Sie sagte, sie sei bestürzt, denn Drogen nähmen die Singaporer Gesetzeshüter außerordentlich ernst.
»Aber – der Mann schuldet mir einen Riesenbetrag!« schimpfte Sotis. »Auch Tobin schuldet er zumindest die Provision. Und er war der einzige Ansprechpartner, den wir bei der Sache hatten. Es waren ja nicht gerade Kuckucksuhren, um die es ging ... «
Das ist das Risiko, dachte Mara belustigt. Keiner von euch europäischen Herren, die ihr so viele Tricks kennt, glaubt jemals, daß es unter euren Partnern in unserer Gegend auch ein paar gibt, die Tricks beherrschen. Wirst die Millionen in den Staub schreiben können, wenn einem Geschäftspartner von Tobin das passiert, was angeblich diesem indonesischen Colonel passierte. Angeblich, denn vermutlich hat Tobin das gefingert. Und was Tobin fingert, das läßt sich nur in seltenen Fällen rückgängig machen. Abgesehen davon, daß man ihm kaum wird nachweisen können, ob er es gefingert hat. Er wird die Betroffenheitsmaske abziehen, und der liebe europäische, hochgebildete, jedem Asiaten tausendfach überlegene Partner kann klaglos weiter mit ihm Geschäfte machen, oder er kann es bleiben lassen. Ein anderer wird ihn ersetzen. In Europa wimmelt es von Geistesgrößen auf dem Gebiet des mehr oder weniger seriösen Handels, die noch nicht auf ihre werte Nase gefallen sind.
»Whisky?« fragte sie.

Sotis nickte mürrisch. Sie stand mit dem Rücken zu ihm an der verspiegelten Salonbar und sah es nicht. Als sie sich umdrehte, ein Glas in der Hand, brummte Sotis: »Ja, Whisky, bitte.« Sie goß ihm Kentucky ein, weil sie wußte, daß er ihn dem Scotch und selbst den irischen Sorten vorzog, füllte für sich selbst ein Weinglas halb mit Sherry und setzte sich Sotis gegenüber.
»Ich werde mit jemandem sprechen, den ich bei der Behörde kenne«, bot sie ihm an.
Sotis ereiferte sich: »Ich glaube den ganzen Schwindel nicht! Wahrscheinlich hat irgendein General da unten sich über das Geschäft geärgert, das dieser Colonel bei dem Handel macht, und er hat ihn hereingelegt. Mir soll keiner Geschichten über diese Kerle erzählen – alles Gauner, einer schlimmer als der andere, das ist beim russischen Militär in den oberen Rängen nicht anders, heute.«
Mara hatte sich entschlossen, Sotis in allem beizupflichten, um ihn nicht weiter in Zorn zu treiben. Was ging sie sein Verlust an? Wenn er mit Tobin keine Geschäfte mehr machte, würde er sie mit ihr machen. Es war ohnehin höchste Zeit dafür, die Sache auf diese Weise einzurichten. Sie war in das Waffengeschäft nicht eingeweiht gewesen. Verluste, die Sotis machte, waren nicht ihre Verluste. Aber sie konnte ihn dazu bringen, daß er seine Geschäftsverbindung mit Tobin überprüfte.
»Vermutlich werde ich morgen abend schon mehr über die Sache wissen«, bemerkte sie. »Aber es wird nicht schnell etwas zu machen sein. Wenn überhaupt. Weißt du, daß die ›Belinda‹ etwa auf der Höhe der Nikobaren ist?«

Er wußte es noch nicht. Und er erinnerte sich daran, daß der würdige Herr Iskander zu erfahren gewünscht hatte, wann die »Belinda« an Colombo vorbei war. Als er sich an Mara wandte, beruhigte sie ihn: »Keine Sorge, ich habe ihn schon benachrichtigt. Brauchst dich um nichts dergleichen zu kümmern. Und – vergiß Iskander. Hat er dich nicht darum gebeten?«

»Ich werde mir vielleicht erlauben dürfen, ihn wenigstens dir gegenüber zu erwähnen«, murrte Sotis, »oder soll die Geheimniskrämerei bis in unser beider Gehirne gehen?«

Sie nippte an ihrem Sherry. »Gehirne sind manchmal lästig. Ich halte es für besser, wenn du Mister Iskander streichst. Zumal ich ohnehin in seinem Auftrag handle. Hast du schon gegessen?«

Sotis schluckte den Rest seines Whiskys herunter und blickte sie vorwurfsvoll an. »Wann hätte ich das wohl tun sollen? Seit dem Morgen beschäftigt mich diese Panne mit dem Indonesier.«

»Das trifft sich gut«, lud ihn Mara ein, »ich habe meinem Koch aufgetragen, mit dem Essen zu warten, bis sich Dando verabschiedet hat.« Sie betätigte eine Glocke, und als nach einer Weile ein weißgekleideter Tamile in der Tür des Salons erschien, ordnete sie an: »Legen Sie ein zweites Gedeck für meinen Gast auf, und kühlen Sie den Wein nicht so stark.« Zu Sotis gewandt, erkundigte sie sich: »Es wird verschiedene Sorten Pazifik-Fisch geben, unterschiedlich zubereitet. Ich habe dich als Fischliebhaber in Erinnerung – oder?«

Er lachte: »Frag einen Mann aus Odessa, ob er Fisch mag!«

Mara verstand es geschickt, die Frage, die sie an Sotis richten wollte, in die Zeitspanne zu legen, die verging, bis der Diener sie ins Eßzimmer rief. Sie sagte: »Ich habe mit dem Herrn, den es in unser beider Erinnerung nicht mehr gibt, über die Fortsetzung des Geschäftes gesprochen. Er hat mir zugesagt, jederzeit weitere Lieferungen zu gleichen Bedingungen abzunehmen. Was hältst du davon?«
»Du meinst das Plutonium?«
»Nennen wir es Hund, das ist die Bezeichnung in einschlägigen Kreisen.«
Er lachte. »Hund. Wer nur auf sowas kommt ...«
Dann wurde er nachdenklich. Es war ein äußerst lohnendes Geschäft. Lohnender als alles, was er bisher gehandelt hatte. Aber es würde in wachsendem Maße gefährlicher werden. Von Mal zu Mal. Es gab jetzt schon eine Menge internationaler Abkommen, die den Handel mit waffenfähigem Plutonium außerhalb des Gesetzes stellten. Formal galten die auch für Rußland. Dort war das Zeug zwar zu bekommen, weil es so gut wie keine Kontrolle mehr darüber gab, aber der Handel würde kaum völlig geheimzuhalten sein, und sobald die Kontrollen anzogen, wäre radioaktives Material mit dem Geigerzähler ganz einfach an jeder Grenzstelle aufzuspüren. Igor Sotis hatte in den Jahren in Odessa gelernt, daß man eine Sache immer nur solange gefahrlos betreiben kann, bis sie ruchbar wird. Sobald sich öffentliches Interesse darauf konzentriert, ist jedes Geschäft dieser Art verdorben, wird es lebensgefährlich.
»Wieviel will er denn noch haben?« fragte er Mara.
Die Frau wiegte den Kopf. »Er setzt kein Limit.«

»Und für wen ist das Zeug?«
»Das interessiert mich nicht. Es sollte dich auch nicht interessieren.«
Vermutlich, so überlegte Sotis, kann man die Sache noch einige Male riskieren, bis sie zu gefährlich wird. Ob über Riga, das wird zu prüfen sein. Noch ist das möglich. Eine Menge alter Bekannter aus der Sowjetzeit, die auf ihre Entlassung durch die neuen Herren warteten, oft sogar auf ihre Ausweisung wegen ihrer russischen Herkunft, war gegen lächerliche Summen zu jeder Mithilfe bereit.
»Vielleicht«, sagte er unbestimmt, »soll ich meine Moskauer Kontakte darauf ansetzen, wenn ich wieder in Europa bin?«
Sie nickte. »Der Herr, den wir vergessen, ist ein zuverlässiger Abnehmer, in jedem Falle.«
In der Tür erschien der Diener. Sie nahm ihn wahr und machte eine einladende Handbewegung zu Sotis. »Laß uns den Fisch probieren ... «
Er bestaunte sich wieder einmal. Asien hatte ihn zu einem Mann gemacht, der ausgesucht höflich sein konnte, auch wenn seine Gedanken mit nicht gerade angenehmen Vorstellungen beschäftigt waren. Jetzt verbeugte er sich leicht und hielt Mara seinen Arm hin. Wie ein gottverdammter Moskauer Devisenschieber, dachte er, einer dieser Parasiten, die abends ins »Maxim« gehen und dort herumschwänzeln, bis sie endlich eine der Hundert-Dollar-Huren abschleppen, die sie ebensogut ohne Verbeugung haben könnten!
Es wurde kein sehr langer, gemeinsamer Abend, denn Sotis' Laune besserte sich nicht, als Mara ihm erneut versicherte, sie werde wegen des Indonesiers

Erkundigungen einziehen und herausfinden, was da zu machen sei, gleich am Morgen wolle sie sich darum kümmern.

*

Sie tat es noch am späten Abend, nachdem Sotis abgefahren war. Zuerst nahm sie ein Bad, und dann warf sie sich einen mit knallroten Hibiskusblüten gemusterten Kimono über und ging ans Telefon.
»Ich möchte mit Mister Bin Ali sprechen«, hauchte sie in die Sprechmuschel. Sie erfuhr, daß Mister Bin Ali leider nicht mehr zu erreichen sei, obwohl er sonst um diese Zeit meist noch über Akten arbeite. Aber morgen sei er wieder im Büro.
»Er hat keinen Prozeß?«
»Erst am Nachmittag«, kam die Antwort. Er habe hinterlassen, daß er den Vormittag über im Büro sein werde.
Mara dankte und beendete das Gespräch.
Am Vormittag ließ sie sich Zeit, frühstückte ausgiebig, führte dann ein längeres Telefongespräch mit ihrer Sekretärin im Büro des Handelshauses Toyabashi, das in der Market Street lag, unweit der Tat Lee Bank, vereinbarte mit ihr ein paar Termine, worauf sie mit ihrem Toyota bis nach Toa Payoh hinüberfuhr, was ohne besondere Genehmigung gerade noch erlaubt war. Sie ließ den Wagen auf dem Parkplatz an der Stadtbahn stehen und fuhr in dem um diese Zeit nur schwach besetzten Zug mit seinen sauberen, klimatisierten Wagen bis zur City Hall. Manchmal, wenn sie in Berlin gewesen war, hatte sie sich angesichts

der unübersehbaren Autoschlangen in der Innenstadt ihre Gedanken darüber gemacht, daß die Bewohner einer solchen Stadt doch einfach am Gift der Auspuffgase ersticken müßten. Singapore war in diese Gefahr nicht gekommen. Als die Motorisierung in den fünfziger Jahren sprunghaft zunahm, waren die ersten Beschränkungen erlassen worden. Gleichzeitig hatte man mit den Vorarbeiten für die Schnellbahnlinien innerhalb der Stadt begonnen. Heute gab es zwar unschöne Wolkenkratzer in Singapore, die alten chinesischen Stadtviertel waren bis auf kümmerliche Reste Neubauten gewichen, aber es gab auch eine Unmenge Parks und andere Grünanlagen, und Autos fuhren nur selten in der City, mit Ausnahme der Lieferfahrzeuge und einem Schwarm von Taxis, sowie jener Schwerreichen, die es sich leisten wollten, die hohe Gebühr für ihr Auto zu bezahlen. Manche hatten der Stadtregierung das als eine Terrorisierung der Kraftfahrer ausgelegt, aber heute zeigte es sich, daß die Maßnahme klug gewesen war. Es gab in der City mehr Bäume und Gras, als in jeder vergleichbaren Stadt Asiens, von Westeuropa nicht zu reden. Überhaupt war man den angeblich unvermeidlichen Plagen der modernen Zivilisation recht geschickt ausgewichen, wenngleich durch Vorschriften, die Fremde als lästig empfangen. Mara lächelte, als sie die Station City Hall verließ und sah, wie sich ein junger Mann auf eine Bank fallenließ und hastig eine Zigarette ansteckte. In den Zügen, wie auch in den Stationen, in allen öffentlichen Gebäuden der Stadt herrschte Rauchverbot. Und der junge Mann da auf der Bank in der Grünanlage vor der Station würde gut beraten sein, für Asche und Stummel ein

entsprechendes Entsorgungsgefäß zu benutzen – das Wegwerfen einer Kippe brachte hier eine empfindliche Geldstrafe ein.
Mara liebte es, kurze Strecken in der City zu Fuß zurückzulegen, schon um Veränderungen des Stadtbildes rechtzeitig zu kennen. Wenn sie sonst von ihrem Haus hierher fuhr, stieg sie erst eine Station später aus, am Raffles Place, jenseits der Mündung des Singapore Rivers, den die Bahn unterquerte. Da drüben hatte sie zu ihrem Büro in der Market Street eine ähnliche Strecke zurückzulegen wie hier, wo sie die St. Andrews Road abwärts spazierte, an einem ausgedehnten Erholungspark vorbei, der in einen Kricketplatz überging. Im Obersten Gericht angelangt, ging Mara an eins der Telefone in der Halle und rief ihren alten Freund Bin Ali an.
»Ich will dich nicht von deinen guten Taten für das Gemeinwesen Singapore abhalten«, begrüßte sie ihn, »aber ich bin zufällig diesseits des Flusses und würde gern einen Mocca mit dir trinken – gehts?«
Bin Ali, obwohl er nicht an Zufälle glaubte, sagte mit Freuden zu. Er war mit Mara zusammen auf dem College gewesen, bis sich ihre Wege dann später trennten, aber die beiden waren Freunde geblieben. In dieser Gegend der Welt schloß man Freundschaften nicht nur für ein paar Jahre oder bis zum Gewinn der nächsten Wahl, auch wenn man einander lange nicht sah, blieb die Verbindung stabil. Und Bin Ali hatte noch nicht vergessen, wo Mara am liebsten ihren Mocca trank. Er würde in ein paar Minuten dort sein, versprach er, und er wußte auch, daß Mara inzwischen vorausgehen würde, weil sie einsah, daß es ein schlechtes Bild abgab, wenn ein hoher Beam-

ter von einer Dame während der Dienstzeit abgeholt wurde. Selbst wenn es nur auf einen Mocca in der Cafeteria des Parlaments war, quer über die High Street – denn bei einer Verabredung mit Mara auf einen Mocca war von vornherein klar, daß irgendjemand auf sie beide aufmerksam werden würde, dafür sorgte Mara schon mit ihrem Aussehen.

Der geräumige Glaskasten der Cafeteria wurde bevorzugt von Angestellten besucht, die im Hause arbeiteten, zuweilen sah man auch einen Abgeordneten. Aber hier war jederzeit eine Nische zu finden. Als Mara einen geeigneten Platz gewählt hatte, war sie froh, daß es noch Vormittag war. Bin Ali am Nachmittag, nach anstrengender Tagesarbeit zu treffen, schien ihr riskant: Er war zwar ihr Liebhaber gewesen, das war nicht der Grund, nein, sie fürchtete einfach, am Nachmittag oder gegen Abend könnte sie weniger gut aussehen als jetzt. Jedenfalls hatte sie in einem Vortrag über Kosmetik gehört, daß die gepflegte Dame am Vormittag den besten Eindruck macht. Mara Toyabashi wußte, daß sie Blicke auf sich zog, trotzdem war sie über ihr Aussehen immer ein wenig unsicher. Ganz anders als bei ihren Geschäften, die sie mit eiskalter Routine abzuwickeln pflegte, trotz des gewinnenden Lächelns, das ihr Gesicht nur selten verließ.

Schnell blickte sie in ihren Taschenspiegel, zog die Lippen nach, und da sah sie auch schon draußen auf dem Bürgersteig die Fußballspielerfigur BinAlis. Gar nicht wie ein Staatsanwalt, dachte sie, eher wie einer dieser Playboys aus den Ölfamilien, die sich jeden Sport leisten können, jede Trimmbehandlung, ganz abgesehen von den Yachten, mit denen sie zwischen den Inseln herumgondelten ...

Es schien ein Ritus unter den Männern zu sein, denn wie Igor Sotis gestern, überfiel Bin Ali sie mit dem Kompliment: »Du wirst immer schöner!«
Er begrüßte seine alte Studienfreundin überschwenglich, und es schien ihn vorerst gar nicht zu interessieren, weswegen sie sich mit ihm hatte treffen wollen, obwohl er vermutete, es könnte sich – wie schon einige Male in der Vergangenheit – darum handeln, daß sie auf eine kleine, harmlose Information aus war. Als sie eine Weile über hunderterlei Dinge gesprochen hatten, vom Gang der Geschäfte bis zu den mehr oder minder glücklichen Ehen von Mitschülern, als sie die zweite Tasse Mocca tranken, forderte Bin Ali Mara schließlich auf: »Und was war es denn diesmal, was du ganz dringend wissen wolltest, ohne daß ich mein Dienstgeheimnis verletzen muß?«
Sie blinzelte ihm lächelnd zu: »Wenn du nicht diese Chance hättest, dir vier Frauen zu nehmen – ich hätte glatt eines deiner Komplimente als Heiratsantrag angesehen und wäre deinem Charme fürs Leben erlegen – mich interessiert Colonel Hartono aus Java.«
»Hartono?« Er dachte nach. »Ich habe den Namen auf dem Tisch gehabt, hilf mir, den Zusammenhang zu finden ...«
»Heroin«, erinnerte sie ihn. »Päckchen davon im Flugzeug.« Er winkte ab. »Ich weiß, ich weiß! Ein Geschäftsfreund von dir?«
»Partner eines Geschäftsfreundes.«
»Hm«, machte er nachdenklich, »ich wäre beruhigt zu wissen, daß du nicht das geringste mit ihm zu tun hast, Mara, oder?« Sie erklärte ihm, dieser Hartono

sei der Geschäftsfreund eines Mannes, mit dem sie auch Geschäfte habe. Es interessiere sie, ob die Sache auch jenen schädigen könnte. So daß seine Kreditwürdigkeit leide. Bin Ali schüttelte beruhigend den Kopf mit der untadeligen, wenngleich etwas gefettet wirkenden Frisur. »Niemand weiter darin verwickelt, bis jetzt. Der Stoff war in seinem Privatflugzeug in Changi. Er selbst behauptet, ein Fremder müsse ihn da heimlich deponiert haben ... «
»Könnte das nicht sein?«
Er bewegte die Schultern. Griff eines der übriggebliebenen Zuckerstücke, stippte es in den Mocca und zerknackte es genüßlich zwischen den Zähnen. »Wir haben bei jedem zweiten Fall der Art genau dieselbe Ausrede. Immer soll es ein Fremder gewesen sein.«
»Und du glaubst das nicht?«
»Ich«, sagte er, »bin über den Fall nur routinemäßig informiert worden, weil das Ding vermutlich auf eine Höchststrafe hinausläuft. Aus der Akte und dem Vernehmungsprotokoll ging nichts hervor, was den Indonesier hätte entlasten können. Aber – ich bearbeite die Sache nicht persönlich. Vielleicht ergibt sich da doch noch dieser oder jener entlastende Gesichtspunkt.«
»Es würde mich interessieren«, sagte sie. »Obwohl ich den Mann nicht einmal kenne. Aber ich stehe in Verhandlungen mit einem seiner Lieferanten, und der könnte an der Sache Schaden nehmen. Das müßte ich dann einkalkulieren ... du verstehst?«
»Nein«, erwiderte er augenzwinkernd. »Ich verstehe kein Wort. Aber das darf ich auch nicht. Niemand soll begünstigt werden. Aber daß Colonel Hartono fest-

117

genommen wurde, ist kein Geheimnis. Auch der Grund nicht. Nur ... « Er sah sie ernst an. »Du weißt, wie die Gesetzeslage bei uns ist, wenn es sich um Drogen handelt. Das ist keine im War Memorial Park weggeworfene Zigarettenschachtel – wenn einer da mit ›lebenslänglich‹ wegkommt, hat er sehr viel Glück. Selbst eine massive Intervention hoher Militärstellen Indonesiens könnte da nichts ändern. Aber wir haben ohnehin die Erfahrung, daß es in solchen Fällen nicht einmal eine Anfrage gibt. Dienstherren halten sich gern heraus, wenn es bei ihren Untergebenen um Drogendelikte geht ... «
Warum, fragte Mara sich, hat Tobin das gemacht? Für sie stand fest, daß Tobin in der Sache keine sauberen Hände hatte. Welcher indonesische Colonel würde wohl mit einem Paket Heroin nach Singapore fliegen und es dann auch noch in der Maschine liegenlassen! Ließ Tobin das Geschäft mit dem Mann aus Java platzen? Oder hatte er das Geschäft bereits in der Tasche, und es ging nur noch darum, Sotis über das plötzliche Ausfallen des Partners um sein Geld zu bringen? Wer Tobin kannte, der wußte, daß er dazu imstande war, obwohl ihm nie direkt Unredlichkeiten nachgewiesen werden konnten. Nun ja, Mara Toyabashi kannte Tobin. Sie befand, dies alles sei vorerst eine Sache von Sotis. Vorerst!
In Kürze würde Sotis mit einem weiteren Ärgernis zu tun haben. Sein jetziger Aufenthalt in Singapore würde wohl kaum zu denen gehören, die er gern erinnerte. Es war so eine Sache mit diesen Russen. Sie hatten einiges zu bieten. Manche ihrer Leute waren gut. Aber der größere Teil, so dachte Mara, bestand aus Brutalos, wie sie im Chicago der zwanziger Jahre

eine Chance gehabt hätten. Heute wurde mit anderen Mitteln gearbeitet, und die beherrschten sie noch nicht. Wenn man sich Konkurrenz vom Hals schaffen wollte, auch welche, die erst in den Startlöchern stand, dann mußte man Fühlung zu diesen Leuten haben, mußte sogar Geschäfte mit ihnen machen, aber man hatte dafür zu sorgen, daß sie nicht zu Größenordnungen wurden, die man eines Tages nicht mehr beherrschte. So gesehen, waren die Einbrüche, die etwa Sotis erlitt, durchaus gewollt und nützlich, der kleine Odessaer Schieber mit seinen Revolvermännern im Moskauer Untergrund sollte gefälligst das bleiben, was er war.
»Ich stehe in deiner Schuld«, lächelte Mara den Staatsanwalt an. Der tat geschmeichelt. Sie kannten sich lange genug, um zu wissen, wie der eine die Worte des anderen zu nehmen hatte. Als es um das Bezahlen der Zeche ging, setzte sich Mara durch. Aber sie versprach Bin Ali, daß bei der nächsten Plauderstunde er der Gastgeber sein durfte. Und sie mußte ihm nicht ausdrücklich versichern, daß sie über seine Hinweise mit niemandem sprechen würde. Hätte Bin Ali das nicht ohnehin gewußt, er wäre verschlossener gewesen als ein japanischer Ahnenschrein.
Eine Stunde später erfuhr Mara durch den Anruf aus der Rezeption des Orchard Hotels, den sie vereinbart hatte, daß Mister Walther Conders aus Südafrika am späten Nachmittag eintreffen würde. Kobzew.

*

Wirgel stand auf der Brücke und blickte versonnen in die Richtung, aus der das letzte rötliche Leuchten des Tages kam. Eben noch hatte es sich vor der »Belinda« auf den leicht gekräuselten Wellenkämmen gespiegelt, jetzt wurde es fahl. Ramirez, am Ruder stehend, ließ die Lichter setzen. Ab und zu besah er sich die Seekarte, die vor ihm lag, und verglich sie mit dem Kompaß. Die »Belinda« war etwa auf der Höhe von Penang, und von jetzt ab wurde die Malakka-Straße zunehmend enger. Zwar hatte man immer noch mindestens zweihundert Meter Wasser unterm Kiel, aber etwa von Port Swettenham an nahm auch in der vorgegebenen Fahrtrinne die Tiefe schnell ab, und man mußte schon auf Bojen achten, die die seichtesten Stellen markierten. In zehn Stunden würde dieser schwierigste Teil der Durchfahrt zwischen Malaysia und Sumatra beginnen. Nicht nur Untiefen gab es, sondern auch noch Wracks, sogar Schwemmsandbänke. Aber Ramirez, der seine Wache soeben begonnen hatte, befuhr die Route nicht zum ersten Mal, und auch Wirgel kannte sie, man hatte das oft genug hinter sich gebracht, mit der guten alten »Fortschritt«.
Der Kapitän besah sich ebenfalls noch einmal die Karte, warf einen Blick auf den Kompaß, und dann verließ er die Brücke. In seiner Kabine warf er die Kleidung ab, die durchgeschwitzt war, denn die Temperaturen draußen stiegen mit jedem Kilometer, den man sich dem Äquator näherte, merklich an. Dann stellte er sich unter die Dusche, saß im Frottémantel noch ein paar Minuten bei einem Glas in Ägypten erworbenen Whiskys, der ihm aber nicht schmeckte, und schließlich kroch er in die Koje. Er zog das Lei-

nentuch über sich und hoffte, daß die Nacht nicht allzu schweißtreibend werden würde. Die Klimaanlage der »Belinda« war unzulänglich, man hatte bei ihrem Einbau nicht im Auge gehabt, das Schiff einmal in den Tropen einzusetzen. Hoffentlich, so dachte Wirgel, bevor der Schlaf kam, nehmen sie mir den Trick mit dem Inhalt des Blechkastens ab. Aber wer kann mir nachweisen, daß ich ihn überhaupt geöffnet habe? Und als die Kerle ihn an Bord brachten, war er bereits geschlossen. Sie werden sich in Singapore damit abfinden müssen, daß sie von ein paar cleveren Russen übers Ohr gehauen worden sind. Diese Typen waren heute da und morgen verschwunden, man kannte das ja, vermutlich würde keiner von ihnen ausfindig zu machen sein, wenn man ihn befragen wollte.

Auf mich wird so schnell keiner kommen. Wäre ja noch schöner, wenn ich anfange, Zeug zu befördern, das mir die Gedärme versengen kann! Von der Mannschaft gar nicht zu reden ...

Er erwachte davon, daß ihm jemand den grellen Strahl einer Taschenlampe ins Gesicht richtete. Er wollte aufspringen, aber da waren ein paar Hände, die ihn festhielten, und das waren kräftige Hände.

»Kapitän?«

»Was, zum Teufel, ist los?« fauchte Wirgel. Neben dem Lichtstrahl schoß eine Hand vorbei und verabreichte ihm eine schmerzhafte Ohrfeige.

»Sie verhalten sich gefälligst vernünftig. Ihre Mannschaft ist bereits festgesetzt. Das Schiff treibt. Wo ist die Bordkasse?«

Wirgel merkte erst jetzt, daß die »Belinda« keine Fahrt mehr machte.

»Ist das ein Überfall?« Er hatte von mehr als einem Schiff gehört, das auf dieser Route bei Nacht ausgeraubt worden war. Der Mann hinter der Taschenlampe sagte rauh: »Sie stellen intelligente Fragen. Vielleicht sollten wir Ihnen sagen, daß wir einen von Ihrer Besatzung ins Meer werfen mußten, bis die anderen sich ruhig verhielten. Also – die Kasse! Oder ...?«
Wirgel machte noch eine Weile den Versuch, sich zu weigern, aber nachdem er ein halbes Dutzend weiterer Hiebe in das anschwellende Gesicht eingesteckt hatte, gab er auf. Zumal in der Bordkasse ohnehin kein Cent von seinem Privatgeld war. Er führte den jungen, schnurrbärtigen Filipino an den Safe, öffnete ihn und sah einfach zu, wie der Mann den Inhalt in einer Umhängetasche aus Segeltuch verstaute. Immerhin war sie von Chevignon, vermutlich allerdings in Hongkong nachgemacht. Dando lächelte innerlich. Er hatte sich einen deutschen Kapitän immer resoluter vorgestellt. Es war das erste deutsche Schiff, das sie überfielen, und von den Deutschen ging die Legende, daß sie starrköpfig waren, sich so leicht nicht unterkriegen ließen. Dieser hier war wohl eine Ausnahme, oder die Legende stimmte nicht, denn er setzte sich nicht nennenswert zur Wehr. Dando ließ den Kapitän mit einer Plastik-Handschelle an ein Wasserrohr in der Duschkabine fesseln und klebte ihm Packband über Augen und Mund.
»Sie verhalten sich still«, riet er ihm mit drohendem Unterton in der Stimme. »Wir bedienen uns und verschwinden. Jemand von der Mannschaft wird sie losmachen, wenn er dazu in der Lage ist. Der Schlüssel für die Handschellen liegt mitten auf Ihrem Tisch.«

Dann war Wirgel allein. Es wurde still. Eine Weile zerrte der Kapitän an der Handfessel herum, aber sie gab nicht nach. So ließ er sich an dem Rohr zu Boden gleiten und wartete.

Dando beaufsichtigte seine Leute, wie sie die Blechkiste an Deck schafften und dann mit Hilfe der Winch auf das längsseits liegende Schnellboot hievten. Er achtete darauf, daß sie weder gekippt noch zu hart aufgesetzt wurde, und nachdem sie sicher verstaut war, ließ er die Männer noch ein paar Kästen Leiterplatten aus dem Laderaum der »Belinda« auf das Schnellboot bugsieren, dann beendete er die Aktion, indem er den Männern mit erhobener Hand das vereinbarte Signal gab.

Die letzte Aufgabe an Bord erledigte er selbst. Er kletterte unter Deck, wo die Mannschaft in einem Waschraum mit massiver Tür eingeschlossen war. Den letzten seiner Leute, der hier Wache stand, eine Ingram lässig am Handgelenk hängend, schickte er an Deck. Er selbst zog aus der Tasche der schwarzen Combi, die er stets bei Unternehmungen dieser Art trug, eine Reizgaspatrone. Auf die Düse steckte er einen langen, dünnen Plastikschlauch und führte diesen ins Schloß der Tür ein, so daß er auf der anderen Seite herausragte. Er drückte auf den Auslöser der Patrone. Es dauerte eine Minute, dann hörte er die Männer in dem Waschraum husten. Leise schob er den Schlüssel in die Öffnung, nachdem er den Schlauch abgezogen hatte, und dann drehte er ihn. Noch als er im Aufgang war, hörte er, wie die Seeleute mit Fäusten gegen die Tür schlugen, von der sie glaubten, sie sei nach wie vor verschlossen.

Als schließlich einer der keuchenden Filipinos eher

zufällig den Drehknauf betätigte und die Tür zu seiner Überraschung nachgab, hatte Dandos Schnellboot längst abgelegt und war in der Dunkelheit verschwunden. Lichter ließ Dando erst setzen, als sie schon sehr weit von der »Belinda« entfernt waren und Kurs auf die Langkawi-Gruppe nahmen.

Als Mara Toyabashi den Anruf von Dando bekam, sie werde wegen ihres Gepäcks in Langkawi gebraucht, war sie auf dem Weg in den Südteil der City. Hier lag zwischen der New Bridge Road und der South Bridge Road, zwei breiten Fahrstraßen, der Rest dessen, was in der hochmodernen Stadt der schlanken, glasverkleideten Wolkenkratzer vom ehemals farbenprächtigen und vielgestaltigen Chinatown übriggeblieben war, der ersten Siedlung der chinesischen Einwanderer, die sich hier niedergelassen hatten. Die kunterbunte Ansammlung von Tempeln, Opernbühnen, Handwerkerbuden, Läden, Garküchen, Reparaturwerkstätten und selbst Freuden- und Totenhäusern, von denen die ersten nicht legal waren und die letzteren eine alte Sitte, war mit den Jahren immer mehr eingeengt worden, bis sie sich heute nur noch über einen knappen Quadratkilometer erstreckte. Dieses Refugium pittoresker, verschnörkelter, mit Nylonschlangen übersäter chinesischer Bauten zog eine Menge Touristen an. Das Geschäft mit der Exotik blühte. Aber es gab hier auch noch die alte chinesische Lebensart zu entdecken, in den Teehäusern, in die man etwa den Käfig mit seiner Nachtigall mitnahm oder einen Grillenkäfig, an den Straßenküchen, wo man schnell eine Huntun-Suppe aß oder ein paar panierte Krabben. Man konnte auch Akrobaten und Magiern zusehen,

die am Straßenrand auftraten, oder man konnte in eines dieser geräumigen Bauwerke gehen, in denen uralte chinesische Volksopern geboten wurden, mit viel Lärm und einem Gesang, der den ausländischen Touristen angenehm fremd vorkam.
Mara Toyabashi schätzte einen der wichtigsten Vorzüge dieses Gebietes. Hier konnte man mit hoher Wahrscheinlichkeit unbeobachtet Leute treffen, mit denen man an einem der eleganteren Plätze der City möglichst nicht gesehen werden wollte. Und der Mann, mit dem sie heute hier verabredet war, legte selbst den allergrößten Wert auf Diskretion. Zuerst gönnte sich Mara an einer Straßenküche ein paar Dim Sum, dann, während sie, wie so oft, darüber nachdachte, weshalb selbst die eleganteste Tafel im Palmenprunk des »Amara« nicht mit einem Imbiß an einer dieser Buden von Chinatown gleichziehen konnte, genoß sie den Lärm, der ringsum herrschte, die herumwuselnden Leute in allen erdenklichen Aufmachungen, die neugierigen Kinder, den Gestank der Gullys und den feinen Rauchgeschmack der Luft, den die vielen Kochstellen erzeugten – das alles waren Zutaten, die nicht einmal die raffinierteste Cuisine der Nobelhotels aufzuweisen hatte.
Zur abgemachten Zeit saß sie dann in einer der hinteren Reihen des kleinen Saales, auf dessen Bühne »Die trunkene Schönheit« gegeben wurde, eine uralte Peking-Oper mit viel artistischen Kunststückchen gespickt, mit sentimentaler Liebe und triefendem Haß. Es war genau die Mischung, die der Seele des modernen Menschen überraschenderweise wieder gerecht wurde, weil fast alle diese Empfindungen sich an der hochgeschätzten Zivilisation

immer weiter abgenutzt hatten und nun als bühnenwirksame Elemente einer nostalgischen Erinnerung gleichsam Auferstehung feierten.
Hier gab es nicht nur den Lärm von der Bühne her, Zuschauer unterhielten sich ungeniert, wann immer das Geschehen auf der Bühne langweilig wurde oder wenn ein Bekannter in ihrer Nähe erschien. Kinder spielten zwischen den Stühlen oder saugten versunken an den Brüsten der Mütter. Einer trank Tee, ein anderer rauchte, jemand aß Kekse, und nicht selten schlief hier und da einer. Mancher kam auch nur schnell einmal herein, um eine bestimmte Szene zu sehen, eine artistische Glanzleistung etwa, ein Klagelied zu hören, nach dem ihm gerade zumute war, oder den Auftritt einer Magd zu beobachten, die er privat kannte, weil sie nach der Vorstellung wieder Maroni an der Ecke der Temple Street braten würde.
Neben Mara setzte sich ein gut aussehender, unauffällig gekleideter Mann, der noch an einer Eistüte lutschte. Auf der Bühne klagte gerade Yang Yü-huan, die kaiserliche Kurtisane, über das erlahmende Interesse ihres Herrschers an ihr. Sie tat das ziemlich laut, und Mara brauchte ihre Stimme nur um eine Kleinigkeit zu dämpfen, als sie den neben ihr Sitzenden fragte: »Gibt es Aufschluß?«
Sie begrüßte den Mann nicht förmlich, und auch er benahm sich so, als wäre er nur einmal schnell auf der Straße gewesen, um Eis zu kaufen.
»Es gibt«, sagte er. Auch er mußte nicht besonders leise sprechen, denn in den hintersten Reihen, wo sie saßen, waren viele Plätze leer. Nur eine alte Frau schlief unweit von ihnen, während ein kleines Mäd-

chen, vermutlich ein Enkel, auf dem Boden kauerte und bunte Kreidestriche zog.
Mara griff in die Tasche und praktizierte zwei mehrmals gefaltete Hundertdollarscheine in die wie zufällig geöffnete Hand des Fremden. Er war in der Tat ein Fremder, Mara hatte ihn nie gesehen. Aber er kannte sie, offenbar war sie ihm von dem Vertrauten, den Mara am Flughafen Changi hatte, genau beschrieben worden. Der Vertraute selbst konnte nicht abkommen, das hatte er Mara gesagt, aber weil die Sache nicht lange warten konnte, hatte er jemanden geschickt, auf den nicht nur Verlaß war, sondern der auch selbst genau Bescheid wußte. Er drückte Mara in die Hand, die ihm soeben die Dollars zugesteckt hatte, einen Zettel, auf dem ein malaiischer Name stand, der Mara nichts sagte.
»Wer ist das?«
»Der einzige Mann, der die abgestellte Maschine des indonesischen Obersten Hartono betreten hat, während der Offizier in der Stadt war.«
Mara horchte auf. Würde sich ihre Vermutung bestätigen?
»Er gehört zum Flughafenpersonal?«
Der Fremde leckte an seiner Eistüte und gab lakonisch Auskunft: »Monteur, Madame. Wartet die Privatmaschine des Chefs der Küstenreederei Tobin. Außenhandel machen die auch, glaube ich. Mister Tobin benutzt seine Maschine nur, wenn er nach Lombok fliegt, wo er wohnt. Aber sein Monteur arbeitet die ganze Zeit in Changi.«
»An der einen Maschine?«
»So ist es, Madame«, sagte der Fremde. »Er hat einen sehr guten Job.«

»Den hat mein Pilot auch, aber er läuft nicht in fremden Maschinen herum, wenn ich nicht fliege. Was hatte er da zu suchen?«

»Nichts. Aber, wenn es Sie interessiert, ich habe die Maschine betankt, dabei habe ich auch die Kraftstoffanzeige im Cockpit inspiziert. Für diese Arbeit belohnt mich Colonel Hartono stets mit einem Geldschein, den er obenauf in seine unverschlossene Pilotentasche legt. Ich habe ihn auch diesmal dort gefunden. Eine Packung mit Heroin war zu dieser Zeit nicht in der Tasche ...«

»Ich danke Ihnen«, sagte Mara. »Fahren Sie jetzt wieder nach Changi?«

»Ich habe am Nachmittag Bereitschaft.«

»Rufen Sie meinen Monteur an, ich fliege um sechzehn Uhr weg. Er soll die Maschine herausziehen.«

»Sehr wohl, Madame«, versprach der Fremde. »Und – ich danke nochmals!«

Er lutschte weiter an seinem Eis, während Mara aufstand und dem Ausgang zustrebte. Draußen auf der Temple Street blieb sie bei einer Theke stehen, wo Getränke angeboten wurden. Sie kaufte ein Glas Cola und trank, während sie sehr genau ihre Umgebung musterte. Da gab es nichts, was sie beunruhigt hätte. Schließlich war sie sicher, daß sie niemand beobachtete. Sie fragte sich, weshalb Tobin wohl das Heroin in Hartonos Pilotentasche hatte praktizieren lassen. Es gab nur die eine Erklärung: Der Indonesier hatte den Russen bei dem Geschäft mit den ostdeutschen Militärausrüstungen um die Bezahlung geprellt. Und obwohl die Methode nicht neu war, würde man es ihm schwer nachweisen können.

Singapores Gefängnisse erlaubten während der Vor-

untersuchung solcher Delikte keine privaten Besuche. Lediglich Verteidiger hatten Zugang. Und es würde Tobin nicht schwerfallen, sich für Hartono einen Verteidiger zu kaufen, der genau das tat, was er ihm auftrug, und der auch kein Wort Hartonos verbreiten würde, das nicht in seinem Sinne war. Trotzdem gab es da die Möglichkeit, Tobin mit seinen eigenen Mitteln zu schlagen, vielleicht ...
Nach einer längeren Schnellbahnfahrt in Toa Payoh angekommen, fuhr Mara mit ihrem Auto nach Hause. Ein paar Stunden später war sie in Changi. Der Monteur empfing sie an ihrer Piper Malibu.
Bis Langkawi waren es etwa siebenhundert Kilometer. Die konnte die Malibu in zwei Stunden schaffen. Mara Toyabashi reiste gern in ihrer eigenen Maschine, wenn sie einen Ort in dieser Gegend aufzusuchen hatte. Es war ein erhebendes Gefühl, das kleine Wunderwerk der Technik hoch in die blaue Glocke des Tropenhimmels zu ziehen, das beruhigende Rollen des Motors zu hören, unten das Meer zu sehen, ab und zu ein Schiff, und an der rechten Seite die Küste Malaysias mit ihren hellen Sandstreifen, die stellenweise weiß schäumende Brandung. Die Sonne stand schon so tief, daß sie Mara nicht mehr blendete, und sie tauchte das Land in ihr rötliches Gold. Mara schaltete das Kabinenradio ein, und dann hörte sie, während sie ab und zu einen Blick auf die Instrumente warf, die Musik, die Radio Malakka sendete, später war es eine Station auf Penang, die ohne die geringste Störung zu hören war, und da wußte sie, ohne auf den Kilometerstand zu blicken, daß sie die kleine Insel in zwanzig Minuten würde sehen können. Sie ließ die Maschine in einen

sanften Sinkflug gehen. Um auf der Insel zu landen, war keine Anmeldung über Funk nötig, es gab nur die schmale Piste, die Dandos Leute parallel zum Strand angelegt hatten, dort wo auch ihre Lagerschuppen standen, eine einigermaßen eingeebnete und mit gestampftem Korallenbruch regensicher gemachte Rollbahn. Etwas weiter zum Innern der Insel, wo Wald zu wuchern begann, standen die Holzhäuser mit den flachen Giebeln, in denen Dandos Leute wohnten. Außer der ziemlich provisorisch anmutenden Anlegestelle, an der zwei Fischerboote lagen und eines der umgebauten Schnellboote, wies hier nichts weiter auf Bewohner hin. Die Behörden hatten keiner Besiedlung zugestimmt, nur einer Nutzung, und alles, was an Bauten errichtet wurde, mußte in kurzer Zeit wieder eingeebnet werden können.
Mara sah die Rollbahn, von der tiefstehenden Sonne rötlich gefärbt, zuerst aufleuchten, dann erkannte sie die leichten Wellen am Strand mit ihren ebenfalls rötlich schimmernden Schaumköpfen, die Boote. Sie zog eine Kurve über dem winzigen Eiland, und dann setzte sie die Malibu auf dem Korallenstreifen auf.
Noch während sie ausrollte, sah sie Dando. Er war aus einem der Holzhäuser gekommen und winkte ihr, die Maschine zu der Stelle zu rollen, an der es die eisernen Befestigungsringe am Boden gab, mit den Tauen, die sie bei einem Sturm sichern sollten. Dando trug verwaschene Jeanskleidung, er war barfuß, wie immer, wenn er sich auf der Insel aufhielt. Als Mara ihn begrüßte, fiel ihr sein mürrisches Gesicht auf. Auch Tomo, der kleine Indonesier schien verstört.

»Guter Flug?«
»Danke!« Es waren die üblichen Floskeln, die sie wechselten, bevor Mara, noch auf dem Weg zum Haus, in dem sie übernachten würde, Dando fragte, ob es ein Ärgernis gäbe.
»Ärgernis ist ein leicht verharmlosender Ausdruck für das, was es gibt«, antwortete Dando. Ein paar von den anderen jungen Männern, die von hier aus das alte Gewerbe der Piraterie in seiner modernisierten Art ausübten, kamen herbei, begrüßten Mara und verloren sich wieder. Man würde sich beim gemeinsamen Essen sehen.
»Kommen Sie, Miß Mara«, forderte Dando die Frau auf, als sie bei den Häusern angelangt waren. Er führte sie in eines der Gebäude, ein einfaches Fertighaus aus imprägniertem Holz, und da stand die Blechkiste, die Dando und seine Männer von der »Belinda« geholt hatten. Ohne nähere Erklärungen bückte sich Dando, ließ die Schlösser aufspringen und schlug den Deckel zurück.
Mara starrte auf den Sand in der Kiste, dann sah sie Dando an und fragte: »Und?«
Der Filipino ließ den Deckel fallen und antwortete: »So sieht es in dem Ding aus. Sand, sonst nichts.«
»Du willst sagen, die Kiste hat nichts weiter enthalten als diesen Dreck da?« Sie griff nach einer Zigarette, brannte sie an dem Feuerzeug an, das Dando ihr hinhielt. Er steckte es wieder ein, zuckte die Schultern und sagte: »Sie war leer. Wir haben es erst gemerkt, als wir sie hier unterstellten. Ich wollte sicher gehen, daß der Transport den Inhalt nicht durcheinandergebracht hatte, sonst hätten wir sie gar nicht geöffnet. Aber so entdeckten wir die Sache.

Deshalb die Funknachricht, daß Sie kommen sollten.«

Was ist da geschehen? fragte sich Mara. Schließlich erkundigte sie sich: »Ist es möglich, daß ihr die falsche Kiste gegriffen habt?«

Er wies auf das Zeichen, das auf dem Blech aufgemalt war. »Das heißt ›Radioaktives Material‹. Außerdem haben wir das ganze Schiff durchsucht. Keine weitere Metallkiste. Die Chips, von denen wir zur Irreführung ein paar Gebinde mitgenommen haben, waren anders gepackt.«

Er führte sie weiter in den Raum hinein, wo ein paar Holzkisten mit kyrillischen Aufschriften lagerten.

Ein Betrug? So schnell würde das nicht herauszufinden sein. Wenn überhaupt, dann konnte der Kapitän etwas Genaueres wissen. Sie erinnerte sich: »Hat es Schwierigkeiten mit dem Schiff gegeben?«

Dando schüttelte den Kopf und berichtete ihr, alles sei wie geplant verlaufen, auch daß man einen der jungen filipinischen Matrosen über Bord geworfen hatte, weil das üblich war, um die Legende von der Brutalität der Piraten nicht aufs Spiel zu setzen, die die Arbeit ungeheuer erleichterte.

»Der Kapitän?«

»Gesund. Sie hatten gesagt, den würden Sie noch brauchen, Miß Mara.«

»Zuerst brauche ich jemand anderes«, murmelte sie nachdenklich. Die Sache muß bereinigt werden. Aber nicht nur diese, auch der Verlust, den Sotis erlitten hatte, sollte nicht so einfach zur Bereicherung Tobins führen. Da gab es Möglichkeiten, und es war an der Zeit, von ihnen Gebrauch zu machen. »Wo kann ich mich ein bißchen erfrischen?« erkundigte sie sich,

und als Dando sie in eines der Holzhäuser geführt hatte, in dem sie auch übernachten konnte, versprach sie ihm: »Morgen bekommst du über Funk die Weisung, wohin die Chips zu liefern sind. Was gibts auf diesem paradiesischen Eiland zu essen?«
Dando grinste. »Heute abend Fisch. Tomo ist einer der besten Fischköche auf der Insel.«
»Ich bin gespannt, was er zaubert«, gab sie zurück. Nachdem sie allein war, führte sie über ihr Funktelefon einige Gespräche, darunter eins mit Wirgel, der dabei aufgeregt von dem Überfall berichtete. Sie zeigte sich überrascht, wies ihn aber darauf hin, daß die Versicherung den Schaden tragen würde. Er solle ordnungsgemäß Marina Bay ansteuern und seinen Anlegeplatz am Clifford Pier nehmen, wie es schon mit dem Lotsen vereinbart sei. Nachdem er die Ankunftszeit in etwa errechnet hatte, versicherte sie ihm, sie würde ihn dort erwarten und die Formalitäten erledigen lassen.

Wirgel sah sie an der Pier stehen, als er anlegte. Sie hatte nicht nur den Lotsen geschickt, sondern auch schon die Zollformalitäten geklärt, alles, was Wirgel noch zu tun blieb, war eine oberflächliche Deklaration. Eine Kontrolle fand nicht mehr statt. Miß Mara schien hier als integre Dame zu gelten, die eine honorige Firma vertrat. Wirgel versicherte ihr, es sei ihm eine Freude, mit ihr zusammenzuarbeiten.
Sie wartete, bis alles erledigt war, dann fuhr sie mit

ihm das kurze Stück nordwärts zum Marina Mandarin, einem der Hotels am Marina Square, wo sie bekannt war, weil sie hier öfters mit ihren Geschäftsfreunden zusammentraf, Besprechungen führte, dinierte.
Noch bevor sich Wirgel zurückzog, um zu duschen und auszuschlafen, lud sie ihn zu einem Imbiß ein, sie sagte, es wäre gut, wenn man sich erst einmal näher kennenlernte, die Zusammenarbeit falle dann leichter.
In der Rotisserie kletterte Wirgel auf einen Hocker, und während sie auf gegrillte Steaks warteten, eine Spezialität des Kochs, der sie Miß Mara besonders empfahl, als er sie wie einen Ehrengast begrüßte, ließ sich Mara von Wirgel berichten, was vorgefallen war. Er ließ nichts aus, auch nicht den über Bord geworfenen Matrosen, und als er dazu kam, daß die Piraten den Metallbehälter ebenfalls mitgenommen hatten, der vor Libau an Bord gekommen war, machte sie ein betroffenes Gesicht. »Ja«, sagte sie nach einer Weile gedehnt, »wir haben in der Straits eine Menge Ärger mit Freibeutern. Wobei es nicht immer so harmlos abgeht ...«
»Danke«, gab Wirgel säuerlich zurück, »mir reichte das auch so schon. Der Matrose ist vermutlich tot. Die Haie werden ihn geholt haben. Warum nahmen die Kerle nicht einfach die Schiffskasse und verschwanden wieder? Mußten sie auch noch ihn umbringen?«
Als Mara Toyabashi schwieg, besann er sich und bemerkte entschuldigend: »Tut mir leid, aber sie haben auch von den Chips ein paar Kisten gestohlen. Und dann eben den Metallkasten ...«

»Was war da eigentlich drin?« versuchte sie ihn auszuholen. Aber er fiel nicht auf den Trick herein.
»Wenn Sie das nicht wissen! Ich denke, es war ein Gepäckstück, das sozusagen für Sie befördert wurde, nebenbei oder für diesen Partner Kobzews in Berlin oder für Sie beide. Ich habe nicht versucht, die Verschlüsse aufzubrechen, das werden wohl jetzt die Piraten getan haben.«
Es klang glaubwürdig, und sie fürchtete nicht, daß Wirgel ihr etwas verschwieg. Der Mann machte einen korrekten Eindruck, ganz so, wie man ihn von Deutschen erwartete. Des Rätsels Lösung mußte woanders zu suchen sein. Etwas stimmte mit diesen Leuten nicht, die den Behälter vor Libau vielleicht schon leer an Bord gebracht hatten. Es wäre nicht das erste Mal, daß man mit diesen russischen Schiebern so etwas erlebte. Wer weiß, ob sie überhaupt noch zu lokalisieren waren. Wenn es ein einmaliges Geschäft gewesen war, das Sotis da auf Treu und Glauben abgeschlossen hatte, dann gab es keine Chance, die Kerle zu erwischen.
»Ich habe nur die Beförderung mit Herrn Kobzew vereinbart«, sagte sie, »was sich in dem Gepäckstück befand, ist mir selbst nicht bekannt.«
Wirgel brummte: »Sah von außen aus wie ein Kamerakoffer von einer Filmexpedition, die mindestens zum Südpol reist ... «
Mara hob das Cocktailglas an, das der Kellner vor sie hingestellt hatte, und prostete Wirgel zu: »Machen Sie sich keine Gedanken, wir werden den Schaden regeln, Sie haben keine Schuld. Übrigens – ich hätte einen Ersatzmann für Ihren verlorengegangenen Matrosen, wären Sie interessiert?«

Er stimmte zu. »Allerdings wäre mir ein Filipino am liebsten, meine ganze Mannschaft besteht aus Filipinos.«

Sie nickte. Dachte an einen der Männer Dandos. Es würde gut sein, ihn an Bord zu haben, wo er die Augen offenhalten konnte. Denn Wirgel sollte nicht das letzte Mal für das Unternehmen Toyabashi gefahren sein.

»Er kommt aus Manila, wenn ich nicht irre. Er arbeitet bei mir, aber eigentlich ist sein Beruf die Seefahrt. Ich werde das regeln. Wenn Sie wollen, nehme ich Ihnen auch die Verhandlung mit der Versicherung ab ...«

Er wollte es. Versicherungen waren unangenehme Gesprächspartner. »Ich werde das in Ihrem Interesse und im Interesse von Herrn Kobzew erledigen. Gelegentlich schicke ich Ihnen eine Sekretärin ins Hotel, der diktieren Sie dann den Verlauf des Überfalls. Übrigens – Herr Kobzew ist auch angekommen. Wohnt im Orchard.«

»Gut zu hören«, sagte er. Das Zusammentreffen mit Kobzew würde wohl nach dem Verlust, den er ihm zu melden hatte, nicht gerade erfreulich verlaufen. Er versprach, ihn anzurufen. Vorerst wurde er durch den Kellner abgelenkt, der die Steaks vor ihren Augen zubereitete. Als sie fertig waren, fiel Wirgel ein, daß er schon Monate kein vernünftiges Steak mehr gegessen hatte. Der Koch auf der »Belinda« taugte wenig. In Hamburg hatte der Kapitän eigentlich ausgehen und essen wollen, aber dann war diese Metallkiste dazwischengekommen, und es blieb keine Zeit.

»Übrigens, Herr Kobzew heißt jetzt Mister Conders und stammt aus Südafrika, Sie verstehen?«

»Ich verstehe«, antwortete Wirgel und machte sich eine Notiz auf einer Serviette. »Conders, Südafrika.«
»So ein Steak duftet nach überstandenen Gefahren«, scherzte Mara. Und Wirgel genoß die Mahlzeit mit der schönen Frau, die sich für die »Belinda« interessierte.

Etwa um diese Zeit erinnerte sich der Staatsanwalt Bin Ali an seine alte Freundin Mara. Er war in der Haftanstalt, um einen Zeugen zu befragen, und als er das erledigt hatte, beauftragte er einen Aufseher, ihm noch den U-Häftling Hartono vorzuführen.
In dem kleinen, fensterlosen Raum, in dem er den Colonel wenig später traf, herrschte eine schweißtreibende Hitze, obwohl es an der Decke einen dieser Drehflügel gab, doch der kühlte nicht, er quirlte die schale Luft lediglich fortwährend durch.
Der Colonel hielt sich soldatisch straff, und als er dem Staatsanwalt gegenübersaß, erbat er sich sofort die Erlaubnis zu einer Erklärung.
»Sprechen Sie«, forderte Bin Ali ihn auf, bevor er seine eigene Frage anbrachte. Hartono erklärte kurz, er habe nie im Leben mit Drogen auch nur zu tun gehabt und es sei ihm unverständlich, wie Heroin in sein abgestelltes Flugzeug gelangen konnte, vermutlich handle es sich um eine Manipulation, an der er jedoch keinen Anteil habe.
Bin Ali hörte sich das gelassen an und versicherte dem Häftling dann, er nehme es zur Kenntnis, aller-

dings läge die Drogenanklage nicht in seiner Kompetenz. Er empfahl Hartono, die Erklärung schriftlich abzufassen und zu seinen Akten zu geben. Dann fragte er ihn: »Sie waren wegen Geschäften mit der Firma Tobin hier, stimmt das?«
»Es stimmt. Die Firma Tobin hat an mich eine Lieferung von Aggregaten und Maschinenteilen aus Europa vermittelt.«
»Hat die Firma Tobin im Zusammenhang mit dieser Lieferung noch finanzielle Forderungen an Sie? Oder hat jemand in Europa welche?«
Der Colonel schüttelte den Kopf. »Die Lieferung ist bezahlt, und Mister Tobin hat keine Forderungen mehr an mich. Ich war eigens wegen der Begleichung nach Singapore gekommen.«
Bin Ali dankte ihm, erkundigte sich routiniert, ob er korrekt behandelt würde, und dann entließ er den Häftling in seine Zelle.
Aus seinem Auto rief Bin Ali, während er die Changi Road entlang rollte, Mara an und teilte ihr mit: »Ich habe mit diesem Oberst gesprochen, meine Liebe. Der Mann hat alles bezahlt. Kein Posten mehr offen. Vielleicht wäre es gut, wenn du noch versuchst, über die Bank des Unternehmens etwas zu erfahren.«
»Danke!« sagte Mara. Sie war in ihrem Büro in der Market Street damit beschäftigt, Unterschriften zu leisten. Während sie in der ihr vorgelegten Mappe blätterte, versicherte sie Bin Ali, sie werde ganz gewiß noch einmal nachprüfen, ob die Erklärungen des Colonels stimmten. Bin Ali, der sich gern als aussichtsloser Bewerber um ihre Gunst gab, versicherte ihr, er sei stets für sie da, wenn sie Lust auf seine Gesellschaft haben sollte. Worauf ihn Mara erwartungsvoll stimmte: »Das

wird bald sein!« Sie blickte eine Zeitlang durch das Panoramafenster hinaus auf die Silhouette der Stadt. Singapore hatte seine Wolkenkratzer wie andere Metropolen Asiens auch, wenngleich nicht in der Unzahl, mit der Hongkong protzte und alle Rekorde modernistischen Städtebaus hielt – trotzdem fand das Auge Ruhe auf zahlreichen grünen Inseln, auf Alleen und Parks. Amir Tobin hat Igor Sotis hereingelegt, dachte Mara. Zwischen zwei Kaufhaustürmen mit spiegelnden Fenstern hindurch konnte sie ein paar Segel in der Mündung des Singapore Rivers sehen. Sie hielten auf den North Boat Quay zu, vielleicht wollten die kleinen Fahrzeuge auch zur Elgin Bridge. Der Fluß war gelb und träge, wie die meisten Ströme dieses Erdteils sind, da wo sie sich ins Meer wälzen.

Tobin, dachte Mara. Das Schicksal des indonesischen Waffeneinkäufers interessierte sie nicht, aber Tobin war ein Mann, mit dem sie selbst schon des öfteren die Erfahrung gemacht hatte, daß er seine Geschäfte auch über tote Partner hinweg abschloß. Das allein war nicht ungewöhnlich, wenigstens nicht in diesem Teil der Welt. Aber Mara Toyabashi hielt einen Anteil an Tobins Gesellschaft, der es ihr gestattete, ein gewichtiges Wort aus dem Hintergrund mitzureden. Und es war für ein Unternehmen wie dieses nicht gut, wenn es Anlaß zu dem Gerücht gab, es lege seine Kunden herein. Sotis würde den Verlust zu tragen haben, daran war wohl kaum noch etwas zu ändern. Aber Tobin war zum Problem geworden. Mara war nicht die Frau, die in solchen Fällen lange überlegte. Es mußte gehandelt werden, bevor sich Tobin über noch mehr ungeschriebene Regeln hinwegsetzte. Sie rief ihn kurz entschlossen an.

»Hallo, Mister Tobin, ich habe nur eine kleine Mitteilung an Sie. Es geht um unseren alten Geschäftsfreund Kobzew. Er ist in Singapore. Ich dachte, es würde Sie interessieren. Seine Position in dem Land am Rande Rußlands war unhaltbar geworden durch die politischen Umstände. Ich dachte, Sie würden vielleicht auch daran interessiert sein, ihm hier wieder auf die Beine zu helfen ...«

»Aber ja, liebste Miß Mara!« rief Tobin. Er erkundigte sich, wo Kobzew zu finden sei, und dann versicherte er Mara: »Selbstverständlich helfe ich ihm. Auf Ihre Hilfe kann er doch wohl auch hoffen? Sehen Sie ihn heute noch?«

»Möglicherweise.«

»Ich bitte Sie, ihm zu übermitteln, daß ich ihn in der kommenden Woche aufsuche und alles mit ihm bespreche. Sie verstehen, das Wochenende naht ...«

Sie blickte auf den elektronischen Datumsanzeiger auf ihrem Schreibtisch. Freitag. »Das heißt, Sie Glücklicher fliegen wieder auf Ihre Insel?«

Tobin hatte keinen Grund, die Frage verdächtig zu finden. Er gab lachend zurück: »Wenn es denn meine wäre! Leider, es gehört mir nur ein gewisser Teil davon.«

Sie war plötzlich interessiert, das Gespräch schnell zu beenden. Rief Tobin zu: »Schöne Tage wünsche ich! Und Mister Kobzew wird Ihre Botschaft durch mich erhalten. Bis bald!«

Die letzten beiden Worte hatte sie aus Routine angefügt. Jetzt mußte sie darüber lächeln. Aber es war keine Zeit mehr zu verlieren, wenn sie schnell handeln wollte, und dazu war sie entschlossen.

Von ihrem Vertrauten auf dem Flugplatz Changi erfuhr sie, daß Mister Tobin am nächsten Tag gegen Mittag fliegen würde. Seine Maschine sollte bis dahin bereit sein. Minuten später stand einer der Wachleute in Maras Büro, ein drahtiger junger Bursche, der einen intelligenten Eindruck machte. Aber er hatte einen künstlichen linken Fuß. Ursprünglich hatte er zu Dandos Mannschaft gehört, aber nachdem ihm bei einem Überfall, der in einer Schießerei endete, eine Kugel den Fuß zerschmetterte, war er für die Piraterie unbrauchbar geworden, und Mara, die dafür gesorgt hatte, daß ausgezeichnete Ärzte ihm eine Prothese anpaßten, die ihn wieder gehfähig machte, nahm ihn als Wachmann in die Firma. Er kam aus Indonesien, aber er war ohne viel Umstände eingebürgert worden, nachdem er Arbeit in der Firma Toyabashi nachwies.

»Setz dich, Sunan«, forderte Mara ihn auf. Der junge Mann, von dem sie wußte, daß sie ihm voll vertrauen konnte, trug eine der Phantasieuniformen, wie sie bei den privaten Wachleuten großer Unternehmen üblich waren. Er sah Mara erwartungsvoll an. Einer dienstlichen Unterlassung war er sich nicht bewußt, also konnte es sich nur um einen der üblichen Aufträge handeln, für die Miß Mara gelegentlich einen Mann ohne Gedächtnis brauchte. Und ohne Skrupel.

»Ich danke«, sagte der junge Mann artig und setzte sich in einen der tiefen Polstersessel. Mara war immer wieder verblüfft, daß Sunan mit seinem künstlichen Fuß nicht einmal merklich hinkte. Nach ein paar Floskeln, die für sie im Umgang mit ihrem Personal unverzichtbar waren, kam sie zur Sache, und sie sprach sehr offen mit Sunan, weil sie nicht nur sei-

ner Verschwiegenheit sicher war, sondern ihm auch das Gefühl geben wollte, er sei in ihren Augen etwas Besonderes. Er schätzte den Job auf Lebenszeit, den sie ihm garantierte, und wenn es darum ging, ab und zu einen Sonderwunsch zu erfüllen, der seinen Preis hatte, verlor Sunan nie auch nur ein Wort des Bedenkens. Es gab wenig, was er nicht konnte. So antwortete er auch jetzt auf Maras Frage, ob er innerhalb einiger Stunden eine elektronisch zündbare Sprengladung herstellen könne, daß dies keine sonderlichen Schwierigkeiten bereiten würde. Er erkundigte sich nur, wofür sie gedacht sei. »Ein Flugzeug«, antwortete Mara. »Eine Cessna Caravan.« Sunan überlegte. Er hätte dabei eine Zigarette rauchen wollen, am liebsten eine von der heimatlichen, mit Nelkenöl getränkten Sorte, aber es ziemte sich nicht, das im Büro Miß Maras zu tun, und Miß Mara machte keine Anstalten, selbst zu rauchen. Also rechnete er. Die Caravan war eine zweimotorige Reisemaschine, die etwas über zweitausend Kilogramm wog und ein Startgewicht hatte, das doppelt so hoch war. Flog in einer Reisehöhe von knapp unter zehntausend Metern.
»Im Fluge? Oder auf dem Abstellplatz?«
»Im Fluge«, gab Mara Auskunft.
Er brauchte ihr das Ergebnis seiner Berechnungen nicht unbedingt mitzuteilen, fand er, also sagte er nur: »Ich verstehe. Unkenntlich machen und einbauen?«
Sie nickte. Griff sich einen Zettel und schrieb den Namen ihres Vertrauten auf dem Flughafen darauf. Sagte, als sie ihn Sunan übergab: »Changi Airport. Der Mann sorgt dafür, daß du zu der Maschine

kommst. An der Personalauskunft melden. Geht es heute noch?«
»Ich versuche es«, meinte der junge Mann. Mara griff in den Schreibtisch und nahm aus einem Fach einen Umschlag, den sie Sunan übergab. »Du wirst Unkosten haben. Der Rest wird von mir nicht mehr gebraucht.«
Sunan war bei aller ausgesuchten Höflichkeit ein vorsichtiger Mensch. Er warf erst einen Blick in den Umschlag, dann sagte er: »Das ist reichlich, Miß Mara. Ich danke. Soll es über dem Meer passieren? Automatisch? Oder nach Zeit ausgelöst?«
»Über dem Meer. Du kennst die Route, die von diesen kleinen Maschinen in Richtung Lombok geflogen wird?«
Er kannte sie. Es würde mit einem relativ einfachen Zünder zu machen sein. Er erhob sich. Wenn er das Ding heute noch basteln und einbauen wollte, hatte er keine Zeit zu verlieren.
»Falls es Komplikationen gibt, sofort anrufen!« schärfte Mara ihm ein. Sie war sich ziemlich sicher, daß es keine geben würde. Es war nicht der erste Auftrag, den Sunan für sie erledigte, und er hatte weder jemals Schwierigkeiten gehabt, noch hatte er nach einer solchen Sache auch nur ein Wort darüber verloren. Als er gegangen war, rief sie wieder ihren Vertrauten auf dem Flughafen an. Er begrüßte sie: »Ja, Miß Mara, was kann ich für Sie tun?«
Sie sagte akzentuiert, auf eine Art, von der sie wußte, daß er sie sofort verstand: »Hier ist nicht Miß Mara, sondern die Sekretärin von Herrn Tobin, der morgen nach Lombok fliegt. Es wird sich einer unserer Angestellten bei Ihnen melden. Er bringt ein kleines,

aber sehr wertvolles Gepäckstück, das er in der Maschine von Mister Tobin unterbringen wird. Ich bitte, ihn zu der Maschine zu führen. Sorgen Sie dafür, daß er darin ungestört bleibt und daß der Monteur davon keine Kenntnis bekommt. Auch nicht Mister Tobin selbst. Bin ich verstanden worden?«
Sie konnte nicht sehen, daß der Mann am anderen Ende der Leitung lächelte, aber sie merkte, daß seine Stimme ziemlich fröhlich klang, als er antwortete: »Selbstverständlich, Miß Sekretärin, Sie sind fehlerfrei verstanden worden, und die Sache wird genau so gemacht werden, wie Sie es wünschen. Immer zu Ihren Diensten ...«
Am späten Nachmittag wurde Sunan von dem Flughafenangestellten, dessen Name auf Maras Zettel gestanden hatte, zu den Privathangars geführt, an die Caravan von Mister Tobin. Der Monteur hatte sie bereits für den Flug am nächsten Tag vorbereitet und aufgetankt. Sunan kletterte in die geräumige Kabine und ging nach hinten, bis er an den Sitzen vorbei war. Hier gab es auf dem Boden, unter dem Filzbelag eine Klappe, die bei jeder größeren Inspektion geöffnet wurde, weil darunter die Stahlseile für die Betätigung der Ruder verliefen. Es dauerte ein paar Minuten, dann hatte Sunan eine ausreichende Portion C-4-Sprengstoff um die Seile geknetet und mit einem Säurezünder versehen, der das Paket genau dreißig Minuten nach der ersten Betätigung der Ruder hochgehen lassen würde. Schätzungsweise würde die Caravan dann um die hundertfünfzig Kilometer von Singapore entfernt über hoher See sein. Vermutlich würde der Sprengsatz das Heck der Maschine wegsprengen, wenigstens aber die Ruder außer Funktion

setzen. In jedem Falle würden die Caravan wie ein Stein ins Meer stürzen.
Sunan dachte an Haie, während er nach getaner Arbeit von Changi zur City zurückfuhr. Zuerst hatte er geglaubt, er werde nie wieder ein Auto bedienen können, als das mit seinem Fuß geschehen war. Aber dann, als er schon bei Miß Mara war und die Prothese hatte, war sie auf den Gedanken gekommen, ihm einen Wagen mit Automatik zu schenken. Seitdem brauchte er nur noch den rechten Fuß zum Fahren, und der war gesund. Er hatte Miß Mara bereits mehrere Male versichert, er sei ihr sein Leben lang dankbar und sie könne sich in jeder Sache auf ihn verlassen. Wie es aussah, tat sie das. Haie. Unangenehmer Gedanke. Aber ein Pilot, der mit solch einem kleinen Maschinchen aus einigen tausend Metern aufs Wasser knallte, dem konnte selbst ein hungriger Hai keinen Schmerz mehr bereiten ...
Mara Toyabashi sagte nur: »Danke, Sunan«, als er sie gegen Abend anrief, um ihr zu melden, daß alles erledigt sei. Sie stand barfuß im Bad und pflegte ihre Haut mit einem aus Samoa stammenden Öl. Dann ruhte sie noch die vorgeschriebenen zwanzig Minuten, bis die Haut das Öl aufgesogen hatte, worauf sie sich ankleidete und mit einem Blick auf die Uhr feststellte, daß der Wagen des würdigen alten Herrn Iskander bereits warten würde. Sie trug ein eng sitzendes Abendkleid, weil sie wußte, daß der alte Herr gern einen Blick auf einen gut gewachsenen Körper warf, dessen Umrisse sich unter dünnem Stoff abzeichneten. Ein Genießer von der harmlosen Art, über das Laster hinausgewachsen mit den Jahren. Von seinen drei Frauen war eine schon verstorben,

die anderen zwei wohnten in einem Palast in Johore, auf dem malaysischen Festland. Die Zahl seiner Kinder kannte selbst Mara nicht ganz genau, obwohl sie wußte, daß einige der Söhne eigene Unternehmungen betrieben. Herr Iskander war nicht sonderlich mitteilsam, wenn es um seine Privatangelegenheiten ging. Ebensowenig kannte sie die Zahl der Unternehmungen, die er in Singapore selbst oder über Mittelsmänner beherrschte, ähnlich wie Toyabashi Inc. Sie bezweifelte, daß mehr als ein halbes Dutzend Leute überhaupt davon wußten. In Jurong, wohin der Bentley, den Iskander ihr geschickt hatte, sie brachte, lag eines der größten Industriegebiete Singapores, und hier hatte Iskander mehrere florierende Unternehmungen, das wußte sie, weil sie gelegentlich mit ihnen gearbeitet hatte. Es war auch die Fabrik darunter, die sich mit der Herstellung der jetzt in Mode gekommenen Computerspiele befaßte, die Iskander mit den spottbillig erworbenen russischen Chips bestückte.

Der Fahrer bog jedoch unmittelbar hinter dem Jurong Park ab und fuhr nordwärts bis zum See, einem der vielen der Insel, der von blühenden Gärten und pittoresken chinesischen Bauten umgeben war. Der Chinesische Garten, zu dem ein Diener Iskanders sie begleitete, der sie an der geschwungenen Brücke erwartete, lag auf einer kleinen Insel im See. Eine liebevoll im Stil der Sung-Dynastie hergerichtete Szenerie, die entfernt dem Sommerpalast der chinesischen Kaiser in Peking ähnelte.

Hier pflegte Iskander, der nicht wenig dazu beigetragen hatte, daß die bezaubernden Nachbildungen einer vergangenen Epoche hatten hergestellt wer-

den können, einige Räume bei Bedarf anzumieten. Sie befanden sich im dritten Stockwerk einer Pagode, die in ihrem Inneren mit den modernsten technischen Einrichtungen ausgestattet war und die im allgemeinen als Rasthaus und Gaststätte diente.
Iskander, in einen altmodischen bestickten Überwurf gekleidet, kam Mara entgegen und nahm sie bei den Händen wie ein Vater die heimgekehrte Tochter. In der Tat liebte er Mara wie sein eigenes Kind. Er war immer stolz gewesen, wenn ihm eine seiner Frauen einen Sohn gebar. Söhne führen das Werk der Väter fort, sie sorgen für das Wohlergehen der Familie, das war eine überlieferte Vorstellung. Doch seitdem er Mara kannte, bedauerte der würdige, weißhaarige Greis es, daß er nie eine Tochter gehabt hatte. Wenn alle Töchter so waren wie Mara, dann mußte man sie den Söhnen gleichstellen.
Er führte sie an die Brüstung, von der aus sie den See betrachten konnten. Ein fast voller Mond zeichnete einen gleißenden Strich auf das Wasser. Im Schilf gurrten Nachtvögel. Das Gezirp der Zikaden klang bis hier herauf. Und die Luft roch so gar nicht nach Großstadt, sie duftete nach tausend Blüten. Dies alles strahlte Ruhe aus. Mara wußte, daß Iskander in stillen Nächten hier zu meditieren pflegte. Jemand hatte ihr erzählt, er habe sich in den Jahren der japanischen Besatzung hier vor den Kriegern des Tenno versteckt. Sie suchten nach ihm, weil ein betrügerischer Geschäftspartner des Vaters ihnen aufgeschwätzt hatte, die gesamte Familie gehöre zu den Erzfeinden dessen, was sich die Neue Ordnung in Asien nannte. Außer Iskander war kein Mitglied der Familie am Leben geblieben. Und Iskander selbst hatte Mara ein-

mal, ohne die näheren Umstände zu erklären, aufmerksam gemacht, daß er einige der schönsten und höchsten Bäume der Insel persönlich gepflanzt hatte. Über den Denunzianten von damals hieß es in Kreisen, in denen Iskander ebenso bekannt wie geachtet war, er habe ihn und seinen Anhang nach der Niederlage der Japaner auf eine klapprige Dschunke bringen und sie bis weit auf die Straits hinaus schleppen lassen, wo die Dschunke angezündet wurde. Iskander selbst sollte die qualmende Fackel auf dem Wasser so lange beobachtet haben, bis sie endlich erlosch. Erst danach habe er Frauen geheiratet und eine neue Familie begründet.
»Ein Abend zum Meditieren«, scherzte der Alte, als ein Diener ihnen Liegestühle hinschob. »Was ich dich immer schon fragen wollte, mein Mädchen, willst du nicht doch eines Tages einen Mann nehmen? Kinder haben? Man muß an die Zeit denken, in der es einem das Blut wärmt, wenn man zusehen kann, wie ein Sohn oder eine Tochter in die Welt wächst und den Ahnen Ehre macht ... «
Er hatte schon öfters Andeutungen dieser Art gemacht, und wie immer antwortete ihm Mara auch jetzt wieder: »Noch ist der Held meiner stillen Sehnsucht nicht vor meinen Augen aufgetaucht, Tuan Iskander. Aber ich bin noch jung ... «
Er verfolgte das Thema nicht weiter und erkundigte sich nach dem Gang der Geschäfte. Als sie ihm auseinandersetzte, daß die »Belinda« von Freibeutern überfallen und der »Hund« geraubt worden war, blieb er, der von Maras Liaison mit den Piraten nichts wußte, ruhig. Sagte nur beiläufig: »Ich hatte die Lieferung versprochen. Ärgerlich. Ich werde darum bit-

ten müssen, daß man mir noch etwas Zeit läßt. Können wir das Geschäft wiederholen und es besser absichern?«
Das bejahte sie. »Ich habe den Russen hergeholt, der die Vermittlung besorgte. Ihn können wir jederzeit nach Rußland schicken, um Verhandlungen zu führen. Und Sotis ist in der Lage, neue Verbindungen herzustellen.«
Iskander hätte jetzt eigentlich seine Abneigung gegen diese Russen aussprechen wollen. Er liebte sie nicht, ja er machte nicht einmal gern Geschäfte mit ihnen. Sie deutelten an Verträgen herum, die ihnen nicht gefielen, Monate nach dem Abschluß. Meist mit der übelriechenden Ausrede, die Voraussetzungen hätten sich geändert. Das war gegen jedes asiatische Geschäftsprinzip. War eine Sache einmal abgemacht, dann hatte man sich daran zu halten, ob es wehtat oder nicht. Das Gesicht hing davon ab.
Aber der alte Herr verzichtete auf eine Erörterung solcher Dinge. Er hatte darüber schon des öfteren mit Mara gesprochen, sie kannte seine Ansichten, und man machte mit den Russen ja auch nur Geschäfte, für die es eben keinen anderen Partner gab. Entweder weil »Hund« eine Sache war, die man am besten von ihnen bekommen konnte, oder weil sie aus ihrer Lage heraus Dinge anboten, die man sonst nirgendwo so günstig kaufen konnte. Nein, Iskander war auf einen angenehmen Abend eingestellt. Das Geschäft mit dem »Hund« hatte nicht geklappt. Nun, man konnte eine neue Lieferung in die Wege leiten. Der Handel mit »Hund« war kein Stoßgeschäft. Nicht an Schnelligkeit gebunden. Bei den Verhältnissen, die in Rußland herrschten, bei den

wachsenden Möglichkeiten, dort nicht nur ein paar Diebe zu bezahlen, sondern einen hohen Beamten zu kaufen, der das Material völlig legal zum Absatz freigab, war nichts verloren.

»Also genießen wir ein Mahl, das unsere Gaumen erfreut und die Sinne befeuert«, lächelte er. »Und sobald sich eine neue Chance anbietet, das kritische Material zu beschaffen, bitte ich um Information, mein Auftrag steht. Meine Freunde, die es kaufen, drängen nicht gerade, aber sie fragen nach. Ich möchte ihnen eine Nachricht geben, die Hoffnung auslöst.« Er nahm Mara an der Schulter und schob sie auf die Tür zum Speiseraum zu, wo bereits der Tisch gedeckt war. Schalen und Teller in allen Größen, in vielen Farben und Dekors, leuchtende Gemüse, wie sie die chinesische Küche zauberte, Platten mit dampfenden Fleischgerichten, Nudelspeisen und gegrillte Karpfen – Tuan Iskander hatte eine Schwäche für alle chinesischen Gerichte, außer denen, die auf Fleisch vom Schwein basierten. Er atmete die Düfte ein, die sich um den Tisch herum verbreiteten. Soja, Pilze, Ingwer, Tofu, Pfeffer, das war eine Symphonie! Ein chinesisches Mahl nahm man nicht ein, um allein den Magen angenehm zu füllen, man genoß es wie eine Feier. Und dies war ein Tag, an dem Tuan Iskander eine nicht ganz ohne Wehmut zu zelebrierende Feier abhalten wollte, so wie er es jedes Jahr tat: Mohammed, der Prophet, hatte den Ramadan geschaffen, die Fastenperiode der gläubigen Anhänger des Islam, im neunten Monat des islamischen Mondjahres – eine Institution, die auch im überwiegend chinesisch bevölkerten Singapore von den malaiischen Gläubigen streng eingehalten wurde. Morgen begann er. Von Sonnenaufgang bis

Sonnenuntergang, so wollte es der Ritus. Tuan Iskander hätte sich nie dazu hinreißen lassen, die Regeln des Ramadan zu brechen, ihn auch nur zu kritisieren, als unbequem – er pflegte seinen Vorabend zu feiern, diesmal mit Mara, deren Tätigkeit er nicht nur mit väterlichem Wohlwollen beobachtete, die auch seinen unmittelbaren Geschäftsinteressen durchaus nützlich war.
Diener schoben den beiden die Stühle hin. Kerzen wurden angezündet. Aus einem Lautsprecher kam leise und melodisch der Gesang von Nachtigallen. Mara Toyabashi erlebte nicht zum ersten Mal ein so feierliches Essen mit Iskander. Eigentlich hatte sie ihn noch fragen wollen, ob er einen Käufer für die von Amir Tobin gehaltenen Anteile der Tobin Küstenschiffahrtsgesellschaft benennen wolle, weil diese Anteile bald frei würden. Aber sie verschob das. Es paßte nicht in die Atmosphäre. Man würde später darüber reden können. Sie ahnte nicht, daß es recht gut war, mit den freiwerdenden Anteilen Tobins noch nicht zu operieren, jedenfalls nicht, bevor er tatsächlich von der Bildfläche verschwunden war.

Am Morgen erschien Tobins Mechaniker im Hangar in Changi. Er hielt es für gut, diesmal beim Abflug des Chefs anwesend zu sein, nachdem er ausgiebig Freizeit genossen hatte, während Tobin von seiner Maschine keinen Gebrauch machte.
Der junge Mann, der sehr daran interessiert war, daß sein Chef den allerbesten Eindruck von seinem Ar-

beitseifer hatte, ließ das Hangartor aufrollen, kletterte in die Caravan und ließ sie von einem der kleinen Zugwagen herausbugsieren auf das Rollfeld, bis in die Bucht, in der sie Tobin später vorfinden sollte. Er kletterte ins Cockpit und prüfte die Tankfüllung, die elektrische Anlage, und zuletzt betätigte er Seiten- und Höhenruder. Alles funktionierte tadellos.
Der Monteur stieg aus, ging zum Verwaltungsgebäude, wo er auf Tobin warten wollte, der seine Ankunft bereits angekündigt hatte. Er saß in der Cafeteria und rauchte seine zweite Zigarette, als ihn ein dumpfes Krachen aufhorchen ließ, das aus ziemlicher Entfernung zu kommen schien, trotzdem aber noch die Scheiben der Fenster zum Klirren brachte. Der Monteur trat aus dem Gebäude, um zu sehen, wohin die Feuerwehrfahrzeuge rasten, deren Sirenen die Trommelfelle dröhnen ließen. Und seine Augen weiteten sich erschrocken, als er den Qualmpilz sah, der genau über der Bucht stand, in der er vor einer halben Stunde die Caravan von Mister Tobin abgestellt hatte.
Amir Tobin wartete die erste polizeiliche Untersuchung im Flughafen ab. Und es lohnte sich, daß er dageblieben war, statt mit einer Leihmaschine den geplanten Flug zu absolvieren. Der Untersuchungsführer rief ihn in einen Hangar, in den die Reste der ausgebrannten Caravan gebracht worden waren. Ein kleiner Chinese mit einer eleganten Goldrandbrille, der leise sprach. Er sagte zu Tobin: »Sir, wir haben noch kein vollständiges Untersuchungsergebnis. Aber was wir bisher wissen, reicht aus, um festzustellen, daß in der Maschine eine Explosion hervorgerufen und der Schwanzteil abgesprengt wurde,

samt Leitwerk. Diesen Teil haben wir gefunden. Die Trümmer werden weiter untersucht. Wir werden dann wissen, ob es sich um einen Zeitzünder gehandelt hat oder um ferngesteuerte Zündung. Im Lichte dieser vorläufigen Untersuchungsergebnisse rate ich Ihnen, Anzeige zu erstatten. Es kann sich um die Absicht gehandelt haben, lediglich die Maschine zu zerstören, aber es kann auch ein Mordversuch gewesen sein.«

Er verbeugte sich höflich, ohne dabei den Anschein der Unterwürfigkeit zu erwecken. Ein kompetenter Mann, der auch schwierige Aufgaben gelassen zu bewältigen gewöhnt war.

Der Monteur war bereits gehört worden, und er hatte wahrheitsgemäß berichtet, wie er die Maschine getestet hatte. Er stand fassungslos bei den wenigen eingesammelten Trümmerstücken, und als Tobin sich an ihn wandte, wurde sein Gesicht noch bleicher.

Er wiederholte, was er bereits dem Untersuchungsführer gesagt hatte, nämlich daß er die Tankfüllung, die Elektrik und die Ruder geprüft und daß er selbst im Cockpit gesessen hatte, als die Maschine in ihre Bucht geschleppt wurde. Er hatte Angst, seinen Job zu verlieren. Aber Tobin hatte nicht die Absicht, den Mann zu feuern. Er überlegte vielmehr angestrengt, wer ein Interesse gehabt haben konnte, die Maschine zu zerstören. Oder wer es wirklich auf sein Leben abgesehen haben könnte.

Eine einfache Antwort gab es nicht, besonders auf die Frage nach dem Mordversuch. Hartono ging ihm durch den Kopf. Konnte es sein, daß er hinter die Zusammenhänge seiner Inhaftierung gekommen war? Es war kaum möglich. Die Regulationen in Singapores Haftanstalt waren ziemlich streng. Aber wie immer das zusammenhing, es war vermutlich ein Gebot der Sicherheit, zuerst einmal zu verschwinden.

Aus dem Büro des Flughafens rief er seinen Anwalt an, einen malaiischen Advokaten, der wenig später in Changi erschien und es besonders geschmackvoll fand, Tobin zu gratulieren, daß er noch lebte.

Tobin überhörte das und diktierte ihm den Text einer Aussage, die er in seinem Auftrage bei der Staatsanwaltschaft einreichen sollte. Dann rief er ein Büro in der City an, mit dem er schon gelegentlich zusammengearbeitet hatte. Es führte den japanischen Namen »Sumo«. Das bedeutete aber nicht, daß es eine japanische Einrichtung war, sondern es war lediglich eine Anspielung auf die berühmten Ringkämpfer Japans, deren Stärke gefürchtet wurde, selbst bei rauhbeinigen Catchern. »Sumo« bediente seinen Kunden Tobin prompt. Es stellte Detektive, Geldeintreiber und Leibwächter. Bald nach dem Anruf meldete sich bei Tobin ein junger Mann, der wenig Ähnlichkeit mit einem Sumo-Ringer hatte, der aber berechtigt war, eine Waffe zu tragen, und der sich für in der Lage erklärte, Tobin rund um die Uhr zu beschützen.

»Muragawa«, stellte er sich vor. Er ließ sich kurz erklären, was vorgefallen war, und dann nickte er zum Zeichen, daß er den Job übernahm. Sehr gesprächig schien er nicht zu sein.

»Sie dürfen die Pistole auch im Flugzeug tragen?« erkundigte sich Tobin. Der Malaie machte ihn aufmerksam: »In Ihrer Maschine können Sie es verbieten oder erlauben, Sir. In einer öffentlichen habe ich

sie zu deponieren. Und da wo wir landen, müßte ich den Besitz der Waffe bereits auf dem Flughafen anmelden. Von dort aus ginge dann eine Anfrage an die örtliche Polizei, und die entscheidet.«
»Eine praktische Regelung«, bemerkte Tobin kurz. »Sie dürfen das Ding in meiner Maschine tragen.« Dann ging er mit Muragawa zu der Piper Cheyenne, die er als Ersatz für seine zerstörte Caravan gemietet hatte und die inzwischen startklar gemacht worden war. Er war entschlossen, erst einmal nach Lombok zu fliegen und dort in Ruhe zu planen, wie er sich künftig gegen Überraschungen absichern konnte.
Blieb er in Singapore und war es wirklich ein Mordanschlag gewesen, dann bestand die Gefahr, daß der Täter ihn wiederholte.
»Machen Sie es sich bequem«, bot er dem Bewacher an, als er ihn in die geräumige Kabine führte. Er klappte ein paar der Sitze so zusammen, daß eine Liegefläche entstand. Der Malaie ließ sich darauf nieder.
Während des Starts merkte Tobin, daß ihm Angstschweiß auf die Stirn trat. Was war, wenn der Täter auch diese Maschine vermint hatte? Erst in der Luft kehrte seine alte innere Ruhe wieder zurück. Aber er merkte, daß er Mühe hatte, sich zu konzentrieren. Mehrmals mußte er die Höhe korrigieren. Er war mit seinen Gedanken immer noch bei der Frage, wer es auf sein Leben abgesehen haben könnte, und warum.

✳

Als Mara Toyabashi von dem Mißgeschick in Changi erfuhr, erschrak sie zunächst, weil sie fürchtete, daß Sunan, ihr indonesischer Angestellter, der die Sache erledigt hatte, entdeckt worden sein könnte. Aber er selbst schilderte ihr, wie er verfahren war, und sie begriff das Zusammentreffen von Zufällen als Ursache der vorzeitigen Explosion. Ein Telefonat mit ihrem Vertrauensmann in Changi informierte sie darüber, daß dort niemand überhaupt die Anwesenheit Sunans bemerkt hatte.

»Es tut mir so leid«, klagte der Indonesier. Sie hatte ihn in ihr Büro rufen lassen, als sie aus Changi benachrichtigt wurde. Jetzt riet sie ihm: »Mach dir keine Vorwürfe, Sunan. Niemand konnte damit rechnen, daß der Faulenzer von Monteur sich noch um die Maschine kümmert. Wir haben verloren, aber es weiß niemand davon.«

Nachdem der Mann gegangen war, entschloß sich Mara, die Sache mit Tobin Sotis zu überlassen. Es war vielleicht besser, ihn selbst vor die Wahl zu stellen, was er tun wollte.

Sie traf sich mit ihm gegen Mittag, und um diese Zeit war die City schon nicht mehr so betriebsam wie an den übrigen Wochentagen. Dafür gab es mehr Touristen, vorwiegend Europäer. Doch die verteilten sich eher auf solche Sehenswürdigkeiten wie das Aquarium, die Haw Par Villa, den Zoologischen Garten, oder sie schwebten vom Welthandelszentrum mit der Seilbahn bis hinüber auf die Insel Sentosa, das ausgedehnte Unterhaltungszentrum mit seinen Museen, den Naturparks, den Blumenterrassen, Stränden und unzählbaren anderen Möglichkeiten, angenehm Freizeit zu verbringen.

Verglichen mit Sentosa war der Garten um das kleine Teehaus im Fort Canning Park, wo sich Mara mit Sotis traf, fast vereinsamt zu nennen. Sie konnten im Schatten eines riesigen Eisenholzbaumes, geruhsam einen roten Tee aus Yünnan trinkend, miteinander sprechen, ohne daß jemand die Chance hatte, sie zu belauschen.
»Du hast angedeutet, es hätte etwas mit Amir Tobin zu tun, was du mir mitteilen wolltest?«
Sie nahm eine Zigarette von ihm, trank einen Schluck Tee, und dann begann sie, das zu berichten, was zwar die Wahrheit war, aber eben nicht die ganze.
»Ich wollte dir nur sagen, daß ich aus sicherer Quelle erfahren habe, Tobin hatte von dem inhaftierten Indonesier bereits den vollen Betrag für die Waffenlieferung erhalten, und zwar bevor der Mann in Changi festgenommen wurde. Wir sind gute Freunde, ich glaube, es könnte dir helfen.«
Sie mußte lange auf eine Äußerung Sotis' warten. Der rauchte, trank Tee, lauschte dem Gesang der Vögel, bevor er schließlich vor sich hin sagte: »Also war meine vage Ahnung doch richtig. Der Kerl lügt. Betrügt mich.«
Sie bewegte die Schultern. »Damit mußt du rechnen. In diesem Geschäft gibt es kaum vollkommen ehrliche Leute.«
Er ging nicht darauf ein. Murmelte: »Dabei hat mich Kobzew bereits einmal gewarnt, ohne daß er es vielleicht gewollt hat, als er mir erzählte, sie hätten den Kerl aus der Handelsmission entlassen müssen, weil seine Geschäfte buchstäblich zum Himmel stanken. Ich danke dir für den Tip, Mara.«

Sie ließ etwas Zeit verstreichen, ehe sie fragte: »Wirst du was unternehmen?«
»Ja«, gab er knapp zurück. Nach einer Weile besann er sich: »Wie meinst du das?«
»Ob seine Existenz für dich unverzichtbar ist, um es ganz klar zu sagen.«
»Nein.«
»Gut«, sagte sie. »Dann wirst du wissen, was du tun kannst. Ich brauche den Mann auch nicht.«
Er dachte, wer braucht den schon noch, ich werde dafür sorgen, daß er niemanden mehr betrügt, schon gar nicht Igor Sotis. Und er hatte eine gewisse Vorstellung, was er veranlassen würde.
Er sah auf die Uhr. »Ich habe mit Kobzew gesprochen. Triffst du ihn heute auch noch?«
Das bejahte sie. Und sie nutzte die Gelegenheit, um ihm von dem Piratenstück zu berichten, das sich bei der Anlieferung des Plutoniums ereignet hatte.
»Gestohlen?« Er schüttelte den Kopf.
»Kannst du mit den gleichen Leuten eine Neulieferung vereinbaren?« fragte sie.
»Es war ein Sofortgeschäft. Man nimmt und geht. Take it or leave it, wie sie hier sagen. Ich kann versuchen, etwas anzubahnen, wenn dir daran liegt. Weißt du, in dieser Branche tauchen die Lieferanten auf und verschwinden wieder, das ist eine Lebensfrage für sie. Aber ich werde mit meinen Leuten sofort sprechen. Es wird gut sein, wenn wir beim nächsten Mal Kobzew hinschicken und ihn die Abwicklung selbst überwachen lassen. Ich halte ihn für einen zuverlässigen Mann.«
»Du sprichst heute noch mit möglichen Lieferanten in Rußland?«

Er lachte breit. »Ich werde sie notfalls aus dem Schlaf trommeln! Kobzew deutete mir an, du wärest bereit, ihm einen Job zu geben, ist das so?«
»Ich kann einen zuverlässigen Mann gebrauchen, der Fäden nach Rußland hat.«
»Und einen russischen Paß, außer seinem südafrikanischen. Sehr schön. Es ist klug, ihn in unserer Reichweite unterzubringen, er kann viele Dinge erledigen, für die wir nicht so schnell jemanden bekommen.«
Sie unterließ es, ihn zu fragen, wie er mit Tobin verfahren würde. Mahnte ihn nur, sie aus dem Spiel zu lassen. Er tat demonstrativ befremdet: »Was hast du überhaupt damit zu tun? Ich habe mit dir noch nie ein Wort über diesen Mann gesprochen ... wie hieß er gleich?«
Zu fragen, wie jemandes Name lautete, den man sehr gut kannte, bedeutete unter den Leuten, die in Odessa Sotis' Freunde gewesen waren, nichts Gutes. Aber das wußte Mara nicht. Sie trank ihren Tee aus, plauderte dabei eine Weile mit Sotis über Nichtigkeiten und hörte zu, wie er über das unvergleichliche Erlebnis schwärmte, das ihm Singapore bei jedem Besuch von neuem bot: »In Rußland, auch in der Ukraine sagt man, daß man sich in den Mauern einer Stadt aufgehalten hat. Hier hingegen müßte man gerechterweise sagen, man habe das Glück genossen, unter den Bäumen von Singapore zu wandeln, zwischen seinen tausendfach duftenden Blüten und habe dabei das Konzert der tropischen Vögel gehört, deren Namen ich nicht einmal kenne ... «
Sie riet ihm belustigt: »Vergiß nicht, daß die Bäume zwischen Wolkenkratzern stehen, und daß die Vögel nur leben, weil sie systematisch gefüttert werden!«

Er sah ihr mit einem beinahe zärtlichen Ausdruck im Gesicht nach, als sie ging, um sich mit Kobzew zu treffen, an einem anderen Ort. Sie trug ein helles, kurzes und sehr buntes Kleid, das vielleicht eher zu einer Siebzehnjährigen gepaßt hätte, aber der Schwung ihrer Hüften paßte wiederum, wie er fand, genau zu diesem Kleid.

Er hatte eigentlich noch ein wenig durch den Fort Canning Park bummeln wollen, deshalb hatte er auch Mara vorgeschlagen, sich hier zu treffen. Jemand hatte ihm gesagt, es sei ein besonderer Genuß, an einem nicht zu heißen Tag auf der Cox Terrasse zu sitzen und das Leben auf dem See zu beobachten, der mitten im Park lag. Aber obwohl Sotis sich selbst eingestand, ein Genußmensch zu sein, schenkte er sich das für heute. Es gab Wichtigeres zu tun. Er rechnete sich aus, daß er in einer Stunde in seinem Bungalow in Tanglin sein konnte. In Moskau war es dann Vormittag.

Er erreichte den Gesprächspartner in Moskau schon beim ersten Versuch. Und der Mann, mit dem Igor Sotis eine sehr lange Freundschaft verband, begriff sogleich, worum es sich handelte.

»Einen oder zwei Männer?« fragte er, nachdem ihm Sotis sein Anliegen vorgetragen hatte. Er wollte über den Zweck und die näheren Umstände nichts wissen, das war so üblich, man half sich, und man verlangte nicht, in die Geschäfte anderer Leute eingeweiht zu werden.

»Zwei«, sagte Sotis nach einigem Überlegen. »Sie müssen sich hier erst akklimatisieren. Geht zu zweit besser.«

Der Mann in Moskau beruhigte ihn: »Wenn ich dir

zwei Leute nach Singapore schicke, kennen sie sich in Singapore aus, Igor. Ich werde das arrangieren. Wir haben seit einiger Zeit so gut wie alles an Talenten zur Verfügung. Hauptsache die Rechnung wird nachher nicht beanstandet.«
»Das wird sie nicht«, versicherte Sotis. »Gute Arbeit, gute Bezahlung. Du kennst mich. Du weißt, daß ich das nicht nur so sage.«
»Ich entsinne mich. Was sollen es für Leute sein? Schwergewichtler? Domuschniks?«
»Es ist eine nasse Sache«, gab Sotis gelassen in der Sprache zurück, die sie beide verstanden. Er verursachte damit bei dem Moskauer Mann keine besondere Überraschung. Eine nasse Sache war etwas, das mit dem Tode eines Mannes oder einer Frau endete. Der Moskauer erkundigte sich nur, ob es an Ort und Stelle Werkzeug gäbe. Das, so versicherte ihm Sotis, werde er beschaffen, wenn man es brauche. Er mußte ihm nicht unbedingt über die Fernsprechleitung erklären, daß Mara Leute kannte, die für entsprechende Bezahlung jede beliebige Waffe aus Sumatra per Boot herüberschafften.
»Dann wünsche ich dir ein fröhliches Wochenende im Schoße einer mandeläugigen Schönheit!« ulkte der Moskauer am Ende der Unterhaltung. »Wann bist du wieder in Berlin?«
»Es dauert noch ein paar Wochen.«
»Ruf mich morgen abend an, ich sage dir dann, mit welcher Maschine die beiden Männer eintreffen.«
Als Sotis am nächsten Abend anrief, erfuhr er die Flugnummer und den Tag, und er wunderte sich, daß das so schnell ging. Manchmal war es schon erstaunlich, was sich in Rußland heute alles veränderte.

Aber er sagte darüber nichts, dankte nur und versprach, die beiden Männer abzuholen, deren Namen ihm der Moskauer durchsagte. Und dann erkundigte er sich, wie es um »Hund« stünde. Ob welcher zu haben sei.
»Hund?« wiederholte der Moskauer. »Wieviel willst du haben?«
»Gleiche Menge wie letztes Mal. Kann ich einen Mann schicken, der die Sache organisiert?«
»Jederzeit«, gab der Moskauer zurück. »Überleg dir eine Route.«
»Tue ich. Wie sieht Moskau aus?«
»Es wird Frühling«, bemerkte der andere. »Seit gestern schiebt es Eisschollen auf dem Fluß.«
»Hör auf!« bat ihn Sotis lachend. »Mir tut das Herz weh!«
»Trink einen«, riet ihm der Moskauer, und dann legte er auf.

*

Kobzew hatte sich als erstes in Singapore einen Jogginganzug gekauft, nicht das übliche Tuch, sondern eine Luxuskreation von Dunhill, die für eine unglaubliche Summe in der Boutique des Orchard auslag.
Es war ein schönes Gefühl, wieder in Singapore zu sein, fand er. Überhaupt fühlte sich Kobzew auf angenehme Weise bar jeglicher Bedrückungen, seit er Riga verlassen hatte und wieder in die schillernde Welt des Westens eingetaucht war. Zumal ein Besuch bei der Zürcher Bank, die seine noch von Riga

aus angelegten Reserven hütete, ihn davon überzeugt hatte, daß Sparsamkeit für ihn in der unmittelbaren Zukunft nicht unbedingt nötig sein würde.

Er bewohnte ein Apartment mit Blick auf den Ardmore Park, und jetzt kam er aus dieser grünen Oase, schwitzend, aber sich gesund fühlend, von seinem täglichen Lauf zurück. Er nahm, weil das den Joggern von der Hotelleitung dezent angedeutet worden war, einen der Nebeneingänge an der Seite des Delfi, und als er auf seiner Etage ausstieg, sah er auf die Uhr, weil er mit Mara verabredet war: Er mußte sich beeilen. Also duschte er schnell und kleidete sich an. Auch der helle Tropenanzug, in dem er kurze Zeit später die letzten Stufen zur Halle herabkam, stammte aus der Boutique des Orchard.

Mara Toyabashi stutzte. Der Mann schien sich seit Berlin verändert zu haben. Er war nicht mehr der etwas ungeschickt gekleidete Russe, der trotz eines teuren Anzugs die Herkunft nicht leugnen konnte. Aus Kobzew war, so schien es ihr, ein besonders viriler Typ von Gentleman geworden, der an einen unternehmungslustigen, lässigen Engländer erinnerte, aber wiederum auch an einen unbekümmerten Amerikaner von der Ostküste, wie sie hier nicht selten zu Geschäften anreisten, die ihnen die Kalifornier übrigließen. Er tänzelte federnd auf sie zu, und gerade dachte sie noch, hoffentlich drückt er mir jetzt nicht gleich Küsse ins Gesicht, wie das die Russen mit Vorliebe tun, da verbeugte er sich leicht vor ihr, nahm artig und nicht zu kraftvoll ihre Hand und sagte mit seinem angenehmen Bariton: »Miß Toyabashi, wie ich mich freue, Sie wiederzusehen, wie stehen die Dinge?«

Er ging neben ihr her zur Bar, wo er sich kundig in der Auswahl erwies, er lehnte die üblichen Mixturen ab und ließ sich – wie Mara auch – einen trockenen Wermut geben, ohne alles.

Eine Weile sprachen sie über seine Reise, auch über Berlin noch, dann kam Mara zu ihrem eigentlichen Anliegen. Sie riet ihm, entweder in einen Bungalow umzuziehen oder in eine Mietwohnung der Komfortklasse in einem der neuen Apartmenthäuser im Osten der Insel.

»Ich könnte sofort ein Penthouse für Sie bekommen«, bot sie an, »überlegen Sie es sich, es ist auf die Dauer unbequem, in einem Hotel zu residieren.«

»Penthouse?«

»Seitlich der Changi Road gelegen, sehr modern, schon möbiliert und preiswert, weil ein Geschäftsfreund es vergibt. Sie könnten seine Wirtschafterin gleich übernehmen.«

»Und sofort einziehen?«

Mara nickte. »Anfang der Woche. Ich vermute, Sie würden sich da besser fühlen als im Orchard. Und, diese Apartmenthäuser haben Manager, die sich um alles kümmern, was man ihnen aufträgt. Sehr bequem ...«

Sie sagte nichts über den Preis. Nicht nötig, er hatte ihr bereits in Berlin verraten, daß er vorgesorgt hatte, und außerdem würde er in Singapore besser verdienen als je zuvor. Wenn er zusagte.

Sie steuerte nicht direkt auf die Frage zu, das wäre unfein gewesen. Dies war ein Zusammentreffen nach langer Reise, da gehörte das Geschäft an den Schluß der Unterhaltung. So sprachen sie über Zürich und Berlin, über das um diese Zeit recht an-

genehme Klima Singapores, die Chance, ein Segelboot zu mieten oder gar zu kaufen, über Ausflüge nach Johore und nach Sumatra, über die Aussicht, nach den erlaubten drei Monaten ein Visum für weiteren Aufenthalt zu bekommen.
Mara winkte lächelnd ab: »Das wird die Firma erledigen! Die Behörden sind daran gewöhnt, daß wir gelegentlich ausländische Besucher haben, die länger bleiben. Ach ... «
Sie hielt sich verlegen die Hand vor den Mund und erinnerte sich erschrocken: »Ich hatte vergessen, Ihnen zu sagen, daß Sie als Südafrikaner gegenwärtig eine Impfung auf Gelbfieber nachweisen müssen ... «
Er vertraute ihr an: »Ich habe es auf dem Flughafen erfahren, keine Sorge, die Leute waren sehr entgegenkommend, ich konnte die Impfung in Changi erledigen. Übrigens – ich habe mir alles noch einmal gründlich überlegt, ich nehme Ihren Vorschlag an ... «
Sie war erleichtert, daß er selbst die Plauderei abbrach und den eigentlichen Zweck des Treffens erwähnte, so brauchte sie es nicht zu tun. Sie ging darauf ein: »Das ist eine große Freude für mich. Ich glaube, die Firma wird erheblichen Gewinn durch Ihre Mitarbeit haben.«
»Bleibt es bei Ihren Zusagen?«
»Natürlich«, antwortete sie. »Es bleibt dabei, daß Sie als Berater in die Toyabashi Inc. eintreten, für das Sondergebiet Rußland. Und Ihre Vergütung wird 15 000 US-Dollar im Monat betragen. Möchten Sie etwas daran ändern?«
Er lächelte diplomatisch. »Gewiß nicht, Miß Mara. Ich komme dann am Montag in die Firma?«

»Zur Unterzeichnung des Vertrages, ja. Ich habe ihn vorbereiten lassen. Haben Sie mit Kapitän Wirgel gesprochen?«
»Habe ich. Unerhört, diese Piraterie! Ich hatte nicht gedacht, daß es so etwas in unserer Zeit noch gibt. Ob man diese Kerle erwischen kann?«
Für Mara Toyabashi klang das unbefangen und ehrlich. Kobzew hatte wohl mit dem Verschwinden des Materials nichts zu tun.
»Ich habe noch gar keine Zeit gehabt, darüber nachzudenken«, antwortete sie. Als der Bartender in der Nähe erschien, deutete sie auf die geleerten Gläser.
»Noch einen?«
Er nickte. Der Barmann nahm die Gläser und erschien kurz darauf mit neuen Getränken.
»Man muß das verfolgen«, meinte Kobzew, obwohl er nicht wußte, wo da anzufangen war. Seit Wirgel ihn informiert hatte, war er unschlüssig, was er von der Sache halten sollte. War es denn möglich, daß ein paar Piraten, die den Behälter mitgehen ließen, für den Inhalt Verwendung hatten? Oder würden sie das Zeug am Ende der Einfachheit halber ins Meer kippen?
»Was hält Sotis von der Sache?«
Sie erwiderte: »Er hat auch keine Erfahrung mit Piraten. Ist ziemlich ratlos, zumal der Empfänger fest mit der Lieferung rechnete. Möchten Sie nach Moskau fliegen?«
»Bald?«
»So bald wie möglich.« Sie schüttelte den Kopf, daß ihr langes Haar flog. »Ich habe mit dem Empfänger des Stoffes gesprochen, er ist bereit, auf das Eintreffen der nächsten Lieferung zu warten ...«

»Eine Lieferung, die ich in Moskau auszuhandeln hätte?«
»Dort oder an einem anderen Ort. Die gleiche Menge, gleiche Qualität. Darüber einen Abschluß zu tätigen, wäre sozusagen Ihre erste Aufgabe als Angehöriger unserer Firma. Wie denken Sie darüber?«
Er äußerte sich vorsichtig: »Im Prinzip positiv. Ich kann mich in Rußland bewegen, da sind keine Schwierigkeiten. Mit Sotis werde ich besprechen müssen, wie ich den Lieferanten erreiche. Nur ... «
Als er zögerte, richtete sie ihren Blick auf ihn und forschte in seinem Gesicht. »Sie wollten zuvor Urlaub machen?«
»Nein, nein. Ich habe nur überlegt, ob der alte Ausfuhrweg noch ratsam ist.«
Sie riet ihm: »Zerbrechen Sie sich darüber jetzt nicht den Kopf. Sotis wird die Vorarbeiten leisten. Er spricht mit dem Lieferanten in Moskau. Dabei wird er sich auch Anregungen über eine neue Route geben lassen. Sie sollen mit dem Lieferanten verhandeln, direkt. Vorerst wollte ich eigentlich nur wissen, ob Sie diesen ersten Auftrag übernehmen.«
Es entging ihm nicht, daß sie verstohlen auf ihre winzige goldene Armbanduhr am Handgelenk blickte, und das enttäuschte ihn einerseits, andererseits rief es Überlegungen in sein Bewußtsein zurück, die er schon früher gehabt hatte. Eine Geschäftsfrau. Liebenswürdig und bezaubernd bis zur äußersten Grenze, wenn sie etwas erreichen will, aber innerlich eiskalt. Die schönen dunklen Augen lächeln stets. Das ist die Lüge. Diese Frau ist weder berechenbar, noch verdient sie einen Funken Sympathie. Eine Baumviper ist vermutlich nicht gefährlicher als sie.

So ähnlich hatte der seinerzeitige Dolmetscher der sowjetischen Handelsmission in der Cluny Road, der Indonesier Amir Tobin sie charakterisiert, als ihn Kobzew um Informationen über sie bat. Und abgesehen von ihrer eisig-höflichen Unnahbarkeit hatte Tobin befunden, daß sie eine der Personen sei, deren Vergangenheit, Herkunft und Weltanschauung man wohl nie würde herausfinden können. Für seinen alten Freund Kobzew hatte er niedergeschrieben:

Ihr Vater war ein Japaner, den nicht wenige Leute in Singapore für einen Spion hielten, als die Truppen des Tenno 1942 die Insel eroberten. Er hatte eine Nudelküche in der Change Alley betrieben, zusammen mit einem malaiischen Mädchen, das er später heiratete. Aber da waren die Japaner schon wieder weg, und er war vier Jahre als Koch bei ihnen angestellt gewesen, weswegen ihn die zurückkehrenden Engländer nicht gerade lobten. Hatte, wie man flüsterte, für General Yamashita, den Eroberer Malayas persönlich gekocht. Und war wohl auch von den Leuten in dessen Umgebung seltsamerweise insgeheim für einen Spion gehalten worden, obwohl niemand jemals versucht hatte, ihm das nachzuweisen. Er soll mit der Untergrundbewegung konspiriert haben, die von Chinesen angeführt wurde. Die zurückgekehrten Engländer verfolgten ihn nicht, wohl weil er schon vor dem Kriege in Singapore ansässig gewesen war und sich nichts hatte zuschulden kommen lassen. Aber die Engländer, so erzählt man, hätten wohl Grund gehabt, ihn zu verfolgen, denn er konspirierte weiter mit dem Untergrund, der sich jetzt gegen sie richtete. Der ehemalige Nudelkoch soll die Guerillas in der Fede-

ration mit Nachrichten versorgt haben, aber auch mit raren Medikamenten, die er beschaffte, sogar mit Waffen. Unklar ist auch, wie er zu der Bekanntschaft mit einem der einflußreichsten Nachkriegskaufleute in Johore gekommen ist, dem ehrwürdigen Tuan Iskander, der – obwohl Islamist – ein erklärter Gegner der Engländer war. Als in der Ehe das Kind Mara geboren wurde, schrieb man 1955. Die Kämpfe gegen die Guerillas waren auf dem Höhepunkt. Kurz danach verschwanden beide Eltern, vermutlich kamen sie in den Kämpfen um. Und niemand weiß, warum Tuan Iskander das kleine Kind zu sich nahm, nach Johore. Zwei Jahre später zogen die Engländer in Kuala Lumpur ihre Flagge ein, die Unabhängigkeit war da. Und von nun an ist über das Kind Mara nur bekannt, daß es zur Schule ging, später zur Universität, daß es bei einer der Frauen Iskanders aufwuchs und er es wie sein eigenes behandelte. Nach dem Studium gründete Mara Toyabashi mit Iskanders Hilfe, wohl auch mit seinem Geld ein eigenes Handelshaus, das sie mit viel Geschick zu großem Erfolg geführt hat. Sie soll mit Iskander zusammenarbeiten, der einen großen Einfluß hier hat, und der mehr Geschäfte kontrolliert, als man für möglich halten würde. Die Frau ist undurchschaubar. Sie gibt nichts über sich preis. Aber – wenn man als Fremder hier ins Geschäft kommen will, führt kaum ein Weg an ihr vorbei. Oder an Iskander ...

In der sowjetischen Handelsmission hatte man damals beschlossen, trotz mancher Bedenken mit der Toyabashi Inc. Geschäftsverbindungen zu pflegen. Und als Kobzew in Berlin mit Sotis über seine Bekanntschaft mit Mara sprach, hatte der ihm er-

öffnet, er kenne sie, aber er hatte angefügt: »Sie ist das, was die Engländer einen Bastard nennen. Gibt sich keine Blöße. Ist von einer Korrektheit, die einem wie eine Legende vorkommt. Was hinter ihrem schönen Gesicht steckt, was sie denkt, plant oder liebt oder ablehnt, erfährt kein Mensch. Ein Stück Eis in Batik. Nur – wenn man in dieser verdammten Gegend der Welt etwas zustande bringen will, geht es über sie – oder es geht gar nicht!«
Kobzew merkte, daß die Zigarette zwischen seinen Fingern verglühte. Er drückte sie aus. Mara, die ihn aufmerksam beobachtet hatte, erkundigte sich: »Na, Erinnerungen an Moskau?«
»Erinnerungen, ja«, gab er einsilbig zurück, dann besann er sich und fügte schnell hinzu: »Selbstverständlich übernehme ich den Auftrag, Miß Mara! Wann denken Sie, ist es soweit?«
Sie war zufrieden. »Sotis wird uns das Startzeichen geben, sobald er die Sache angebahnt hat. Trinken wir noch einen Schluck ...«

*

Igor Sotis fuhr aus dem Schlaf, als sein auf dem Nachttisch abgelegtes Telefon jaulte.
Eben hatte er von einem verletzten Hund geträumt. Diese Modernisierer! Sie hatten die gute alte Klingel abgeschafft und statt ihrer einen Chip eingebaut, der wie die Klage eines Straßenköters klang. Er langte nach dem Gerät und klappte es auf.
»Hallo, Igor!« sagte der Moskauer belustigt. »Hast

du die Finger nicht von der Mandelblüte gekriegt?«
Sotis hustete soange, bis seine Kehle frei war und seine Stimme sich nicht mehr wie über ein Reibeisen gezogen anhörte.
»Unsinn, hier ist es noch früh! Was gibts?«
»Hier ist es schon spät, Igor«, ließ ihn der Moskauer wissen.
»Gerade nach Mitternacht. Wir sitzen bei Oleg. Kennst du Oleg?«
»Woher sollte ich?«
»Klar, du warst schon weg. Er hat unweit von der Twerskaja, in der Georgischen Gasse eine Nachtbar aufgemacht. Nur das Feinste. Westliche Bankiers und östliche Damen, ein bißchen Spiel, ein bißchen Glück, ein bißchen Musik – und das, was die fremden Idioten einen Drink nennen. Wässerchen mit Perlen. Man muß gelegentlich mal verschwinden, um in Ruhe hundert Gramm einfahren zu können! Hörst du mich gut?«
»Ich bin gespannt, was du mir so kurz vor Sonnenaufgang mitteilen wirst, außer daß du in Olegs Kneipe sitzt und heimlich einen Wodka saufen mußt. Wie heißt die Bude? Hat sie den Namen unseres werten georgischen Helden?«
»Aber, aber!« Der Moskauer lachte laut und ein wenig trunken.
»Sie heißt ›Bei Oleg‹. Die Zeit ist gegen den Georgier. Bist du nüchtern?«
»Wie eine Nonne«, sagte Sotis. »Was gibts? Ist der Hund verfügbar?«
»Der Hund ist vorhanden«, kam es heiser zurück.
»Wie gehabt. Route über Odessa und Donau, bis

Wien, würde ich vorschlagen. Von dort an kümmerst du dich. Klar?«
»Sag mir was über das Boot.«
»Später«, vertröstete ihn der Moskauer. »Wir sind mit den Rumänen noch nicht ganz einig. Aber es läuft.«
»Ist das alles?«
»Nein«, sagte der Moskauer, auf einmal schien er gar nicht mehr betrunken zu sein. »Mischa und Schura kommen. Flug Nr. 241, am Freitag ab Scheremetjewo. Such dir die Ankunft selbst raus.«
»Mache ich, kein Problem«, brummte Sotis. Er hatte vom Nachttisch einen Papierfetzen gegrabscht und einen Kugelschreiber. Er notierte Namen und Flug. Fragte zurück: »Sind sie im Bilde?«
Der Moskauer beruhigte ihn: »Über alles, ja. Hol sie ab. Quartiere werden sie sich von hier aus selbst buchen. In der Stadt kennen sie sich aus. Brauchen keine Hilfe. Zahle sie aus, in bar. Unkosten übernimmst ebenfalls du. Sonst noch was?«
Sotis war angenehm überrascht. Es ging schnell mit den beiden Spezialisten, wie es schien. Und das Plutonium war auch zu beschaffen. Mara würde sich freuen, nach dem Zwischenfall mit der »Belinda« wieder einmal etwas Positives zu hören. Und Amir Tobin würde bald keine Chance mehr haben, andere Leute zu betrügen. Zwei Männer, die sich in der Stadt auskannten. Interessant. Aber nicht überraschend. Das KGB hatte seine Leute stets hier gehabt. In allen möglichen Funktionen innerhalb der Botschaft oder der Handelsmission, als sogenannte Berater bei der Lieferung von Industrieerzeugnissen, unter den Einkäufern. Jetzt war ein nicht geringer Teil von ihnen

arbeitslos und für jeden Job zu haben, vorausgesetzt er wurde anständig bezahlt. In Valuta, selbstverständlich, denn der Rubel war wohl kaum noch sein Papier wert. Ja, man konnte sie gleich hier bezahlen, aus Singapore durfte man jede Währung der Welt in beliebiger Menge ausführen. Abgesehen davon, daß sich die Behörden viel mehr für Drogen interessierten als für Geldscheine.
»Ich glaube, das genügt mir vorläufig«, sagte er. »Ist das Ding von diesem Oleg privat oder öffentlich?«
Der Moskauer am anderen Ende der Leitung lachte dröhnend. »Öffentlich natürlich, du Narr, und privat! Bist lange nicht zu Hause gewesen, bist von der Rolle, Igor! Die Zeiten, zu denen wir uns in den Hinterzimmern in Odessa bei einer Flasche Cinandali getroffen haben, in der Černomorskaja, die sind Vergangenheit! Wir spielen nicht mehr Očko bei Kerzenlicht, sondern Roulette in einer ziemlich luxuriösen Umgebung. Vorbei!«
»Ich hoffe nur, niemand hört unser Gespräch ab«, äußerte Sotis trocken. Doch der andere lachte wieder. »Auch vorbei, Bruder. Und wenn – wir würden ihm das Band mit Gold aufwiegen und ihn nach der Übergabe mit einem tragischen Verkehrsunfall zu den Engeln schicken, das weiß jeder hier. Keine Sorge, Bruder, wir hören voneinander, sobald die Rumänen sich geäußert haben!«
Als Sotis das Telefon wieder zusammengeklappt hatte, versuchte er, weiterzuschlafen, aber es gelang ihm nicht mehr. Die Dinge rundeten sich. Man würde mit dem Plutonium diesmal klüger verfahren, Sotis wußte auch schon, wie man das von Wien aus

anzustellen hatte. In Wien gab es gute Leute. Und Tobin war ein toter Mann, jetzt schon. Sotis entschloß sich, einen weiteren Versuch zu machen, einzuschlafen.

*

In Changi herrschte der übliche Abendbetrieb, als Sotis die beiden Moskauer erwartete. Er ließ ihre Namen ausrufen und wartete hinter der Zollschranke, während die Leute an ihm vorbeifluteten, manche ermüdet vom langen Flug, obwohl die Singapore Airlines eine der komfortabelsten Linien der Welt war, andere quicklebendig und erwartungsvoll nach den Angehörigen spähend, die sie erwarteten.
Mischa und Schura wären Sotis nicht aufgefallen, wenn sie nicht nebeneinander gegangen wären. Sie sahen weder wie Russen aus, die sich auf unbekanntem Territorium bewegen müssen, noch hatten sie die üblichen Merkmale in Kleidung und Haarschnitt. Es waren zwei lässig gekleidete junge Männer, die ebensogut aus Amerika hätten kommen können, so selbstbewußt schlenderten sie heran.
Da gab es keine Unsicherheit im Auftreten, kein Schielen nach dem Nebenmann, nicht einmal einen bewundernd-staunenden Blick für den eleganten Zuschnitt der Halle, die sich von der Abfertigung in Scheremetjewo etwa so unterschied wie eine Luxusbar von einer Moskauer Bierhalle. Nein, diese beiden Männer waren nicht zum erstenmal in einem fremden Land, sagte sich Sotis erleichtert, sie verständigten sich mit dem Zollkontrolleur ohne Gesti-

kulieren und wiesen wie selbstverständlich ihre Pässe vor, bangten nicht mit einem ängstlichen Blick um das Schicksal des Kofferinhaltes und atmeten auch nicht erleichtert auf, als der Zollmann sie ohne viel Aufhebens durchwinkte.

»Hallo«, sagte Sotis. Mischa, der etwas Größere, nickte ihm zu, ein schnurrbärtiger Managertyp, er deutete auf Schura, den man für einen Buchhalter hätte halten können, einen freundlich lächelnden Mann mit kleinem Bauchansatz und beginnender Stirnglatze: »Mein Geschäftspartner Schura. Kennen wir uns?«

»Alle Menschen auf der Welt kennen sich«, sagte Sotis, um wenigstens den Anschein zu erwecken, daß er Sprüche nicht liebte, sondern Weisheiten der erhabenen Art. Die beiden zeigten sich nicht übermäßig beeindruckt. Aber sie ließen sich von Sotis überreden, etwas an der Bar in der Halle zu trinken. Hier mußte es nicht unbedingt Alkohol sein, und die beiden bestellten mit einem Hinweis auf den Klimawechsel Eistee, während Sotis selbst Kaffee trank.

Er steckte ihnen einen Umschlag mit größeren Geldscheinen zu, nachdem sie ihm eröffnet hatten, sie würden im Amara wohnen, einer riesigen Burg, in der es ihnen möglich sein würde, absolut anonym zu bleiben. Zuletzt übergab er ihnen ein Stück Papier mit dem Namen Tobins, seiner Wohnadresse, einem Hinweis auf die Firma und der Bemerkung, daß er in Lombok beheimatet war und per Flugzeug reiste.

Mischa brütete eine Weile über den Angaben, dann erkundigte er sich mit einem geradezu gelangweilten Gesichtsausdruck: »Verheiratet?«

»Nein«, gab Sotis zurück. Er hatte die Kerle unterschätzt, sie waren Professionelle, wie es schien.
»Was nimmt er, Weiber oder Männer?«
»Weiber. Aber er hat nichts Festes, jedenfalls nicht in Singapore.«
»Das wird reichen«, warf Schura ein. Er nippte an seinem Eistee, und währenddessen suchte sein Blick routiniert die Umgebung ab, nach Leuten, die ungebeten zuhörten. Es gab keine. Sotis hielt nichts von übermäßiger Konspiration. Er haßte Verrenkungen bei solchen Zusammenkünften, etwa dunkle Toreinfahrten, nächtliche Parkbänke oder öffentliche Toiletten. Seine Erfahrung sagte ihm, daß Leute, die sich an irgendeinem Ort ganz normal benahmen, kaum auffielen, es sei denn, sie hatten bereits einen Schatten, und dann half weiter nichts mehr, als ihn auszuschalten. Aber hier gab es keinen Schatten, weil es in ganz Singapore nicht den geringsten Grund gab, dem Geschäftsmann Igor Sotis aus Berlin etwas anderes zuzutrauen als das übliche Streben nach profitablen Abschlüssen. Sotis war im Gegenteil der Meinung, allzu konspiratives Gebaren errege viel eher Aufmerksamkeit, die man nicht brauchen konnte. Also erkundigte er sich höflich: »Wie treten wir in Verbindung, falls es nötig sein sollte?«
»Augenblick«, sagte Mischa. »Habe ich das zuhause recht verstanden: Ausknipsen ohne alles?«
»Völlig richtig.«
»Direkt? Oder muß es wie ein Unfall aussehen?«
»Meinetwegen ein Hieb mit einer Zaunlatte«, gab Sotis zurück, »Hauptsache, er steht nicht mehr auf.«
»Zaunlatte ist schlecht. Wir brauchen ... « Er riß von

einem Block auf der Theke ein Blatt ab, nahm aus dem Jackett einen eleganten Stift und schrieb etwas auf das Papier, reichte es Sotis und erkundigte sich: »Wielange dauert die Beschaffung?«
Es waren zwei Präzisionsgewehre mit Zielfernrohren, die er verlangte. Sotis hatte damit gerechnet. Über Mara hatte er bereits Verbindung mit einem Waffenschieber, der zwischen Sumatra und Singapore operierte. Er konnte den Mann in ein paar Stunden erreichen.
»Zwei Tage«, sagte er.
Mischa trank Eistee und dann bemerkte er bedächtig: »Die brauchen wir sowieso für die Aufklärung. Wir logieren im Amara übrigens als Mister Rubin und Mister Silas. Dem Paß nach bin ich Rubin. Über den Preis haben wir noch zu sprechen ... «
Er sah Sotis erwartungsvoll an. Schura kümmerte sich nicht mehr um das Gespräch. Er betrachtete den Hintern einer etwas ausladend gebauten Chinesin, deren Cheongsam bis an die Hüfte geschlitzt war, und die vornübergebeugt auf einem Kofferkarren lehnte.
»Laß ihr das Kleid an«, riet ihm Mischa, doch dann wurde seine Aufmerksamkeit wieder von Sotis beansprucht, der gelassen sagte: »Zehntausend für jeden von euch. Ihr ruft nach Vollzug diese Nummer an, bucht den Rückflug und trefft mich am Abflugschalter.«
»Mit den Scheinchen?«
»Mit je zehn Tausendern, einzeln in Kuverts.«
»Und das sind amerikanische Scheinchen, oder?«
»Hat man euch das nicht zuhause schon gesagt?«
Mischa nickte. »Man hat. Aber wir fragen gern mal

nach, wenn es sich um größere Beträge handelt. Es ist eine Gewohnheit, auch wenn Oleg vermittelt. Damit wäre alles geklärt. Wir werden nicht viel mehr als eine Woche brauchen, vielleicht weniger. Wo gibts in diesem neuen Bau die Autos?«
Sotis schob ihm den Zettel mit seiner Telefonnummer hin und legte einen Geldschein für die Getränke auf die Theke. Der Barkellner eilte herbei und verbeugte sich tief.
»Ihr wollt hier den Linksverkehr riskieren?«
Mischa blickte ihn mitleidig lächelnd an. »Wir kennen uns in Linksverkehr ganz gut aus.«
Schura fügte grinsend hinzu: »In Singapore auch.«
Und als sie sich mit Handschlag verabschiedeten, sagte Mischa in gewollt gestochenem Oxford-Englisch: »Sie können gern noch etwas trinken, Sir. Wir kommen schon zurecht. Wo, sagten Sie, daß Avis jetzt ist?«
Sotis deutete zum Haupteingang: »Nebengebäude, rechts.«
»Danke«, sagten beide fast gleichzeitig. »Hat uns sehr gefreut, Sie zu sehen, Sir. Einen schönen Tag noch!«

Am Abend telefonierte Sotis mit Mara und bat sie: »Wir sprachen über diesen Mann, der bestimmte Artikel von Sumatra herbringen kann. Ist er erreichbar?«
»Ich werde ihn sogleich bitten, daß er anruft.«
»Es eilt«, sagte Sotis. Dann dankte er ihr und wünschte eine gute Nacht.

Er rechnete zwar nicht mit einer langen Wartezeit, aber es überraschte ihn immerhin, als ein Herr Rimoy sich bereits nach zwei Stunden bei ihm meldete.

Der kleine, dunkelhäutige Händler aus Sumatra besorgte mit einem Kutter für Mara Toyabashi Kleintransporte zwischen Sumatra und Singapore. Er war nicht nur bei den Hafenbehörden seit Jahren gut bekannt, er hatte auch seine Freunde da, wo er sie brauchte. Und er hielt den Transport von unerwünschten Waren in genau den Grenzen, die es Zollbeamten gestatteten, auf allzu intensive Kontrollen meist zu verzichten. Zumal man wußte, daß Rimoy sich etwa auf den Transport von Drogen keinesfalls einlassen würde. Und das war schon eine Art Garantie dafür, daß man ihn sozusagen als alten, ehrsamen Bekannten behandelte.

Rimoy entschuldigte sich dafür, daß er am späten Abend kam. Er bewunderte das elegant eingerichtete Haus und er rauchte dabei lieber seine eigenen Nelkenzigaretten als die amerikanischen, die ihm Sotis anbot.

Mara hatte ihm seit jeher eingeschärft, es mit dem Schmuggel von verbotenen Gütern nicht zu übertreiben. Er durfte in den einschlägigen Kreisen nicht »berühmt« werden, denn das würde die Zollfahndung über ihre Spitzel erfahren. Wenn er sich beschränkte, konnte er auf lange Sicht ungeschoren bleiben. Er wäre auf Sotis' Vorschlag nicht eingegangen, wenn nicht Mara es gewünscht hätte, aber er hielt es für angebracht, die indirekte Fürsprache Maras im Hinblick auf die weitere Zusammenarbeit nicht zu ignorieren. Als Sotis ihm seinen Wunsch un-

terbreitete, zog er die Stirn in Falten und überlegte eine Weile, bevor er sich – überraschend fachmännisch – erkundigte: »Es soll ein Präzisionsgewehr sein, verstehe ich Sie da recht?«
»Zwei Präzisionsgewehre. Zielfernrohre und alles, was dazugehört. Einschließlich Munition.«
Rimoy nickte. »Nun ja, Sir, der Händler, den ich kenne, hat das Schweizer SIG 2000 im Angebot. Einschließlich Fernrohr, Stütze, Ansatzstücke für den Kolben, subjektive Druckpunkteinstellung, Schalldämpfer und Tragekoffer. Ach, ich vergaß, das Magazin faßt vier Schuß. Würde das Ihren Bedürfnissen entsprechen, Sir?«
Sotis war von den Kenntnissen des Mannes überrascht, er hatte ihn für einen nicht ganz gesetzestreuen Skipper gehalten, der von Meer und Wind mehr verstand als etwa von Schußwaffen. Er konnte nicht wissen, daß Rimoy das ehrsame Handwerk des Waffenbeschaffens auch in seinem eigenen Lande schon seit geraumer Zeit ausübte, allerdings war dort die Gefahr, dafür bestraft zu werden, relativ gering.
»Es wäre mir recht«, sagte er. »Vergessen Sie die Munition nicht. Sagen wir, für jedes Gewehr fünf Magazinfüllungen.«
»Hohlspitz?«
Sotis wollte sich keine Blöße geben, er sagte, ohne die Spezialmunition zu kennen: »Machen Sie es fifty-fifty.«
Der Sumatraer bot an: »In drei Tagen, genügt das?«
»Zwei wären mir lieber«, erwiderte Sotis. Der Kerl treibt die Dinger wahrscheinlich in Burung auf, gleich in der ersten Küstenstadt drüben, dachte er, aber er

sagte es nicht. Er hatte damit gerechnet, daß der Sumatraer die Waffen aus der nächstgrößeren Stadt holen müßte. Drei Tage, nun ja, das war etwa die Zeit, die sich den Moskauer Spezialisten klarmachen ließ.
»Der Preis?«
Als der Sumatraer ihn nannte, war Sotis wieder überrascht, er lag nicht höher als er erwartet hatte. Also war der Kauf abgemacht.
Sotis staunte, daß der Sumatraer die vereinbarte Zeit nicht überschritt. Er rief aus dem Hafen an und erbot sich, die Ware ins Haus zu bringen, als gerade der zweite Tag vorbei war. Es waren zwei elegante, handliche Lederkoffer, in denen die zerlegten Gewehre untergebracht waren.
»Wenn Sie wieder einmal Bedarf haben sollten, Sir«, sagte Rimoy freundlich, als er das Geld einstrich.
»Ich würde mich dann auf dem gleichen Weg an Sie wenden«, versprach Sotis. Das war Rimoy sehr recht, und er bedankte sich außerordentlich höflich für den Auftrag. Es war selten, daß man mit Waffen von Burung aus ein so glattes Geschäft in Singapore machen konnte.
Mischa Rubin und Schura Silas ließen nur eine Stunde verstreichen, nachdem Sotis sie im Amara angerufen hatte. Sie hatten einen silbergrauen Mazda-Sportwagen gemietet, ein Coupé. Als Sotis sie ankommen sah, dachte er, das Ding samt den Fahrbescheinigungen für die Stadt muß die Hälfte des Geldpäckchens gekostet haben, das ich den Kerlen übergab. Aber er ließ sich nichts anmerken, goß einen Wodka für die Besucher ein und war ziemlich verblüfft, als er von Mischa erfuhr, die Sache werde noch am selben Tag erledigt werden.

»Geht das so schnell?«
Mischas Schnurrbart zuckte ein paarmal. »Haben Sie die Flinten?«
Er reichte Schura ein Glas, sie tranken, während Sotis die beiden Koffer vor sie hinstellte.
»Brillant!« rief Mischa, als er die Waffen sah. Er strich über eines der Gewehre, als wolle er es liebkosen, prüfte das Fernrohr, besah sich die Munition, dann blickte er Sotis an und lobte: »Perfekt. Können Sie morgen um acht Uhr zwanzig mit dem Geld am Flughafen sein? Flug Nr. 240 ...«
»Sie wollen morgen früh schon zurückfliegen?«
Schura zog sein Ticket aus der Jacke und wedelte damit.
»So ist es. Wir erledigen das heute noch und halten uns danach nicht mehr hier auf.«
»Heute? Einfach so?«
Mischa schnippte mit den Fingern. »Ja, einfach so. Legen Sie Wert auf die Gewehre?«
»Sie meinen – danach? Himmel, nein!«
Mischa zuckte die Schultern. »Es hätte ja sein können. Ziemlich teuer, für einen einzigen Schuß. Also werden wir sie anschließend selbst entsorgen. Wir haben Erfahrung in so was. Wie in der Sache auch, die vorher zu erledigen ist. Müssen wir noch etwas besprechen?«
Sotis schüttelte, über so viel Professionalität verdattert, den Kopf. Die beiden Moskauer registrierten es mit stiller Belustigung. Dieser Mister Sotis, der russisch sprach wie ein Odessaer Gauner, konnte natürlich nicht wissen, daß sie in ihrem Job gesuchte Spezialisten waren, die sich nicht mit Nebensächlichkeiten aufhielten, und die für fast alles,

was ihnen unverhofft passierte, eine Lösung hatten. Ihre Zeit im Staatsdienst lag eine Weile zurück, da hatten sie beide ausreichend lange in der Botschaft in der Cluny Road residiert und Erfahrungen gesammelt. Hauptsächlich hatten sie sich darum gekümmert, mit wem Angehörige der Botschaft privat zusammenkamen oder wen sie sozusagen »nebenbei« trafen, wenn sie offiziell unterwegs in der Stadt waren. Zwei erfahrene Männer, wenn es darum ging, sich gewissermaßen unsichtbar zu machen. Männer, die gewohnt waren, eine Sache zu tun, ohne viele Fragen zu stellen. Sie kannten Singapore ebensogut wie es das Opfer Tobin kannte, deshalb war es ihnen auch nicht schwergefallen, ihn zwei Tage lang, nach seiner Rückkehr von Lombok intensiv zu beobachten. Von einem Angestellten des Golfclubs in Süd Marina hatten sie dann erfahren, daß Mister Tobin jeweils am Mittwoch Golf zu spielen pflegte, danach blieb er meist noch zum Essen im Marina Bay Golf & Country Club. Sie waren auf Tobins Golfleidenschaft aufmerksam geworden, als sie beobachteten, wie er aus Lombok zurückkam. Muragawa, sein Leibwächter schleppte einen Behälter mit Schlägern vom Flugzeug zum Auto. Von da an waren nur noch die Golfclubs Singapores und Sentosas auf seine Mitgliedschaft und seine Spieltermine abzufragen gewesen. Eine der einfacheren Aufgaben, wie Mischa fand.
Aus Moskau waren sie, nachdem sie aus dem Staatsdienst ausgeschieden waren, schwierigere Arbeit gewöhnt. Unmittelbar nach ihrer Entlassung, als der Geheimdienst durch den Verzicht auf eine Anzahl von Mitarbeitern öffentlich die Vor-

stellung zu verbreiten suchte, er würde nun von Grund auf reformiert und fortan als folgsame Behörde mit ausschließlich juristisch einwandfreien Mitteln arbeiten, regierungstreu und von demokratischen Ideen geradezu beflügelt, waren die Chancen für Leute wie Mischa und Schura noch etwas begrenzt gewesen. Doch dann griff in Rußland das um sich, was die einen Reform und die anderen Chaos nannten, und plötzlich hatten Mischa und Schura so viele Angebote, daß die Auswahl schwerfiel. Geschäftsleute und Bankiers brauchten Leibwächter, Hotelbesitzer und Bordellchefs ebenfalls. Großgauner stellten geeignete Leute zur Eintreibung von Schulden oder Schutzgeldern ein. Abgebaute Staatsdiener waren da allein aus Gründen ihrer soliden Ausbildung schon sehr gefragt. Die Auswahl war groß. Die beiden entschieden sich dafür, in einer Spielbank und um sie herum für Sicherheit zu sorgen, und sie wurden bald zu gefragten Leuten, besonders bei Besuchern, die ihre Fähigkeiten erkannten und für sich persönlich nutzen wollten.
Auch der Intimus von Sotis war darunter, der Mann, den alle nur Oleg nannten, und der in Moskau neben den Spielbanken noch eine Kette von exklusiven Restaurants betrieb. Mischa und Schura arbeiteten per Vertrag für ihn, aber sie waren mittlerweile prominent genug, um es sich leisten zu können, das zu übernehmen, was sie selbst in Anspielung auf die alte Tradition »Stoßarbeit« nannten.
»Wir sehen uns dann morgen früh«, verabschiedete sich Mischa von Sotis, und Schura deutete eine leichte Verbeugung an. Sotis nickte nur. Er machte

sich Gedanken, wie sehr das Heimatland sich verändert hatte – und mit ihm seine Bürger.

Süd Marina war eine Halbinsel, die zusammen mit Ost Marina die Marina Bucht gewissermaßen einfriedete. Der Kallang-Fluß mündete in diese Bucht, die an der Küste mit Piers und Lagerhäusern bebaut war, ein sturmsicherer Hafen, wenngleich die Stürme in der Singapore Straits meist nur erträgliche Stärken hatten. Die Halbinsel hingegen war recht wenig von Hafenanlagen bestanden. Hier gab es einen ausgedehnten Sportkomplex, der sich an den Marina City Park anschloß, mit Tennisplätzen, Kegelbahnen, Squash-Käfigen, einer mit viel Aufwand betriebenen Schlittschuhlaufbahn sowie einem ausgedehnten Golfgelände auf die Straits zu. Elegante Clubs lagen hier, und betuchte Einwohner Singapores verbrachten in ihnen und in den dazu gehörenden Anlagen einen erheblichen Teil ihrer Freizeit. An diesem Nachmittag bog Amir Tobin wie gewöhnlich zu dieser Zeit mit seinem Toyota von der East Coast Schnellstraße auf den Marina Boulevard ab, der zum Golfclub führte. Er hatte sich von dem Schreck, den ihm die Explosion seines Flugzeuges versetzt hatte, einigermaßen erholt. Im Geschäft hatte es kaum Ärger gegeben. Und in der Nähe des stets ruhigen, über jede Situation erhabenen Muragawa fühlte er sich sicher. Er hatte überlegt, ob er ihn überhaupt zum Golfen mitnehmen sollte, denn der Golfclub war ein ziemlich sicherer Aufenthalt, aber Muragawa hatte darauf bestanden, und so vertraute er ihm nun den Karren mit den Schlägern an, als sie vom Club aus aufbrachen.

Hier und da ergab sich die Gelegenheit, den einen oder anderen Bekannten zu grüßen, ein paar unverbindliche Worte zu wechseln. Dann pilgerte Tobin, von seinem Leibwächter mit dem Karren gefolgt, über den vorbildlich gepflegten Rasen, im lässigen Schritt des Mannes, der Spaziergänge dieser Art gern als Sport betrachtet.

Mischa Rubin und Schura Silas hatten das Terrain eingehend in Augenschein genommen, nachdem sie erfahren hatten, daß Tobin, ihr Zielobjekt, stets um die Wochenmitte hier spielte. Auch über die Möglichkeiten, schnell von der Halbinsel zu verschwinden, hatten sie sich informiert. Das Gelände war übersichtlich. Aber an den Rändern boten Büsche und Bäume einen günstigen Sichtschutz. Am wichtigsten war, daß die ausgedehnten Grünflächen nie stark bevölkert waren. Außerdem interessierte man sich, wenn man ins Spiel vertieft war, kaum für den nächsten, oft Kilometer weit entfernt ausholenden Spieler, man traf ihn ohnehin später im Club.

Mischa Rubin hatte zwischen dem äußersten Rand des Marina May, der oberhalb des Golfplatzes einen Bogen machte und auf den Park zulief, eine Stelle ausfindig gemacht, die für einen Schuß taugte. Das Auto konnte auf einem Parkstreifen abgestellt werden, und aus dem gepflegten Gewirr von Hibiskus- und Maulbeerbüschen heraus hatte man freies Schußfeld bis zu den Löchern elf und zwölf.

Die beiden Moskauer saßen am Nachmittag bei eisgekühlten Getränken auf der Terrasse des Clubs und

hatten ein wachsames Auge auf den Parkplatz, wo ihr Zielobjekt sein Auto abstellen würde.
Selbst dieses kannten sie, auch die Nummer. Rubin und Silas waren umsichtige Leute, sie überließen so gut wie nichts dem Zufall. Auch den Rückzugsweg hatten sie bereits erkundet, und aus Tobins Büro wußten sie längst, daß sie nicht umsonst warteten – Mischa hatte telefonisch um einen Termin bei Tobin nachgefragt und auf diese Weise erfahren, daß »der Chef« an diesem Nachmittag keinesfalls mehr erreichbar sein würde, er pflegte am Nachmittag zu golfen.
Schura strich mit dem Zeigefinger über das angelaufene Glas der Fruchtlimonade. Er fand nichts dabei, so etwas zu trinken, sie waren von jeher gewohnt, ihre Arbeit nüchtern zu erledigen. Das hatte sich auch nach der Privatisierung nicht geändert. Im Gegenteil, jetzt ging es um den eigenen Verdienst, da war noch mehr Umsicht erforderlich, denn für einen Fehlschlag würde man selbst zahlen.
»Zuhause werden sie gerade aus dem Fenster gucken, ob der Frühling schon da ist«, sagte Schura versonnen. Er war gern im Ausland gewesen, aber er hatte auch immer ein wenig Heimweh gehabt. Anders Mischa, der selbst von sich sagte, er sei da zuhause, wo er gerade seinen Hut ablege.
»Wenn es in Moskau so weitergeht, wie im Augenblick«, sagte er jetzt, »bin ich dafür, mitzunehmen was irgend geht, und dann einen Dauerposten im Ausland zu suchen, wenn der große Knall sich ankündigt.«
»Leibwächter?« Schura war diese Idee nicht gerade neu, aber einerseits hatte er über das, was Mischa

den großen Knall nannte, andere Vorstellungen, und andrerseits reizte ihn die Leibwächterei im Ausland nicht so besonders.
»Zur Not auch das«, gab er jetzt zurück, um keinen Streit aufkommen zu lassen. »Hauptsache, die Leute bezahlen gut.«
Aber als Mischa sich nicht weiter äußerte, gab er doch seine Bedenken preis: »Zuhause lebt man eben auf Rubelchen, und was man braucht, kauft man für Valuta dazu. Wenn wir hier von dem leben müßten, was wir verdienen, vielleicht als Leibwächter, wären wir gar nicht so blendend dran. Hast du die Rechnung für das Auto in Erinnerung?«
Mischa wußte inzwischen, daß er die Bedenken Schuras nicht völlig entkräften konnte, aber er wäre trotzdem ganz gern wieder einmal für längere Zeit ins Ausland gegangen, oder sogar für immer. Was sich da zuhause tat, roch nicht nur nach Chaos, es spitzte sich zu, und eine solche Zuspitzung konnte schlecht für das Überleben sein.
»Oder gerade gut«, meinte hingegen Schura. »Man kann aus Chaos eine Menge Verdienst schlagen. Wenn sie allerdings zu schießen anfangen ... «
Er sprach nicht weiter. Mischa hatte die Hand gehoben, und jetzt sagte er: »Gleich werden wir zu schießen anfangen. Da ist er.«
Schura sah den Toyota jetzt auch. Eine geräumige Limousine, gefahren von dem stämmigen kleinen Mann, der Tobins Leibwächter war.
»So wie der«, konnte er sich nicht verkneifen zu sagen, »wären wir dran, wenn wir bei einem solchen Tai Pan Leibwächter zu spielen hätten.«
Mischa erhob sich und griff nach der leichten Wind-

jacke, die er über dem Hemd trug. Sie warteten noch, bis Tobin auf dem Weg zum ersten Loch war, dann stiegen sie draußen in ihr Coupé und fuhren zu der ausgesuchten Stelle am Marina Way. Es begegnete ihnen ein Rolls mit verhangenen Fenstern, der auf das Tenniszentrum zurollte, sonst war die Straße leer. Wer hier golfte, ließ sein Fahrzeug am Club stehen. Den Marina Way aufwärts fuhr er erst wieder auf dem Weg nach Hause. Schura hatte sich gleich auf die hintere Sitzbank gesetzt. Hier lagen die Koffer mit den Gewehren, die er jetzt, während sie rollten, geschickt zusammensetzte. Zuletzt drückte er die Munition in die Magazine und setzte sie ein. Das alles tat er mit Zwirnhandschuhen, die sie aus Moskau mitgebracht hatten, wo seit längerer Zeit schon die Taxifahrer solche Schutzhandschuhe trugen, die einen überraschend sicheren Griff ermöglichten.

»Nur noch durchladen«, sagte er, obwohl das eigentlich nicht mehr hätte gesagt werden müssen, weil das Gewehr eine leere Kammer anzeigte. Es mochte die Erwartung sein, das Fieber vor dem Schuß, das die Zunge löste.

Mischa Rubin lenkte das Coupé auf den Parkstreifen, unter die überhängenden Zweige einer Akazie. Schura verschwand sofort in den Büschen, und er folgte ihm, nachdem er vom Rücksitz sein Gewehr genommen hatte.

Niemand war in der Umgebung zu sehen. Auf einem Golfgelände gab es keine Spaziergänger, und Süd Marina war auch nicht gerade ein Anziehungspunkt für solche, dafür gab es idyllischere Gegenden in den Parks an Land oder auf Sentosa.

»Hier ...« hörte er Schura leise sagen.
Er hockte sich neben ihn. Nun trug auch er Zwirnhandschuhe. Er lud das Gewehr langsam durch, damit das Geschoß nicht den geringsten Kratzer abbekam, der seine Treffsicherheit hätte beeinflussen können. Vor ihnen lag die leicht gewellte, grüne Ebene. Hier und da ein einzelner, einsamer Baum. Weit links mühte sich ein Caddie mit einem Karren ab. Der Golfer war nicht zu sehen, den verdeckte die nächste Bodenwelle. Über ihnen lärmten bunte Vögel in den Zweigen. Schmetterlinge von Handtellergröße torkelten in der warmen Luft. Vom See her kam ein gerade noch spürbarer Windhauch, der nach Salz schmeckte.
Sie hätten jetzt gern geraucht, um angenehmer über die Zeit zu kommen, aber es verstand sich von selbst, daß sie es unterließen. Sie waren beide keine sonderlich disziplinierten Männer, aber wenn sie arbeiteten, dann verletzte keiner von ihnen die Regeln, die das Leben bedeuteten.
Nach einiger Zeit rollte einer der elektrisch betriebenen Golfkarren von der Seite heran und tauchte in einer Senke unter. Das Schnurren seines kleinen Motors verstummte wieder.
Sie hatten noch fast eine Stunde zu warten, bis endlich Amir Tobin aus der Mulde auftauchte, hinter einem nicht sonderlich präzise geschlagenen Ball. Der Leibwächter, den die beiden schon auf dem Flugplatz zum ersten Mal gesehen hatten, als sie sich einen ersten Eindruck von ihrem aus Lombok zurückkehrenden Zielobjekt verschafften, zerrte den Karren aus der Mulde und hielt sich in gewissem Abstand zu Tobin. Doch dann trat dieser an den Karren,

um einen Schläger zu wählen. Die beiden Männer standen dicht beieinander.
»Jetzt«, sagte Mischa. »Du den Wächter, ich die Nummer eins.«
Sie spähten durch die Zielfernrohre, die ihnen die Köpfe der Opfer groß ins Bild brachten. Dann zogen sie fast gleichzeitig ab.
Die Schalldämpfer waren hervorragend konstruiert, es gab lediglich ein Geräusch, das einem gedämpften Händeklatschen glich. Beide Schützen luden sofort nach und blickten erneut auf die Ziele. Doch die standen bereits nicht mehr auf den Füßen. Amir Tobin und sein Leibwächter Muragawa lagen nebeneinander auf dem grünen Golfrasen. Kopfschüsse waren die Spezialität der beiden Moskauer. Keines der Opfer rührte sich mehr.
Minuten später hatten Mischa und Schura die Waffen wieder auseinandergenommen, in den Koffern verstaut und rollten in ihrem Coupé davon in den großen Bogen des Marina Way, der sie wenig später am Nordrand des Parks anlangen ließ, an dem sie dann entlangfuhren, bis sie sich über die Auffahrtschleife in die Ostküsten-Schnellstraße einfädeln konnten, die sie nach Tanjong Pagar brachte, in die Nähe des Containerhafens, den sie ebenfalls seit ihrer Ankunft sorgfältig erkundet hatten.
Jetzt rollte der Mazda am Rande der East Lagoon aus. Dies war eine Gegend, in der niemand auf die Idee gekommen wäre, sich um ein Coupé zu kümmern, das am Kai anhielt. Die beiden Moskauer hatten den Platz gewählt, an dem sie jetzt hielten. Durch das Auto gedeckt, ließen sie die beiden Koffer mit den Waffen ins tiefe Hafenwasser gleiten, dann fuh-

ren sie davon, wobei Schura Silas betrübt bemerkte: »Schade um die schönen Flinten ...«

»Jammerschade, ja«, stimmte ihm Mischa Rubin zu, warf einen prüfenden Blick in den Rückspiegel und konnte sich überzeugen, daß niemand ihnen folgte.

Am nächsten Morgen stand Igor Sotis an der Abfertigung, als der Flug, den die Moskauer gebucht hatten, zum ersten Mal aufgerufen wurde.

Im gleichen Augenblick erschienen die beiden Männer und stellten seelenruhig ihr Gepäck auf die Waage. Während sie abgefertigt wurden, machten sie ein paar Schritte auf Sotis zu und begrüßten ihn völlig unbefangen.

Es gab keinen Grund, ihre Bekanntschaft zu verstecken, im Gegenteil, wie sie so ein paar Abschiedsworte wechselten, wobei Sotis ihnen wie selbstverständlich die Umschläge mit dem Geld zusteckte, boten die drei einen Anblick, der sich auf Flughäfen in der ganzen Welt immer wieder bietet, ohne besondere Aufmerksamkeit zu erregen.

Als die Maschine gestartet war, kaufte sich Sotis die Morgenzeitung, deren Schlagzeile er im Vorbeigehen bereits gelesen hatte. Und nun nahm er sich Zeit für den Bericht und die Fotos von den beiden auf dem Golfplatz erschossenen Männern. Wie die Zeitung schrieb, waren die Leichen am Abend gefunden worden, und die Suche nach dem Attentäter hatte bisher nicht die geringste Spur ergeben.

*

Ernst Wirgel las ebenfalls, während er frühstückte, die Zeitung und machte sich seine Gedanken über den Mord an Tobin. Dieser Teil der Welt wurde auch zunehmend unsicherer, wie es schien.
Der Kapitän saß in der Halle seines Hotels und wartete auf Kobzew. Die »Belinda« war inzwischen überholt und seeklar, aber es gab bisher noch keine neue Ladung.
Er hatte zunächst geglaubt, der Verlust des Plutoniums würde sich für ihn noch in besonderer Weise unangenehm auswirken, aber er sah sich getäuscht und war erleichtert. Niemand schien ihn zu verdächtigen. Und jetzt, als Kobzew sich einfand und ihn aufgekratzt begrüßte, erlebte er eine echte Überraschung, denn der Russe winkte mit Arbeit.
»Bald ist es vorbei mit dem faulen Leben«, lachte er. »Miß Mara hat schon den ersten Auftrag für Sie!«
Wirgel steckte sich eine Zigarette an und hörte gelassen zu, als Kobzew ihm seelenruhig anvertraute: »Sie ist dabei, die Gesellschaft Tobins zu übernehmen. Ich komme gerade von ihr. Wie ich es verstehe, hatte sie Anteile bei Tobin, und jetzt ist sie dabei, den Rest auch noch zu erwerben, jedenfalls hat sie die Mehrheit. Ist alles schon perfekt. Sie hat noch nicht mit Ihnen gesprochen?«
»Nicht über Fahrt und Ladung«, gab Wirgel zurück.
»Ich kenne die Route schon. Es ergab sich zufällig, daß ich dabei war, als die Sache aufkam. Ladung für Brunei, und von da nach Zamboanga ...« Kobzew hielt inne und bat Wirgel: »Bitte, lassen Sie sich nichts anmerken, wenn sie mit Ihnen spricht, sie hält mich sonst für ein Tratschmaul ...«

»Was Sie weiß Gott nicht sind«, sagte Wirgel grinsend. »Brunei ist gut. Und Zamboanga kenne ich noch nicht, deshalb ist es auch gut.«
Er rechnete. Es konnten zweieinhalbtausend Kilometer sein, eine lohnende Fahrt, denn erfahrungsgemäß konnte man überall an den Küsten Trampladungen für Kurzstrecken bekommen. Ein Archipel hatte seine Vorteile für ein Trampschiff.
»Sie hat mir aufgetragen, Ihnen Grüße zu bestellen. Daraus schloß ich, daß Sie sich schon getroffen haben. Wie es scheint, hat sie ein bißchen viel um die Ohren. Vermutlich wird sie sich mit Ihnen verabreden, sobald sie die neue Firma, die jetzt ihr gehört, im Griff hat. Schlimme Dinge, die da geschehen, wie?«
Wirgel winkte dem Hallenkellner. »Cognac!«
Kobzew lehnte nie einen Cognac ab, das wußte er. Als der Kellner entschwand, wandte sich der Kapitän an den Russen: »Ich dachte schon, als mich diese Piraten in die Mangel nahmen, das wäre das Schlimmste, was einem passieren kann. Aber ein Mord, wie da auf diesem Golfplatz, ist natürlich etwas ganz anderes ...«
Kobzew ging nicht weiter darauf ein. Er bemerkte nur: »Sie sind eigentlich zu beglückwünschen, Wirgel. Wie es aussieht, werden Sie hier eine ruhige Kugel schieben. Das Küstengeschäft blüht. Und wenn Miß Mara über Tobins Gesellschaft gebietet, gibt es wenig ernsthafte Konkurrenz.«
Der Kellner stellte die Getränke vor sie hin. Als Wirgel dem Russen zuprostete, sagte er ironisch: »Bis auf die Piraten. Aber an die muß man sich wohl gewöhnen ...«
»Ich werde verreisen«, teilte Kobzew ihm mit.

»Wenn ich wieder zurück bin, werden wir Zeit haben, öfters zusammenzukommen. Ich werde übrigens in Miß Maras Firma ein besonderes Augenmerk auf die ehemalige Tobin-Gruppe haben. Damit würden wir dann ziemlich eng zusammenarbeiten.«
»Sollte mich freuen«, äußerte sich Wirgel.
Er hatte eine Entdeckung gemacht. In etwas mehr als zwanzig Metern Entfernung, halb von einer niedrig gezüchteten Stechpalme verdeckt, saß Igor Sotis hinter einer Zeitung. Aber er war eigenartigerweise überhaupt nicht in die Zeitung vertieft. Wie ein schlechter Detektiv in einem noch schlechteren Film spähte er fortwährend herüber. Sein Interesse schien Kobzew zu gelten. Wirgel, der ihn nicht kannte, machte den Russen leise aufmerksam: »Da, hinter der Palme, sitzt ein Mann, der scheint Sie zu beobachten. Drehen Sie sich vorsichtig um, da können Sie ihn sehen.«
Als Kobzew das tat, lächelte er. »Der wartet, bis ich frei für ihn bin!« Er stand auf und nahm Wirgels Hand. Der Kapitän erkundigte sich: »Sie hatten gar nicht erwähnt, wohin Sie reisen ...«
Und Kobzew erwiderte beinahe entschuldigend: »Ach, ich fliege nach Moskau.« Etwas gedämpft fügte er an: »Wir haben einen Partner, der uns ein interessantes Angebot gemacht hat. Aber es muß in Moskau persönlich ausgehandelt werden. Ich sehe Sie!«
Er winkte noch einmal zurück, dann setzte er sich zu Sotis. Er ließ einen erleichterten Wirgel zurück, der sich sagte, wenn keiner von denen Verdacht geschöpft hat, wird die Sache erledigt sein, und ich kann mich hier an das halten, was diese Miß Mara mir anbietet.

Hoffentlich zögert sie nicht zu lange, die »Belinda« soll schließlich Dollars einbringen ...
»Sie fliegen morgen?« erkundigte sich Sotis, nachdem er Kobzew begrüßt hatte.
»Heute noch«, korrigierte Kobzew. »Ich nehme die Abendmaschine. Fliegt sich angenehm, immer dem Sonnenuntergang nach. Möglicherweise ist es Einbildung, aber auf diese Weise leide ich am wenigsten unter der Zeitverschiebung ...«
Sotis hatte in die Tasche gegriffen und einen Zettel hervorgeholt. »Gut, daß ich das bei mir habe. Da steht, wie der Mann heißt.«
Er gab Kobzew den Zettel, der betrachtete ihn kurz, dann hielt er ihn über das brennende Feuerzeug und ließ ihn im Aschenbecher verkohlen.
»Ich kenne die Gasse«, sagte er. »Ist dort in der Nähe nicht einmal ein grusinisches Restaurant gewesen?«
»Es ist genau dieses Restaurant«, belehrte ihn Sotis. »Nur ist da jetzt eine Spielbank drin. Wie das in Moskau heutzutage so geht ... « Er lächelte.
»Und der Mann heißt Oleg?«
»Sie gehen zum erstbesten Angestellten und verlangen Oleg zu sprechen. Der Rest ergibt sich dann von selbst. Sie sind angemeldet. Man wird Sie zu dem betreffenden Partner führen. Bei Problemen weiß der dann, wie ich telefonisch zu erreichen bin.«
Kobzew hatte noch eine Anzahl Fragen. Etwa wie der Transport erfolgen sollte. Aber Sotis klärte ihn auf: »Sie handeln lediglich die Lieferung aus. Mein Partner ist verläßlich. Die Substanz wird zuvor von einem stellungslosen Wissenschaftler geprüft, darum müssen Sie sich nicht kümmern. Mein Partner wird

Ihnen mitteilen, daß alles in Ordnung ist, und darauf ist dann Verlaß. Danach rufen Sie Miß Mara an, und die hinterlegt den Betrag ganz nach Vereinbarung auf ein Sperrkonto in Zürich. Sie haben ihr lediglich zu bestätigen, daß Menge und Gehalt durch den besagten Wissenschaftler geprüft sind und der Transport auf der vereinbarten Route erfolgt. Damit ist die Sache für Sie erledigt.«

»Darf ich wissen, wie der Transport erfolgt?«

Sotis wiegte den Kopf. »Natürlich dürfen Sie. Nur – das regelt der Lieferant noch. Ich habe bis zur Stunde keine Angaben über die Route.«

Kobzew gab sich schließlich zufrieden, als Sotis ihm erklärte: »Wenn die Sache abgeschlossen ist, wird der Lieferant, wie er mir zu verstehen gab, Ihnen ein paar Vorschläge machen, die wir nicht über das Telefon besprechen können. Soweit ich weiß, handelt es sich um Gerät und Waffen. Im Rahmen der Modernisierung angefallen. Sie kennen sich genügend aus, um eine Option zu vereinbaren, ja?«

»Keinen Kauf?«

»Wir sind vorsichtig«, machte ihn Sotis aufmerksam. »Die Russen rüsten um. Werfen eine Menge überholter Systeme weg, die sie sich abzuschaffen verpflichtet haben, und sie nehmen für das Zeug ganz gerne Geld ein, weil sie neue Entwicklungen finanzieren müssen.«

»Es lebe die Abrüstung!«

Sotis grinste. »Wir hören erst, was die anbieten, und wenn wir hier Abnehmer gefunden haben, schließen wir ab.«

»Ich verstehe. Haben Sie eine Ahnung, wie groß die Posten sind?«

197

Sotis überlegte eine Weile, dann gab er Auskunft: »Wie ich die gegenwärtigen Verhältnisse übersehe, werden sie alte Panzer loswerden wollen. Die gehen hier schlecht. Da müßten wir im arabischen Raum etwas ankochen. Hier können wir Militärlastwagen unterbringen, geländegängige, Straßenpanzerwagen des kleineren Typs, nicht älter als fünfzehn Jahre, aber auch großkalibrige Schnellfeuerkanonen und Handfeuerwaffen. Grundsätzlich müssen Sie aufpassen, daß die Kerle uns nicht gerade den ältesten Schrott andrehen wollen, den sie in Sibirien herumstehen haben. Seitdem Afrika als Abnehmer nach und nach ausfällt, versuchen sie das immer wieder. In jedem Falle nehmen Sie lediglich die Parameter der Sachen zur Kenntnis, die Entscheidung wird hier getroffen.«

»Sonst Aufträge?« Kobzew lächelte bei der Frage. Er sah sich gar nicht so sehr als Kurier, er würde in Moskau alle Möglichkeiten ausschöpfen, für sich selbst mit Hilfe alter Bekannter neue Verbindungen anzuknüpfen. Nach allem, was man so hörte, war es erstaunlich, wieviele alte Freunde und Gönner heute einflußreiche Positionen in der privaten Industrie hatten oder in den Staatsbetrieben, die sozusagen in einem gesetzesfreien Raum operierten, seitdem die zentralen Planungsbehörden und mit ihnen die Kontrollorgane nicht mehr existierten.

Sotis befand, es gäbe im Augenblick keine weiteren Aufträge. Falls sich etwas ergab, konnte er es jederzeit mit Kobzew über das Telefon besprechen.

»Sie steigen im Rossia ab?«

»Ich liebe es«, grinste Kobzew. »Diese verwirrende Stadt, zusammengesetzt aus Zimmern, Fluren, Trep-

pen, Fahrstühlen und Buffets – es ist sicher nicht mehr der modernste Platz in Moskau, aber ich habe so richtig Sehnsucht danach ... «
Er bekam von Sotis ein Lächeln zurück. »Ich sehne mich auch nach manchem in Moskau. Jetzt im Frühling den grünen Gürtel um die Stadt herum durchstreifen ... «
Er brach ab und erhob sich. »Tut mir leid, aber ich habe noch andere Termine.« Er wünschte Kobzew guten Flug, dann verließ er die Halle. Auch Kobzew brach auf. Er vergaß, noch einmal zurückzublicken und Wirgel zuzuwinken, aber es wäre unnütz gewesen, Wirgel war ebenfalls schon weg.
Im Flugzeug wurde Kobzew von einem Gefühl der Erwartung ergriffen. Moskau im zeitigen Frühling war schön, jedenfalls hatte er das immer gefunden. Er rechnete sich aus, daß er diesen oder jenen alten Bekannten treffen würde. Da waren Frauen, die man lange nicht gesehen hatte. Und – mit der fremden Währung in der Tasche war man heute in Rußlands Hauptstadt ein König!

In Scheremetjewo machte Wladimir Kobzew den ersten Fehler, der vermutlich alle anderen Ereignisse auslöste. Am Taxistand winkte er einem Fahrer, und der kurbelte die Scheibe herunter und erkundigte sich: »Zahlen Sie in Valuta oder in Rubel?«
»Dollar«, gab Kobzew zurück. Der Mann ließ ihn einsteigen.
Kobzew staunte über das veränderte Bild auf dem

Wege zur Stadt. Abgesehen von der Räudigkeit mancher alter Hausfassaden gab es hier vieles, was angenehm ins Auge fiel. Da waren neue Bauten mit viel Glas und bunten Verkleidungen, der Straßenrand lebte von Schildern, auf denen so gut wie alle bekannten fremdländischen Erzeugnisse angepriesen wurden, von Benettons Trikotagen bis zu Sevenup-Limonade. Wenigstens der äußere Anblick hatte auf diese Weise einen Hauch von Modernität.

»Wie ist das Leben?« stellte er die landesübliche Frage an den Fahrer.

Der, ein junger Bursche in Jeanskleidung, rückte die Baseballkappe mit der Aufschrift »Moscow Liga« zurecht und fragte seinerseits: »Ausländer oder Russe?«

»Ausländer«, gab Kobzew zurück, wobei er an seinen südafrikanischen Paß dachte.

»Aber in Rußland aufgewachsen?«

Der Fahrer blickte in den Rückspiegel und nahm das Nicken Kobzews wahr. Ein Emigrant, wie es aussah. Er erinnerte sich an die Frage nach dem Leben.

»Wie Sie es wollen, Herr«, gab er Auskunft. »Touristen, Huren, Geschäftemacher und Politiker leben hervorragend. Genießen die Demokratie und ihre Früchte. Die Veteranen, die Arbeitslosen, alleinstehende Frauen, wenn sie zur Hure nicht mehr taugen, die Kinder und die Kranken verfluchen den, der das alles angeschoben hat und jetzt vom Ausland die Belohnung kassiert.« Es klang wenig freundlich.

Kobzew fragte: »Und Taxifahrer? Wie ist da das Leben?«

»Etwas besser als in der Garnison in Ostdeutschland.«

»Sie waren Soldat?«

Der Fahrer zog wortlos eine Makarow-Pistole aus der Innentasche seiner Jeansjacke, zeigte sie Kobzew und steckte sie wieder ein. Erst dann sagte er: »Ich bin es noch. Meine Truppe, wieder in der Heimat, bekam keinen Sold mehr und niemand wußte, wo wir schlafen sollten. Da gingen wir auseinander, für befristete Zeit. Seitdem fahre ich das Auto, das ich in Ostdeutschland für meinen Starschina gestohlen habe, und verdiene Geld damit. Halbe-halbe für mich und für ihn.«

»Ist es so schlimm?«

»Wir wollen auch leben, Gospodin«, wich der Mann aus. »Werden Sie lange bleiben?«

»Ich habe Geschäfte«, sagte Kobzew, »und wenn ich die abgeschlossen habe, reise ich wieder ab.«

»Das Rossia ist Ihnen nicht zu teuer?«

»Gibt es günstigere Angebote?«

»Mein Starschina führt ein Gästehaus«, sagte der Fahrer.

»Aber es ist nicht so komfortabel wie das Rossia ... « In jeder anderen Situation hätte Kobzew die Chance wahrgenommen, ein billigeres Quartier zu beziehen, aber jetzt ging er darauf nicht ein. Der Komfort war die eine Sache. Die hochgradige Anonymität in einer Riesenherberge wie dem Rossia eine andere. Und die zählte bei der Art Geschäfte, die Kobzew hier vorhatte.

»Danke«, sagte er, »ich bin lieber in einem Hotel, das vereinfacht vieles.«

»Die Huren sind bei meinem Starschina bloß halb so teuer wie im Rossia«, gab der Fahrer zu bedenken. Aber Kobzew lächelte nur.

Er schrieb seinen südafrikanischen Namen auf den Registraturzettel an der Rezeption, während der Fahrer seine beiden kleinen Koffer herantrug. Er bezahlte ihn aus einer gut gefüllten Krokodillederbrieftasche, in der sich auch ein paar Kreditkarten befanden, und es war ein weiterer Fehler, daß er dem Fahrer einen Blick auf sein Geld ermöglichte.

»Danke, Gospodin«, sagte der. Er warf einen Blick auf das Schild an Kobzews Zimmerschlüssel und verschwand.

Draußen ging er bis zu dem Telefonhäuschen, das etwa dort stand, wo sich früher immer ein paar Geldwechsler herumgedrückt hatten. Auch jetzt gab es sie noch, aber es waren weniger geworden. Die Geldwechselei wurde nicht mehr bestraft, man vollzog sie mitten in der Stadt, in den Banken.

Seinen Starschina, den ehemaligen Vorgesetzten, der jetzt als Herbergsvater in einem umgebauten Heim für durchreisende Soldaten, das die Armee nicht mehr betrieb, privatisierte, erreichte er sofort. Und er teilte ihm knapp und sachlich mit: »Ich habe da einen, auf Zimmer 3115 im Rossia. Eben angekommen. Wird eine Stunde brauchen, bis er geduscht hat und ausgeht, wie ich es beurteile. Mehrere Tausender. Dollars. Aber auch Kreditkarten, halbes Dutzend.«

»Name?«

»Walther Conders. Südafrika. Scheint ein Emigrant zu sein. Perfektes Russisch.«

»Das macht die Sache einfacher«, kam es zurück. »Bleib dort. Ich schicke Wanja und Gleb. Du stehst an der Ecke, wo früher das Berjoska war. Sie erledigen das und geben dir das Geld, Karten und Eisen, damit sie sauber sind. Du kommst dann her.« Es war nicht das erste Mal, daß der Taxifahrer so etwas mitmachte. Er war der beste Tipper, den der Starschina hatte. Die Zeiten waren hart, und man mußte zusehen, daß man in dieser verworrenen Situation möglichst viel Heu in die Scheune kriegte. Wanja und Gleb waren Spezialisten auf diesem Gebiet. Sie pflegten kurzen Prozeß zu machen. Wie zuletzt in Deutschland, wenn sie zufällig ein Einheimischer beim Autoknacken erwischte.

Der Taxifahrer kippte das Schild auf dem Dach des Autos um, ließ das Fahrzeug am Eingang zum ehemaligen Berjoska-Laden stehen und vertrat sich die Füße. Nach einer Weile konnte er sehen, wie Wanja und Gleb, elegant gekleidet, das Rossia betraten. In dem Riesenbau würde sie kein Mensch fragen, wohin sie wollten. Das Rossia war eine Stadt. Man hatte es sich dort lange abgewöhnt, dafür zu sorgen, daß nur Gäste mit den Fahrstühlen in die oberen Etagen fahren konnten. Die beiden Männer fanden das Zimmer Kobzews, und sie klopften. Als drinnen die Dusche abgestellt wurde, machten sie sich erneut bemerkbar: »Zimmerservice, wir bringen das Willkommensgedeck, Sir!«

Gleb rief es auf englisch. Und Kobzew, der gerade das Handtuch um den Körper geschlungen hatte, fiel auf diesen uralten Trick herein, weil er nur einen winzigen Augenblick nicht nachdachte. Er drehte den Türknopf.

»Ins Zimmer!« kommandierte Wanja schroff.

Gleichzeitig gab er Kobzew einen Stoß, der ihn bis vor ein Sofa schleuderte, wo er liegenblieb und die Eindringlinge verwirrt betrachtete.

»Was soll das … ?« brachte er hervor. Aber Wanja, der sich inzwischen mit dem Gepäck beschäftigte, raunzte nur: »Du hältst das Maul!«
Gleb drehte den Schalldämpfer, der auf seiner Makarow steckte, sicherheitshalber noch einmal fest, dann richtete er die Waffe auf Kobzew, und der war so tödlich erschrocken, daß er kein Wort mehr hervorbrachte.
Wanja war mit den Koffern fertig. Er griff in das abgelegte Jackett Kobzews, fand das Bargeld, Scheckbuch und verschiedene Kreditkarten. Er machte ein zufriedenes Gesicht. Es hatte schon Überfälle gegeben, bei denen weniger herausgesprungen war. Auf dem Tisch lag die Rolex, die Kobzew vor dem Duschen abgelegt hatte. Wanja steckte sie ein. Der Rest war Kleinkram und lohnte nicht das Mitnehmen.
»Erledigt«, bemerkte er zu Gleb. Ging zur Tür. Gleb hielt sich nicht weiter auf. Solche Sachen, nasse, wie es in der Umgangssprache hieß, mußten schnell erledigt werden. Keine Verzögerungen. Er drückte zweimal auf den Abzug und die Waffe blaffte zweimal. Dann steckte sie Gleb, nachdem er den störenden Schalldämpfer abgeschraubt hatte, wieder ein.
Kobzew war sofort tot. Gleb hatte schon in der Armee als sehr guter Pistolenschütze gegolten.
Er folgte Wanja, der inzwischen festgestellt hatte, daß sich im Korridor niemand aufhielt. Sie fanden durch das verwirrende System von Gängen, Fahrstuhlschächten, Zwischenfluren und Buffets geradezu traumhaft sicher ins Erdgeschoß zurück und verließen das Foyer, ohne sich für irgend etwas zu interessieren.
An dem Taxi mit dem heruntergeklappten Schild

übergaben sie dem Fahrer die Brieftasche, die Makarow samt Schalldämpfer und die Uhr. Danach gingen sie davon, und der Taxifahrer fuhr mit wieder hochgeklapptem Schild bis zu dem Soldatenheim, das der Starschina jetzt als Herberge führte. Er lieferte die Sachen ab, bekam ein paar grüne Dollarscheine, wie das bei solchen Sachen üblich war, und dann fuhr er davon. Richtung Flughafen.
Der Taxifahrer war abergläubisch. Er hatte einmal Erfolg in Scheremetjewo gehabt, und es hieß, da sollte man mit einer Wiederholung rechnen.

*

Igor Sotis sah seinem tamilischen Gärtner zu, der eine Hecke verschnitt, als sein Telefon anschlug. Er ging auf die Terrasse zurück, ließ sich in einen Rohrsessel nieder und meldete sich.
»Oleg hier«, kam die Stimme seines Moskauer Vertrauten. »Das Etablissement für den jugendfrischen Hauptstädter mit der positiven Lebensanschauung! Bist du es, Igor?«
»Ich bin es«, gab Sotis zurück, »spar dir die Reklame. Was gibts?«
Der Moskauer wurde sachlich: »Bleib ganz ruhig, Bruder, hier kommt eine schlechte Nachricht, bevor eine gute kommt. Ich war eben im Rossia. Da erfuhr ich, daß der Geschäftsmann Walther Conders in die Leichenhalle gebracht wurde. Erschossen auf seinem Zimmer. Raub. Kann ich außer dir noch jemanden über das traurige Ereignis benachrichtigen?«
Sotis war einen Augenblick nicht in der Lage, zu

sprechen. Schließlich fragte er zögernd: »Was ... ist da passiert?«
Der Moskauer berichtete ungerührt: »Übliche Sache, Bruder, glaube ich. Kam von Scheremetjewo und schrieb sich ein. Hat vermutlich jemanden seine Barschaft sehen lassen oder die Vorstellung geweckt, er habe Geld bei sich. Das genügt heute bei uns für so was.«
»Raubmord sagst du?«
»So sieht es aus. Der Mann ist als Südafrikaner natürlich mit unseren Lebensbedingungen nicht vertraut, und das hat ihn getötet. Ich wollte es dir gleich mitteilen. Und jetzt eine gute Nachricht. Der Hund ist da. Soll ich den Versand anlaufen lassen?«
»Geprüft?«
»Das Gutachten ist fertig. Keine Bedenken. Ich habe auch die Verpackung extra prüfen lassen. Alles in Ordnung.«
»Und du hast die Versandlinie klar?«
»Du mußt mir nur einen geeigneten Adressaten sagen, und zwar in Wien. Die Umstände kann ich dir jetzt nicht ausführlich erklären, aber wir haben die Route gewählt, weil sie die sicherste ist, und die schnellste. Durchweg per Schiff oder per Kahn. Höre ich einen Namen?«
Sotis überlegte nur kurz. In Wien gab es Daschwili, den Georgier, einen alten Kumpan aus der Odessaer Zeit noch, der – ebenfalls Auswanderer – in den letzten Jahren ein günstiger Geschäftspartner gewesen war. Sotis gab dem Moskauer seine Adresse. Er würde ihn später anrufen und auf die Sendung vorbereiten. Daschwili war der ideale Mann für den Umschlag der Sendung, er kannte jeden Trick, und

Wien war eine Drehscheibe, auf der sich so ziemlich alles machen ließ.

»Der Name klingt mir bekannt«, sagte der Moskauer, während er ihn notierte. »Wie du das Zeug von dort wegbekommst, ist deine Sache. Zahlung in Wien. Einverstanden?«

»Nenne mir die Summe«, verlangte Sotis. Der Moskauer nannte sie. Es war eine sechsstellige Dollarzahl. Sotis bestätigte sie.

»Modus?« fragte der Moskauer.

Sotis antwortete knapp: »Bar.«

Damit war der Moskauer einverstanden. Geschäfte dieser Art vertrugen weder Schecks noch Akkreditive, geschweige denn Überweisungen, selbst mit den Sperrkonten war das eine heikle Sache. Das Risiko, daß es sich bei dem Bargeld um nicht astreine Scheine handeln konnte, erledigte sich dadurch, daß man inzwischen über eine Anzahl gut funktionierender Waschanlagen in westlichen Ländern verfügte. Gasthöfe, Großhandelsfirmen, Spielsalons. Bis vor kurzem waren Liechtenstein und Luxemburg die hauptsächlichsten Umschlagplätze für Bargeld gewesen, seit einiger Zeit bewährte sich Gibraltar.

»Der Kassierer wird sich bei dir melden«, bemerkte der Moskauer, und Sotis fügte lakonisch an: »Zahlung nach Prüfung des Stoffes.«

Er würde das in der Zwischenzeit in die Wege leiten. Die Verläßlichkeit des Moskauer Wissenschaftlers würde stärker sein, wenn er bereits jetzt wußte, daß sich in Wien noch einmal jemand über den Stoff machte. Wien war ein Ort, in dem man so gut wie alles in die Wege leiten konnte. Der Moskauer hatte

207

keine Einwände. Er erkundigte sich nur: »Sehe ich dich mal hier?«
Sotis sagte es zu, obwohl er noch nicht genau wußte, wie er das einrichten könnte. Aber es reizte ihn nicht nur, die Stadt wiederzusehen, es gab dort vermutlich auch eine Anzahl neu gewachsener Chancen, die man an Ort und Stelle erkunden mußte, wenn man sie später von Berlin aus wahrnehmen wollte.
»Bald«, versprach er am Schluß des Gesprächs. Dann benachrichtigte er Mara von der bevorstehenden Lieferung. Sie sagte ihm zu, daß sie den Abtransport des Stoffes von Wien aus per Charterflugzeug organisieren würde. Und sie rief unverzüglich Iskander an, der erfreut war, daß die Lieferung zustande kam.
»Kannst du den Transport nach Islamabad dirigieren?« fragte er sie, als sie sich wenig später in einem stillen Restaurant am Kallang Park trafen. Iskander liebte es, sich mit einer schönen Frau wie Mara zu zeigen.
Es schmeichelte seiner Eitelkeit, eine der wenigen Schwächen, die er sich selbst erlaubte.
»Das geht sicher«, gab sie zurück. »Ich werde von Sotis benachrichtigt werden, wenn die Lieferung angekommen ist. Er nimmt sie entgegen.«
Der alte Herr lächelte zufrieden. Er nahm ein Stück Zuckergebäck und verzehrte es genußvoll. »Es wird alles reibungslos erledigt werden, bei der Ankunft in Islamabad«, versprach er. »Wenn der Pilot die Maschine aufsetzt, wird er Anweisung bekommen, an einen bestimmten Platz zu rollen und auszusteigen. Der Rest ist nicht mehr seine Sache. Ich werde das sofort veranlassen.«

Er sah einem Papagei zu, der vor dem Fenster auf den Ästen eines Baumes herumturnte. Das Restaurant war wie eine riesige Voliere eingerichtet, Vögel aller Art lebten hier in einer Freiheit, die ihre durch Netze markierten Grenzen erst da hatte, wo die Besucher nicht mehr hinblicken konnten.
»Ist er nicht wunderbar gefärbt?« fragte Iskander Mara. Die sagte etwas abwesend, sie habe selten zuvor etwas so Schönes gesehen.
Ihr war eingefallen, daß Wirgel heute mit der »Belinda« auslief und sie zuvor noch über ein paar Einzelheiten mit ihm sprechen mußte. Der Deutsche schien ein zuverlässiger Mann zu sein. Für die Küstenschiffahrt in den hiesigen Gewässern fanden sich meist nur ziemlich heruntergewirtschaftete Kähne mit fragwürdigen Kapitänen – Wirgel stellte eine Ausnahme dar, und Mara war sehr froh, ihn zusammen mit dem Schiff in die neuerworbene Firma Tobin übernommen zu haben. Das Unternehmen, dessen Hauptanteile jetzt in ihren und Iskanders Händen waren, konnte einen verläßlichen Mann gebrauchen, es hatte Zukunft. Zuhause hatte der Deutsche in den Wirren der Zeit seine Chance wahrgenommen, hier hatte ihm Mara eine neue gegeben, er würde das zu schätzen wissen. Sie sah unauffällig nach der Uhr. Die Zeit würde noch reichen, den Kapitän vor dem Auslaufen zu erreichen, sie brauchte sich nicht überhastet von Iskander zu verabschieden.

Der Mexikoplatz in Wien lag nicht weit vom Donauufer entfernt. Aber auch vom Praterstern her war er leicht zu erreichen. Um ihn herum gab es ein Gewirr von Straßen und Gassen, in denen sich traditionell Hunderte und aber Hunderte von Kleinhändlern eingenistet hatten, die fast ausnahmslos aus östlichen Ländern kamen. Neben Türken und Bulgaren, Rumänen, Ukrainern waren die Armenier und Georgier hier die stärkste Gruppe. Sie hatten wohl alle einmal auf der Donau, dem großen verbindenden Strom den Weg über den Balkan nach hierher genommen. Einmal am Handelskai angekommen, waren sie nicht mehr weit gewandert, hatten sich in der Nähe niedergelassen und betrieben ihr Geschäft nicht nur in Läden, sondern vielfach auch in Parterre- oder Kellerwohnungen, in winzigen Quartieren, in denen sie, nicht selten mit vielköpfigen Familien zusammen, Tag wie Nacht neben ihren Waren lebten. Die Lage war günstig für den Nachschub, der über die Donau kam, und der große Frachtbahnhof am Praterstern war nicht viel weiter entfernt als der Donaufrachtkai – das sorgte schon einmal dafür, daß Transportkosten in der großen Stadt kaum anfielen.
Gehandelt wurde hier mit tausend Kleinigkeiten, von Füllhaltern über Rosenkränze und Transistoren bis zur beleuchtbaren Muttergottes, gefertigt in Jerewan. Man konnte Feuerzeuge mit dem bunten Konterfei längst gestürzter Präsidenten erstehen und bulgarischen Pfeifentabak von erstaunlicher Qualität, Zaubertinkturen gegen Impotenz und Altersschwäche und Amulette gegen den bösen Blick, Fotoapparate aus obskuren Fabriken und Handnähmaschinen, Lampen aller Art und Stoffe in einer unbeschreibli-

chen Vielfalt. Man konnte ein Paar Jeans kaufen oder Gummistrümpfe, Zitronendrops und Talmischmuck, Petroleumfunzeln und Beschneidungsinstrumente, Uhren und Nagelscheren, Präservative mit neonfarbenen Mickymäusen und Bilder von unbekannten Heiligen. Kenner fanden hier den Koran ebenso wie Hitlers »Mein Kampf«, die Bibel und Lenins Revolutionstheorien, eine Menora oder eine Packung Mazzes, das ungesäuerte Brot, mit dem zu Passah an den Auszug der Juden aus Ägypten erinnert wird. Eingeweihte erwarben hier ein Stilett oder einen Revolver im Hinterzimmer; es gab nichts, was hier nicht erhältlich oder beschaffbar war, und die Händler waren keine reichgewordenen Leute, sie handelten aus Lust an der Sache, oft mit äußerst geringen Verdiensten, so daß sich mancher wunderte, wie sie ihre vielköpfige Kinderschar durchs Leben brachten. Ein Hauch von altem Orient schien hier zu wehen, ein Hauch von »Schtetl« auch, ein bißchen Balkan war da, ebenso wie ein Stich Anatolien oder Armenien.

Die größeren Geschäfte wurden bei einem Glas Wein im Wohnzimmer abgewickelt, wo die teppichbehangenen Wände und die summenden Samoware an die Läden auf östlichen Basaren erinnerten. Hier duftete es nach Mokka, und feiner Tabakrauch erfüllte die Luft. Aber es fand sich gelegentlich auch ein Hauch von »Maki«, einem der ältesten russischen Parfüme, das, wie man hörte, noch Frau Molotow entwickelt hatte und von dem sich seltsamerweise hier einige Kartons bis auf den heutigen Tag erhalten hatten.

Igor Sotis, der von Schwechat aus zuerst zum Hilton am Heumarkt und dann mit einem Taxi sogleich zu seinem alten Freund Daschwili gefahren war, nahm die anheimelnde Atmosphäre, die an die alten Tage in Odessa erinnerte, mit Behagen in sich auf. Neben Abu Daschwili, dem schmächtigen, weißbärtigen Alten, lag ausgestreckt sein Langhaardackel auf dem Plüschsofa. Er störte sich nicht an dem fremden Besucher. Hatte die Schnauze auf die Pfoten gelegt und döste.

»Es scheint Jahrhunderte her zu sein«, sagte Daschwili. »Manchmal habe ich uns noch beim Kartenspiel in Erinnerung. Wein trinkend. Viele werden schon bei den Engeln sein ... «

»Die meisten«, bestätigte Sotis. »Die Lager haben sie geknickt. Wie geht es dir?«

Daschwili trank bedächtig Mokka aus der zarten Tasse, strich sich den Bart, streichelte dann den Kopf des Dackels und gab zurück: »Es ist schwerer geworden mit dem Geschäft.«

»Schlechte Zeiten?« Sotis horchte auf. Abu Daschwili hatte wenig Lust, mit Sotis darüber zu reden, was ihn in letzter Zeit beschäftigte. Aber er machte im Laufe der Unterhaltung ein paar Andeutungen, die Sotis irritierten.

»Die Geschäfte sind nicht einmal das Problem«, gestand Daschwili, »daß die Leute etwas vorsichtiger kaufen, das ist eine Erscheinung, die kommt und geht. Nein, es sind diese Racketleute, die uns piesacken. Haben gute Verbindungen, bis in die Regierung. Informationen. Und – die kennen keine Gnade ... «

»Racketleute?« Sotis kannte das von anderswo. Es gab sie überall, sie hatten sich wie eine Seuche ausgebreitet. Aber sie arbeiteten mit unterschiedlichen Methoden. Er wollte mehr darüber hören.

Daschwili goß Tee nach und knabberte eine Weile an einem Keks, den Rest schob er dem Dackel hin. Er machte Sotis aufmerksam: »Hier kannst du nicht vorsichtig genug sein, Bruder. Die Banditen scheinen über alles Bescheid zu wissen. Sie verlangen Monatsgeld. Aber das ist nur eine Methode. Sie schreiben mir vor, bei wem ich einzukaufen habe, und bei wem nicht. Da streichen sie massiven Gewinn ein, im Großhandel, denn sie beherrschen die meisten Verbindungslinien. Und wenn ich zwischendurch ein Vermittlungsgeschäft mache, kennen sie meist die Zahlen wie durch ein Wunder ganz genau, ich muß Prozente abliefern. Nein, es ist gar nicht mehr so schön wie früher, Bruder ... «

Das System kannte Sotis aus seinen Anfängen in Berlin. Noch hatte er die ersten Versuche, ihn zu verpflichten, abwehren können, mit Hilfe Abergs, der auf wundersame Weise in der Lage war, die Gier dieser Leute zu bremsen, wenigstens was Sotis' Geschäfte betraf. Aber was er hier hörte, nahm sich wie die perfekte Zwangsjacke aus.

»Wer sind die Kerle, Abu?«

Der Georgier gab zurück: »Russen. Jung noch. Du weißt, in einem bestimmten Alter haben sie keine Skrupel, irgendwo eine Leiche zurückzulassen.«

»Wo kommen sie her? So viele Russen hat es doch hier nie gegeben!«

Der Georgier erinnerte ihn: »Bruder, du kommst aus Deutschland. Dort, im Osten, waren sie Jahrzehnte eingenistet. Ein Vertrauter hat mir gesagt, die Stationierten haben dort in der ganzen Zeit, besonders in den letzten Jahren Leute unauffällig die Uniform ausziehen lassen und sie privat angesiedelt. Zivili-

sten, oft mit Familien. Sprechen Deutsch, nachdem sie Zeit hatten, es zu lernen. Benehmen sich unauffällig. Sollten sich nach dem Willen ihrer Chefs für spätere Zwecke assimilieren. Spione gibt es darunter, aber die meisten sind Banditen. Heute gibt es ihre ehemalige Führung nicht mehr als Organisation, einzelne Chefs leiten sie. Nicht wenige sind sich selbst überlassen, vergessen worden, haben sich verkrümelt, um auf eigene Faust zu operieren. Entschieden sich nicht für Arbeit, sondern für das ergaunerte Einkommen. Erpresser, viele. Es gibt kein Mädchenhaus, wo sie nicht kassieren, keinen russischen Händler, keinen Gastwirt ... Schakale!«
Sotis dachte darüber nach, obwohl das alles nicht ausgesprochen neu war. Er hoffte, daß die Sache, wegen der er in Wien weilte, sich noch nicht bis zu den Racketeers durchgesprochen hatte. Aber Daschwili machte ihm wenig Hoffnung. Er riet ihm: »Nimm dich in acht. Sie haben ihre Quellen. Sprich mit keinem Unbekannten, sie haben überall ihre Spitzel. Wie kann ich dir bei deiner Sache noch helfen?«
Sotis sagte: »Du hilfst mir schon durch deine Warnung. Ich werde vorsichtig sein. Hast du am Handelskai einen Vertrauten?«
»Mehrere«, gab Daschwili Auskunft. »Wofür brauchst du ihn?«
Sotis hatte aus seinem Zimmer im Hilton ein Gespräch mit dem Moskauer geführt und wußte, daß er bis zur Ankunft des Donauschiffes nur noch zwei Tage Zeit hatte. Er erklärte dem Georgier: »Übermorgen kommt die ›Miranda‹ im Frachthafen an. Da ist eine an dich adressierte Sendung für mich drauf, die ich am Zoll vorbei haben will, ohne Komplikationen ...«

»Schwer?« wollte Daschwili wissen.
Sotis gab Auskunft: »Man braucht keinen Kran, wenn du das meinst. Nicht sehr großer Container. Hat vermutlich im Kofferraum eines Autos Platz.«
Der Georgier griff nach einem Zettel, er war jetzt ganz der nüchterne Geschäftsmann.
»Miranda?«
»Ja.«
Daschwili schrieb. »Adressiert an mich?«
»Als Empfänger, ja. Ich kann meine Nummer im Hilton angeben, wenn du mich als Abholer bevollmächtigst.«
Daschwili meinte: »Das werde ich besorgen. Wohin soll der Container?«
Sotis informierte ihn über die Absicht, die Fracht vom Donaukai zum Flughafen zu schaffen. Wollte wissen: »Kannst du auch in Schwechat Vorsorge treffen?«
Das würde etwas mehr kosten als im Frachthafen, meinte Daschwili, aber er sah keine Probleme.
»Fliegst du mit?«
Sotis schüttelte den Kopf. »Der Pilot hat genaue Anweisungen. Wird am Zielflughafen empfangen. Ich reise nach Berlin weiter, wenn alles erledigt ist.«
Der Georgier legte Papier und Stift beiseite und strich wieder über das Fell des Dackels, der ruhig neben ihm lag. Dann faltete er die Hände über dem Bauch. Erst als Sotis das Schweigen auffiel, sah er den Georgier an und begegnete dessen fragendem Blick. Eine höfliche Art, darauf aufmerksam zu machen, daß Dienstleistungen von der erbetenen Art auch unter alten Freunden ihren Preis hatten.
»Dollar?«

»Sind mir recht«, gab Daschwili zurück, wieder den Hund streichelnd.

Als ihm Sotis eine Summe nannte, nickte er und hielt ihm die Hand hin. Dann ging er zu einem Wandschränkchen, dem er zwei geschliffene Gläser und eine Karaffe mit Cognac entnahm. Er goß ein, und sie tranken einander zu.

»Wie in alten Zeiten«, bemerkte Sotis, und Daschwili bestätigte: »Ja, er hat noch den guten alten, unvergeßlichen Geschmack grusinischer Reben ...«

Am Abend, als Sotis gerade dabei war, unter die Dusche zu gehen, meldete sich der Moskauer am Telefon und teilte ihm mit: »Ich habe dir die beiden alten Bekannten Mischa und Schura geschickt. Sie kommen mit der Frühmaschine an. Du brauchst sie nicht abzuholen, sie kennen sich am Ort aus und werden dort mit allem versorgt, was sie brauchen. Wenn du sie siehst, reagiere erst, wenn sie dich ansprechen. Hast du die Scheinchen gut nach Europa gebracht?«

»Habe ich«, erwiderte Sotis. Er dachte an den handlichen Diplomatenkoffer, den er im Hotelsafe deponiert hatte.

»Übergib sie den beiden«, forderte ihn der Moskauer auf, und von da an dachte Sotis, daß dieses Geschäft eigentlich glatter anlief, als er gerechnet hatte.

»Grüß mir die Moskwa«, bat er sich aus. Der andere murmelte etwas davon, daß die gegenwärtig ziemlich dreckig sei. Und er vergaß nicht hinzuzufügen: »Ich habe gerade einen Wopla gegessen. Hatte gut überwintert. Erinnerst du dich an den Geschmack?«

Die Fische aus der Moskwa, geräuchert und getrocknet, waren eine der wenig beachteten Delikatessen.

Aber Eingeweihte schätzten sie. Und so knurrte Sotis in gespielter Entrüstung: »Du solltest dich nicht über einen Mann lustig machen, der sich fern der Heimat an deren Fleischtöpfe erinnert!«
»An die Fischköpfe!« korrigierte ihn der Moskauer lachend. Jeder wußte, daß bei dieser Fischdelikatesse die Stelle hinter dem Kopf am besten schmeckt. »Behandle die Jungen gut!«
»Werde ich tun«, versprach Sotis. Dann, als er aufgelegt hatte, fiel ihm ein, daß er lange nicht mit Berlin gesprochen hatte. Er suchte sich die Vorwahl heraus, und als sich am anderen Ende Otto Aberg meldete, begrüßte er ihn belustigt mit der Frage, ob er Angela Lemnitz vertrete.
Der Armenier lachte: »Was soll ich machen – sie ist beim Schneider, anschließend noch beim Frisör, und ich muß hier bleiben, bis sie kommt, um ihr zwei Bestellungen zu übergeben. Ist bei dir alles klar? Wo bist du?«
»Wien«, gab Sotis Auskunft, ohne zu ahnen, welche Kette von Ereignissen er damit in Bewegung setzte.
»Erinnerst du dich an das Geschäft, das über die ›Belinda‹ laufen sollte?«
Aberg erinnerte sich. Auch an Sotis' kurze Mitteilung, daß es schiefgegangen war und auf welche Weise.
»Ich wiederhole es gerade«, sagte Sotis. »Sitze im Hilton und warte auf die Ware. Werde sie expedieren und an Ort und Stelle selbst bezahlen, damit keiner mehr etwas falsch machen kann. Diesmal darf das nicht wieder ins Auge gehen. Wie läuft es bei euch?«
Aberg machte sich eine Notiz. »Gut. Keine Störungen. Wann schließt du das Ding dort ab?«

»Morgen.«
»Und dann kommst du zurück?«
»Ich fliege, sobald die Kleinigkeit hier geregelt ist. Kann schon morgen abend sein, ja.«
»Soll die Lemnitz dich noch anrufen?«
»Nur wenn es wichtig ist«, gab Sotis zurück. »Ich habe hier das Zimmer 324. Vielleicht will sie ja, daß ich ihr ein Sortiment aus Dehmels Konfiserie mitbringe, zum Aufbau ihrer Figur ...!« Während er über den eigenen Scherz lachte, machte sich Aberg eine weitere Notiz. Dann versprach er, auf die Lemnitz zu warten und ihr die Botschaft zu übermitteln, daß ihr Chef ihren Kalorienhaushalt durch einen Karton Konfekt gewissermaßen stützen wolle.
»Ja, gut«, ging Sotis auf den Scherz ein, »sie soll mir sagen, ob sie Geleéfrüchte will oder Marzipan oder puren Stoff oder alles zusammen. Sehe dich dann!«
Aberg murmelte etwas, das sich anhörte wie ein Ausdruck der Freude, daß Sotis heimkam. Nachdem er aufgelegt hatte, überlegte er. Das Geschäft mit dem brisanten Zeug war eine Sache, die sich in der Region sechsstelliger Dollarzahlen bewegte. Sotis hatte gesagt, er zahle selbst an Ort und Stelle. Otto Aberg, der Mann, der in Armenien und auch später bei der Armee in der wunderschönen Kolonie Karlshorst den Namen Victor Sagaradjan getragen hatte, rechnete eine Weile.
Unten auf der Kantstraße rollten die Autos. Der Laden hatte den üblichen schwachen Betrieb. Und die Geschäfte, die von hier oben, aus der Etage über dem Lädchen erledigt wurden, liefen gut. Es war wohl Zeit, die Möglichkeiten zu erkennen, die sich da ergaben.

Otto Aberg zog ein kleines Adreßbüchlein aus der Innentasche seines Jacketts. Er suchte eine Weile, dann wählte er. Es würde sich etwas entscheidend ändern in der Firma.

Als Angela Lemnitz zurückkam, hörte sie, vor der Tür stehend, gerade noch wie Aberg lautstark über das Telefon jemanden aufforderte, unbedingt noch mit der nächsten Maschine zu fliegen, nach Wien, und die Sache so zu erledigen, daß keine Fragen aufkamen. Er nannte den Namen Sotis' und eine Zimmernummer im Hilton. Und er tat es auf Russisch, aber davon verstand Angela Lemnitz inzwischen immerhin soviel, daß sie folgen konnte. Sie wunderte sich, daß Aberg später, als sie mit ihm sprach, nichts über die Wiener Sache erwähnte. Aber sie hatte in der langen Zeit bei Sotis gelernt, möglichst wenig Fragen zu stellen. Und manchmal, auch das hatte sie gelernt, war es klug, nicht durchblicken zu lassen, was man alles wußte. Also sagte sie nichts, und sie wünschte Aberg nur einen angenehmen Abend, als er schließlich ging.

Er hatte verlauten lassen, er sei noch mit ein paar alten Kameraden zu einer Partie Karten verabredet, und das würde wohl ein langer Abend werden ...

Sotis wartete, bis Mischa Rubin ihn aus der Halle des Hilton anrief.

»Wir können uns hier unten treffen«, sagte der schnurrbärtige Spezialist für Sonderaufträge. Als Sotis neben ihm an der Hallenbar saß und ihn zu einem Cognac einlud, erfuhr er, daß die »Miranda« am nächsten Mittag im Frachthafen festmachen würde. Er wollte wissen, ob Sotis Funkverbindung mit dem Kahn habe, aber der schüttelte den Kopf. »Ein Lo-

kalsender gibt täglich die Ankunftszeiten von Donauschiffen durch, ich höre ihn ab.«
Er schob Mischa einen Stadtplan hin, auf dem die Anlegestelle angekreuzt war.
»Habt ihr ein Auto?«
»Soeben gemietet.«
»Gut«, befand Sotis. Sein Finger fuhr über den Plan. »Zur Praterstraße, bis an ihr Ende, und dann links, bis zum Kai.« Mischa Rubin nickte etwas gelangweilt. »Wir haben uns das schon ein wenig angesehen. Wer nimmt die Ware in Empfang?« In ein paar Minuten hatten sie ausgehandelt, daß Sotis das erledigen würde, während sie sich abseits hielten für den Fall, daß es Schwierigkeiten gab, die ein Eingreifen nötig machten. Mischa sollte mit dem Auto an den Ladekai heranfahren und mit Schura Silas zusammen das Umladen und den Abtransport erledigen. Danach würden sie in Schwechat wieder auf Sotis stoßen, der dafür sorgte, daß sie die Last in die Chartermaschine befördern konnten.
Sie tranken noch einen zweiten Cognac, aber dann brach Mischa Rubin mit dem Bemerken auf, er wolle noch eine Stunde schlafen, bevor die Sache losging.
Sotis vergewisserte sich bei Abu Daschwili, daß die entsprechenden Leute am Frachtkai und in Schwechat »eingekauft« worden waren. Er erfuhr ihre Namen, und Daschwili versicherte ihm, sie würden ihn erkennen, er habe ihn eingehend beschrieben.
Dann war es soweit. Sotis nahm ein Taxi. Das brachte ihn über den Donaukanal und die breite Praterstraße schnell bis ans Ufer der Donau, und als der Fahrer sich erkundigte, ob er warten solle, überlegte

Sotis nicht lange. Das Standgeld war zu verschmerzen.
»Warten Sie, wir fahren anschließend weiter.«
Am Kai sah Sotis einen unauffälligen Caravan stehen, in dem die beiden Moskauer saßen und gelangweilt rauchten. Der Abfertigungsbeamte erwartete Sotis am Steg, der zu dem Lastschiff gelegt worden war.
Sotis hatte gedacht, bei Ankunft der »Miranda« würde es Betriebsamkeit geben, aber er sah, daß er sich geirrt hatte. Über die Ladungen wurde meist schon vor der Ankunft solcher Schiffe verhandelt, so daß das Abholen sich in wenigen Minuten erledigen ließ, wenn es sich nicht gerade um Schüttgut oder Lasten handelte, bei denen der Kran eingesetzt werden mußte. »Mister Sotis?« erkundigte sich der Beamte, als der auf ihn zutrat. Er legte die Hand beiläufig an den Mützenschirm, und als Sotis sich vorgestellt hatte, forderte er ihn auf, über den Steg zu gehen, man werde im Kahn die Frachtpapiere unterzeichnen. Im übrigen sei er schon instruiert, es werde alles seinen unkomplizierten Gang gehen.
Der Container aus Aluminiumblech ähnelte dem, der damals auf Wirgels Schiff gebracht worden war, nur daß er etwas größer ausfiel. Sotis versuchte, ihn anzuheben, aber das fiel ihm schwer. Der Beamte, ein älterer Mann, der ganz so aussah, als könne er ab und zu ein kleines Zubrot brauchen, lächelte und meinte, zwei Leute wären schon erforderlich, das Ding zu bewegen.
»Wir haben Männer da, die tragen das zum Kai. Haben Sie ein Fahrzeug?«
»Einen Caravan«, sagte Sotis zögernd. Er war nicht

sicher, daß der Wagen die Last tragen könnte. Aber der Beamte beruhigte ihn: »Wir prüfen das. Gucken mal nach den Federn. Meiner Schätzung nach müßte ein Caravan das schaffen ...«
Er rief Leute herbei, die die Last aufnahmen, und Sotis war verblüfft, wie leicht sie damit umgingen. Er vermutete, daß die Wände des Behälters mit schützenden Bleiplatten von innen ausgelegt waren, woraus sich das Gewicht erklärte.
Er winkte Mischa, und der fuhr den Caravan in die Nähe des Steges, öffnete die hintere Klappe und half den Trägern, die Last zu verstauen. Auf Sotis Befürchtungen schüttelte er nur den Kopf und sagte: »Das geht in Ordnung, was vier Mann tragen, trägt der Wagen auch.«
Er behielt recht. Sotis, der im Taxi hinter dem Caravan herfuhr, stellte fest, daß dieser ebenso schnell war wie jedes andere Auto und daß er an Kurven ebenso wendig war.
Sie rollten südostwärts aus der Stadt heraus in Richtung Schwechat, und keiner von ihnen merkte, daß ihnen ein kleiner, zweitüriger Ford folgte, in dem zwei Männer saßen, die beide Fahrzeuge nicht aus den Augen ließen. Auch am Flughafen beobachteten sie genau, wie Sotis wieder von einem Beamten empfangen wurde, der dafür sorgte, daß der Caravan mit der Last durch das Gütertor zu der Frachtmaschine rollen konnte, wo Mischa und Schura das Umladen mit Hilfe eines Gabelstaplers besorgten, worauf der Pilot wenig später zum Start rollen konnte.
Als die Maschine in der Luft war, verständigte sich Sotis noch einmal kurz mit den beiden Moskauern, daß er sie im Hilton zur Übergabe des Geldes er-

warte, auf seinem Zimmer. Sie sollten sich nicht an der Rezeption aufhalten, sagte er ihnen, und dann stieg er in das Taxi, das ihn zurückbrachte.

Über den Mann, der ihm am Fahrstuhl höflich den Vortritt ließ und erst nach ihm einstieg, als er mit seinem Geldkoffer aus dem Saferaum kam, wunderte er sich nicht. Er war in Gedanken. Der Stoff war auf dem Weg. Ein guter Abschluß einer Sache, die mit einem Mißton begonnen hatte. Mara würde ebenfalls erleichtert sein, daß man den Abnehmer doch noch befriedigen konnte.

Als er auf seiner Etage ausstieg, wunderte er sich nicht, daß der Mitfahrer, der ebenfalls den Lift verließ, ihm wiederum höflich den Vortritt ließ. Erst als er vor seiner Zimmertür stand, den Schlüssel im Schloß drehte und plötzlich im Rücken einen Druck verspürte, löste er sich von seinen Gedanken.

Der Mann sprach russisch: »Schön ruhig ins Zimmer gehen. Keine Dummheiten. Was da so drückt, ist eine schallgedämpfte P-5 der Firma Walther. Die Deutschen machen gute Pistolen. Vorwärts!«

Sotis begriff noch, daß er einige Augenblicke zu sorglos gewesen war, es an der Vorsicht, zu der Abu Daschwili geraten hatte, fehlen ließ. Zu sicher gefühlt. Nun, während der Fremde ihn in sein Zimmer schubste, überlegte er verzweifelt, was zu tun war. Aber es war zu spät. Die Erkenntnis wurde von der Kugel ausgelöscht, die der Fremde aus seiner Walther abfeuerte, in Sotis Hinterkopf.

Er schoß nur einmal. Nahm dem Toten den Aktenkoffer mit dem Geld ab und ging wieder zum Fahrstuhl.

In die Kabine, die er in der Halle verließ, stiegen

Mischa Rubin und Schura Silas ein. Sie hatten keine Veranlassung, den Mann mit dem Aktenkoffer, der da ausstieg, besonders zu beachten. Nachdem sie den toten Sotis entdeckt hatten, durchsuchten sie sein Zimmer so gründlich, daß es keinen Winkel gab, in den sie nicht geblickt hätten. Dann gaben sie auf.
»Schluß«, stellte Mischa Rubin fest. »Ist uns einer zuvorgekommen.«
»Was machen wir mit ihm?«
»Liegenlassen«, entschied Mischa. »Damit der gute Oleg in Moskau nicht auf dumme Ideen kommt, warten wir, bis der Tod in einer Zeitung gemeldet wird. Die nehmen wir mit.«
Sie hielten sich in der Halle nicht mehr auf. An einer Imbißbude in der Nähe der U-Bahnstation am Stadtpark kauften sie sich eine flache Flasche mit Obstler und leerten sie, bevor sie in ihr Hotel zurückfuhren.
Wer sie sah, wäre nicht darauf gekommen, daß sie vor Minuten noch die Leiche eines Mannes gesehen hatten, den sie immerhin kannten und mit dem sie verabredet gewesen waren. Aber Mischa und Schura waren Leute, bei denen Gefühle sich schon seit geraumer Zeit nicht mehr wie bei anderen äußerten. Der Tod war für sie eine Angelegenheit geworden, die man zur Kenntnis nahm, und die man gleichsam beiseite legte, um das Leben fortzusetzen.

Das Boot des Mister Iskander kreuzte zwischen den Inseln, die der Westküste Singapores vorgelagert wa-

ren. Es war eine schnittige 30-Meter-Jacht, die am Bug einen roten Drachen trug, der Feuer spie. Darüber fand sich der Name in blankgeputzten Messinglettern: Habibi. In der Sprache der religiösen Paten Iskanders bedeutete das soviel wie Liebling.
Mara Toyabashi saß auf der gepolsterten Bank neben dem alten Herrn und bewunderte den Sonnenuntergang. Manchmal staunte sie über sich selbst, denn so modern sie auch war, wenn die Natur eines ihrer Schauspiele bot, mochte es die sich färbende Sonne sein, ein Regenbogen oder ein Bündel Blitze auf kohlschwarzem Nachthimmel, es faszinierte sie immer wieder.
Nachdem das Plutonium in Islamabad angekommen und das Geschäft abgewickelt war, Igor Sotis aber nicht nach Singapore zurückkehrte, sich auch nicht meldete, hatte Mara in Berlin angerufen, und Angela Lemnitz hatte ihr versprochen, sogleich in Wien Nachforschungen anzustellen. Weil ihr Mara mitteilen konnte, Sotis habe im Hilton gebucht, dauerte es nicht lange, bis sie mit dem Direktor verbunden wurde, der sie fragte: »Sind Sie eine nahe Verwandte von Herrn Sotis?«
Mißtrauisch werdend, gab die Lemnitz zurück: »Das nicht. Wir sind Geschäftsfreunde. Er sagte mir, er sei im Hilton abgestiegen ... «
»Er war bei uns«, sagte der Direktor. »Leider hatte er eine Art ... Unfall. Nun ja, was soll es, die Zeitungen haben es bereits gedruckt – er wurde erschossen.«
Die Gedanken im Kopf der Angela Lemnitz kugelten für ein paar Sekunden wild durcheinander. Darunter auch der, daß Otto Aberg jemandem auf Rus-

sisch über das Telefon mitgeteilt hatte, Sotis sei in Wien, er solle die nächste Maschine nehmen und ›die Sache‹ unauffällig erledigen ...

»Entschuldigen Sie, ich bin ziemlich erschrocken«, gestand sie dem Hilton-Direktor. Und der empfahl ihr, sich sogleich mit der Wiener Polizei in Verbindung zu setzen. Sie tat das auch, und da Sotis unter seinem richtigen Namen registriert gewesen, auch mit einem gültigen deutschen Paß nach Österreich eingereist war, konnte sie trotz einiger Mühe den Weg erfragen, auf dem der Tote nach Freigabe durch die Wiener Polizei nach Berlin überführt werden konnte. Sie beantragte das bei den Behörden, und als Aberg sich im Büro sehen ließ, teilte sie ihm mit, was geschehen war. Aber sie war vorsichtig geworden, und sie fragte ihn nicht nach dem Telefongespräch, das sie zufällig mitgehört hatte, erwähnte auch nicht, daß sie sofort mit Mara Toyabashi sprechen würde.

»Es gibt da etwas, worüber ich am Telefon nicht reden möchte«, vertraute sie Mara an, »aber wenn Sie wieder in Berlin sind, informiere ich Sie gern. Werden Sie bald kommen? Es wäre sehr günstig ... «

»Gut, daß du zugesagt hast, mein Kind«, lobte Iskander Mara. »Ich glaube, wir haben es da mit einer dunklen Geschichte zu tun. Vielleicht gibt es sogar Aufschluß über das, was mit der ersten Plutoniumlieferung geschehen ist. Diese Welt ist schlecht geworden. Leider. Aber – ein Tod wirft nicht nur Probleme auf, er löst nicht selten alte Rätsel ... «

»Es war Mord«, gab Mara zu bedenken.

Iskander nickte dem Steward zu, der mit der Teekanne an den Tisch trat. Der Bursche goß nach. Is-

kander trank. Es war ein guter, in einem Jahr mit regelmäßigem, nicht zu starkem Regen geernteter Lung Ching.
»Vergessen wir nicht, daß Mister Sotis sich bei seiner kleinen Auseinandersetzung mit Amir Tobin der gleichen Methode bediente«, erinnerte Iskander bedächtig. »Manchmal hat das Folgen. Könnte sein Tod auf die Sache mit Tobin zurückzuführen sein?«
Mara überlegte, bis sie dann sagte: »Sein kann alles. Aber ich glaube nicht, daß Sotis da einen Fehler gemacht hat. Trotzdem – ich werde es herausfinden. In Berlin.«
Ein leichtes Lächeln stahl sich auf Iskanders faltiges Gesicht, und als ihn Mara anblickte, forderte er sie schnell auf: »Genieße den Tee, mein Kind, er ist köstlich!«
Mara überlegte: »Ich denke, das ist nicht nur einer dieser Überfälle mit Todesfolge gewesen, wie man sie in den Ländern des Westens gewöhnt ist.«
Der alte Geschäftsmann wiegte seinen Kopf. »Ich wollte schon vieles in meinem Leben nicht glauben, was ich dann später leider glauben mußte. Aber du könntest immerhin recht haben. Hat die Frau in Berlin gesagt, ob er Geld bei sich hatte?«
»Sie kannte das Geschäft nicht. Aber Sotis wollte ja in Wien das Geld für das Plutonium übergeben. Was daraus geworden ist, habe ich nicht erfahren.«
»Vielleicht hat derjenige, der ihn ermordete, es unterschlagen«, vermutete Iskander. »Aber es kann da viele Möglichkeiten geben. Ich hoffe nur, Sotis hat die Kenntnis, daß wir hinter dem Geschäft stehen, für sich behalten ... «
Da war sich Mara ziemlich sicher, denn sie kannte

Sotis lange genug, um zu wissen, daß er nie über Lieferanten oder Abnehmer sprach, schon aus Gründen der Absicherung gegen Konkurrenz. Doch da war der Hinweis jener Frau Lemnitz in Berlin. Mara hatte aus ihren Worten herausgehört, daß sie etwas wußte, was Licht in die Sache bringen konnte.
»Es wird vielleicht interessant sein zu erfahren, wer die Firma dieses Herrn Sotis übernimmt«, deutete Iskander an. »Immerhin waren seine Verbindungen in Europa glänzend. So etwas sollte nicht durch den Tod eines Mannes verloren gehen ...«
Sie begriff seinen Gedanken. »Ich werde hinfliegen«, entschied sie.
Die Sonne war halb versunken. Das Wasser spiegelte ihre letzten Strahlen wider, gelb und orange, kupferfarben, purpurn, brandrot und violett, eine Orgie von Farben.
»Es ist ein unvergleichliches Schauspiel«, bemerkte Iskander. »Je älter wir werden, desto ausgeprägter wird unser Gefühl für die Schönheit der Welt, da wo sie noch schön ist ...«
Eine Weile genossen sie das stille Dahintreiben der Jacht, die mit stark gedrosselten Motoren lief. Immer wenn Mara mit dem alten Freund und Gönner Iskander zusammen war, mit dem Mann, der für sie Vater und Geschäftspartner zugleich war, spürte sie, daß er sie verzaubern konnte, mit seiner Art, die Welt zu sehen, sie zu genießen. Sie fragte sich, ob sie eines Tages, wenn sie älter war, auch über seine abgeklärte Klugheit verfügen würde. Zunächst aber machte sie Pläne für Berlin.
»Ich werde herausfinden, was da geschehen ist«, nahm sie sich vor. Iskander lächelte sanft.

»Willst du Detektiv spielen, mein Kind? Dieses Geschäft ist manchmal mit Gefahren verbunden. Nimm dich in acht.«
Sie wußte, daß er recht hatte. Das Geflecht der unterschiedlichsten Interessen hier im südöstlichen Zipfel Asiens war ihr vertraut, aber die Beziehungen im fernen Europa kannte sie nicht annähernd so gut. Immerhin war sie entschlossen, dem leisen Hinweis Iskanders nachzugehen: Es gab das Unternehmen Sotis in Berlin. Eine erstaunlich florierende Import- und Exportagentur, die es über die Zeit des Kalten Krieges im Westteil der Stadt zu hoher Blüte hatte bringen können, weil sie die Umstände geschickt nutzte. Kein auffälliges Unternehmen mit prachtvollem Bürohaus, nein, es war eher unscheinbar, die Abmachungen wurden sehr dezent getroffen, Termingeschäfte überwogen, und es hieß, Sotis Unternehmen habe zwischen Ost und West in Mitteleuropa die einträglichsten Beziehungen geknüpft, auf diese unauffällige, aber stabile Weise. Blendende Beziehungen, wenngleich nicht die saubersten, aber wen kümmerte das?
»Ich werde mich schon in acht nehmen«, sagte Mara. »Aber ich will wissen, was da gespielt wurde. Und ob da Zukunft ist. Wir haben mit der Firma ausgezeichnete Verbindungen. Sie könnten sich als Wasserfall aus Gold erweisen, wenn sich die Wirtschaftslage in der Welt so entwickelt, wie wir das hier vermuten. Sotis – das war der russische Markt. Der offizielle wie auch der trübe. Beide sind Goldfelder für uns. Und wenn Sotis ausfällt, dann muß das nicht heißen, daß sein Unternehmen stirbt. Es wird nach seinem Tode, wie immer er zustande kam, Umschichtungen

dort geben. Deshalb müssen wir dabei sein. Wir könnten uns an der Umschichtung beteiligen ...«
»Wie klug du bist, mein Kind«, sagte Iskander leise.
Sie fuhren weiter in den Sonnenuntergang.

✳

Als Otto Aberg sie für den Abend einlud, hatte Angela Lemnitz zuerst gezögert. Aberg lud sie in letzter Zeit nur ein, wenn er die Absicht hatte, die Nacht mit ihr zu verbringen, ein Vergnügen, das Angela Lemnitz immer weniger genoß. Aber dann entschloß sie sich doch, Abergs Einladung zu folgen. Sie hatte ihn seit dem Tode Sotis nur selten gesehen, und es drängte sie, wenigstens den Versuch zu unternehmen, etwas über das Telefonat herauszufinden, in dem er jemandem den Auftrag gegeben hatte, die nächste Maschine nach Wien zu nehmen. Was verbarg sich dahinter, angesichts der Tatsache, daß genau um diese Zeit in Wien Igor Sotis ermordet worden war? Sie war sich klar darüber, daß sie Aberg nicht einfach fragen konnte. Er war ein schlauer Mann, wenn er etwas zu verbergen hatte, wie sie vermutete, würde er sich so leicht nicht zu einem unbedachten Wort hinreißen lassen.
Er empfing sie heiter und gelöst wie immer. Brachte eine Flasche russischen Sekt mit einem Zarenadler auf dem Etikett an und öffnete sie lachend.
»Früher war es revolutionärer Sekt, jetzt ist es wieder der, den unsere Vorfahren getrunken haben, die adeligen – nichts unterscheidet die beiden Getränke voneinander, nur daß jetzt andere am Preis verdienen.«

Es war guter Sekt. Auch die Leckereien auf der Platte, die sich Aberg aus der Feinschmeckerabteilung des größten Berliner Kaufhauses hatte kommen lassen, waren ausgesucht gut. Und Angela Lemnitz beschlich das unangenehme Gefühl, daß der Armenier einen Hintergedanken bei dieser Zusammenkunft hatte, die er um so vieles umsichtiger vorbereitet hatte, als es sonst seine Art war. Denn Otto Aberg gehörte eher zu den Knausern, wie sich die Lemnitz erinnerte. Nicht selten hatte sie, wenn sie am späten Abend hier Hunger verspürte, gerade noch eine Packung Toastbrot und etwas Käse in seinem Kühlschrank vorgefunden oder ein paar eingelegte Gurken. Und er hatte keine Anstalten gemacht, auch nur beim nächsten Pizza-Bäcker etwas zu ordern.
»Willst du baden?« erkundigte er sich. Er hatte eine Sprudelanlage einbauen lassen, und jetzt lobte er sie. In Wirklichkeit, das wußte Angela Lemnitz, kam es ihm nur darauf an, sie ins Wasser zu bekommen. Otto Aberg liebte es, sie nach einer halben Stunde naß und durchwärmt in seine Arme zu schließen, auf ein Laken zu werfen, das er im größten Zimmer auf dem Teppich ausgebreitet hatte, und sich auf diese nicht ganz übliche Weise mit ihr zu vergnügen.
Die Frau ging ins Zimmer, bevor sie ihm antwortete. Nach einer Weile, als Aberg sich wunderte, warum sie sich nicht auszog, klärte sie ihn lachend auf: »Ich wollte nur mal sehen, ob es hier noch warm genug ist, letztes Mal habe ich mir einen Schnupfen geholt!«
Er bestätigte eilig: »Keine Sorge, sie heizen noch. Es wird zwar Frühling, aber sie stellen wohl erst im Mai ab ...«

Er war auffallend höflich zu ihr. Als sie im Wasser lag, schüttete er Duftperlen über sie aus, tätschelte ihre Brüste und holte sogleich wieder Sekt, den er ihr, neben dem Becken stehend, kredenzte.
»Du bist heute ein Liebhaber der Sonderklasse«, lobte sie ihn. Es lag ihr viel daran, ihn heiter zu stimmen, sie kannte Aberg gut genug, um zu wissen, daß ihm, wenn er sich verschloß, nichts mehr zu entlocken war.
Jetzt grinste er vergnügt, schlürfte seinen Sekt und sagte: »Alte armenische Schule! Wäre Ovid nicht Römer gewesen, wir hätten ihn für uns reklamiert!«
»Jesus, Otto«, sagte sie, »diese Perlen könnten aus einem römischen Freudenhaus kommen, aber aus einem sehr alten!«
»Sie kommen aus einem armenischen.« Er zeigte ihr die Beschriftung des Glases. Goß Sekt nach. Hockte sich dann seitlich des Beckens hin und beobachtete Angela.
Sie wußte aus Erfahrung, jetzt würde es noch ein paar Minuten dauern, bis er ein Kleidungsstück nach dem anderen abwarf, und wenn er nichts mehr am Körper hatte, würde er mit schwerer Zunge sagen: »Komm, jetzt ... «
Während sie sich auf dem weißen Laken wälzten, dachte Angela Lemnitz plötzlich an Sumi, das Thai-Mädchen. Sie war erst vor einigen Tagen bei ihr gewesen, aber sie war den Verdacht nicht losgeworden, daß Sumi inzwischen Männerbekanntschaften geschlossen hatte, die sie vor ihr geheimhielt.
Dies hier, mit dem keuchenden kleinen Aberg war etwas anderes als ein Treffen mit Sumi. Angela blieb

zwar nicht kalt bei seinen Bemühungen, sich und ihr Genuß zu verschaffen, aber sie hatte sich immer noch nicht endgültig entschieden, ob es die weichen Rundungen einer Frau waren, die sie glücklich machten, oder die behaarte, sehnige Figur des kleinen Armeniers, der über ihr strampelte.

»Laß uns etwas essen«, erinnerte sie ihn, als er später, in einen seidenen Kimono mit Drachenmuster gehüllt, die nächste Sektflasche öffnen wollte.

Er griff nach einer Schale mit Krabbensalat, die im Kühlschrank stand, auch ein Zeichen dafür, daß er sich auf Angelas Besuch diesmal viel sorgfältiger vorbereitet hatte als sonst. Während sie in dem Salat herumstocherte, sagte sie gezielt: »Eigentlich sollten wir wenigstens mal an Igor denken, wenn wir es hier so treiben. Der arme Kerl hat nur noch Kälte um sich ...«

Er nickte, langte ebenfalls mit seiner Gabel zu und meinte: »Du hast wirklich nie etwas mit ihm gehabt?«

Sie schüttelte den Kopf. »Der ideale Chef. Keine Handgreiflichkeiten, keine zweideutigen Angebote. Auch keine eindeutigen.«

»Schade um ihn«, ließ sich Aberg herab zu sagen. Sein Blick schien sich in der Schale mit dem Krabbensalat zu verlieren. »Sie machen dieses Zeug erstklassig. Wie ich höre, hat Igor bei seinem Anwalt eine Verfügung hinterlassen. Kennst du sie?«

Sie kaute geruhsam, schluckte, dann antwortete sie: »Präzise nicht. Persönliche Dokumente hat er mit mir nie besprochen. Ein paar Andeutungen. Kennst du denn die Verfügung?«

»Kennen ist übertrieben. Ich habe dem Anwalt

lediglich entlockt, daß du darin ganz gut aussiehst.«
»So?«
Er war verwundert über die eher gleichgültige Reaktion. »Ja«, sagte er. »Ganz gut. Mehr weiß ich auch nicht. Leider. Der Kerl ist dicht.«
Eine Florettpartie, dachte Angela Lemnitz. Aber es war jetzt klar, daß Aberg sich in Gedanken mit dem Fortgang der Geschäfte in Sotis Firma beschäftigte. Und das war immerhin aufschlußreich.
Sie sagte so unbefangen, wie es ihr möglich war: »Ach ja, bevor er nach Singapore flog, sprach er mal darüber, daß ich, nachdem er Pensionär sein würde, die Firma in seinem Sinne weiterführen könnte. Nun ist ja aus der Pension nichts geworden ... «
Sie gab sich wenig interessiert, und das veranlaßte Aberg zu der Frage: »Hat der Anwalt dich denn noch nicht wegen der Verfügung benachrichtigt?«
»Hat er nicht«, sagte sie. »Wird er wohl aber bald mal machen. Weißt du, Otto, eigentlich sollten wir beide ein schlechtes Gewissen haben, wir leben, und Igor ist tot.«
Er ging nicht darauf ein. »Wirst du die Firma denn weiterführen, wenn er es so festgelegt hat?«
Sie zuckte die Schultern. Sie fand, sie konnte mit dem Florett besser umgehen als Aberg. »Wie meinst du das?«
Aberg zog die buschigen Augenbrauen hoch. »Den Willen eines Toten soll man nicht mißachten. Das ist die eine Seite. Die andere ist, daß die Firma eine Goldgrube darstellt, und wir beide sind sozusagen die übriggebliebenen Teilhaber. Also haben wir was zu tun.«

»Das haben wir, ja. Wir können uns beide nicht so einfach ins Privatleben zurückziehen, das hätte Igor nicht gewollt. Also machen wir was, oder?«
»Und welche Rolle habe ich dabei?«
»Die gleiche wie ich. Wir können weitermachen, zu zweit. Oder jeder kann aussteigen. Steigen wir beide aus, dann lösen wir auf. Ist es das, was du meinst?«
Sie stellte sich naiv, aber es gelang ihr hervorragend. Er nickte. »Richtig. Aber warum sollten wir auflösen?«
»Würdest du mit mir arbeiten wollen?«
Er blies die Backen auf. »Warum nicht?«
»Und wer ist der Chef?«
Nach einer Weile sagte er: »Wir sollten so weitermachen wie bisher. Ich stelle die Verbindungen her, und du sorgst für ein jederzeit kontrollierbares Büro.«
Sie zeigte sich nicht abgeneigt. Gab ihm nur zu bedenken, daß es dazu einer juristischen Abmachung bedürfe. Und fügte an: »Ich komme mir ein bißchen wie ein Leichenfledderer vor. Igor ist gerade mal unter der Erde, da teilen wir schon seinen Besitz auf.«
Doch Aberg hatte inzwischen gemerkt, daß es besser war, langsamer vorzugehen, und er lenkte ein: »Das alles hat ja keine Eile. Wir werden uns Zeit lassen. Ich wollte nur deine Meinung zu der Sache kennenlernen ... «
Und deshalb hast du mich eingeladen, dachte sie. Es lag auf der Hand, daß der so stilvoll zelebrierte Abend einzig und allein dazu dienen sollte, Abergs weiteres Vorgehen zu bestimmen. Er ist auf das Geschäft scharf, kein Zweifel. Jetzt, da Igor beseitigt ist, will er es haben. Ganz. Angela Lemnitz hatte sich

über das Geschäft zu Lebzeiten Sotis nie Gedanken gemacht. Seine Bemerkung, sie solle es einmal in seinem Sinne weiterführen, da er keine Erben habe, hatte sie nicht sonderlich wichtig genommen. Jetzt zeigte sich, daß es in Aberg einen Mitbewerber gab. Bislang hatte er sich mit dem zufriedengegeben, was bei verschiedenen Geschäften, die er einfädelte, für ihn heraussprang – jetzt will er mehr, alles möglichst. Während sie ihm zusah, wie er nachgoß, ging ihr der Gedanke durch den Kopf, dieser kleine Armenier will gar nicht wirklich mit mir zusammenarbeiten, er will die Firma. Genau das fädelt er jetzt ein. Von dem Tag an, als Aberg anfing, mit Sotis Geschäfte zu machen, hatte sie ihn beobachtet, er war höflich und umgänglich, aber das war wie ein Lack auf der Oberfläche. Wenn man ihn abkratzte, kam ein Mann zum Vorschein, der ohne Bedenken alles dem Streben nach Gewinn unterordnete. Wer nicht aufpaßte, wurde von ihm übervorteilt, ehe er noch begriffen hatte, was geschah, und das selbst wenn er jahrelang mit ihm befreundet gewesen war. Was man so befreundet nannte, unter Geschäftemachern ...
Bei einigen Geschäften mit ostdeutschen Vermittlern von vermarktetem Militärgerät hatte selbst Sotis eingewendet, man solle die Unkenntnis dieser Leute über die Marktlage doch besser nur in den Grenzen des Anstands ausnutzen. Aber Aberg hatte nur gelacht. Für ihn war es eine Art Sport, Unkundige hereinzulegen. Jetzt, dachte Angela Lemnitz, hält er mich für unkundig, was die Verfügung von Sotis angeht, wie das Geschäft weiterzuführen ist, wenn er eines Tages ausscheidet.
Aberg wußte nicht, daß der Anwalt, der seit langer

Zeit für die Firma tätig war, Angela Lemnitz schon vor geraumer Zeit aufmerksam gemacht hatte, daß ihr Chef in ihr offenbar mehr sah, als nur eine Angestellte. Das war aus seiner Frage zu entnehmen gewesen: »Fräulein Lemnitz, falls die Umstände es einmal so fügen, daß Sie die Firma managen – kann ich dann damit rechnen, daß sich an unserer Verbindung nichts ändert?«
Sie hatte das zunächst für eine Art vorsichtiger Nachfrage ohne Hintergrund gehalten. Inzwischen war ihr klargeworden, daß der Anwalt zu dieser Zeit vermutlich die Verfügung Sotis aufgenommen hatte.
»Wann ist der Termin?« fragte sie Aberg, der mit dem Anwalt gesprochen hatte. Aberg tänzelte mit den gefüllten Sektgläsern herbei, ein kleiner, agiler Mann.
»Es können acht Tage sein«, gab er zurück, »ich habe es nicht so genau erfragt.«
Er hielt ihr ein Glas hin, hochstieliges, schweres Kristall. Aberg hatte diese Gläser aus Karlshorst mitgebracht, als er dort Schluß machte, und lachend verkündet, daraus habe sogar der Chef mit den buschigen Augenbrauen getrunken, als er seine Armeeführung in Ostberlin besuchte, damals, als sich in Karlshorst jemand finden mußte, der das dem Chef in Bonn geschenkte Auto möglichst schnell nach Moskau expedierte. Man hatte Aberg, den Kenner der Verhältnisse, damit beauftragt.
»Auf Igor«, sagte Angela Lemnitz. Aber sie war, als sie trank, nicht so recht bei der Sache. Auch später nicht, als Aberg sich entschloß, ihr nochmals zu beweisen, daß seine Männlichkeit selbst über den leisesten Zweifel noch erhaben war. Sie tat ihm den

Gefallen zu stöhnen: »Du bist schlimmer als ein Siebzehnjähriger ...« Aber eigentlich dachte sie an Mara Toyabashi, und sie rechnete sich aus, daß in Singapore jetzt früher Vormittag sein mußte ...

※

Mara Toyabashi war gerade dabei, sich in die Liste zu vertiefen, die Dando ihr über Güter vorgelegt hatte, die sich in den Schuppen auf der Insel angesammelt hatten. Es gab Möglichkeiten, den größten Teil der von den Piraten bei ihren Überfällen sozusagen am Rande mitgenommenen Gegenstände in Bali oder sonstwo im Archipel loszuschlagen. Ein Nebengeschäft, aber es warf in gewissen Zeitabständen Gewinn ab. Wenn er auch nicht vergleichbar war mit den Bargeldsummen, die aus den Schiffskassen zu holen waren.
»Wer ist da?« rief sie unmutig in die Telefonmuschel, weil sie das Englisch der Anruferin nicht sogleich verstand. Doch dann erkannte sie die Stimme: »Frau Angela! Das sind Sie!« Ihr Gesicht nahm einen gespannten Ausdruck an, während sie zuhörte. Was die engste Mitarbeiterin des ermordeten Sotis ihr mitteilte, war in mehrfacher Hinsicht hochinteressant. »Ich wußte nichts über seine Familienverhältnisse«, bemerkte sie nach einer Weile. »Ich hatte angenommen, es gäbe jemanden, der die Firma weiterführen würde. Offen gesagt haben wir damit gerechnet, schließlich war uns hier die Verbindung sehr wichtig ...«
Angela Lemnitz deutete an, es gäbe da eine Sache, die sie nicht am Telefon besprechen möchte. Sie ließ

durchblicken, daß es eine Verfügung Sotis gab, nach der er als anhangloser Mann ihr alles das zusprach, was er aufgebaut hatte.
»Das schließt nicht nur die Firma ein«, sagte sie, »es umfaßt auch ... Sie verstehen, in der Schweiz ...«
»Hallo!« rief Mara heiter, »da kann man Sie beglückwünschen, trotz des traurigen Vorfalls! Es gibt doch immer wieder den Sonnenstrahl des Glücks, der einen plötzlich trifft, unerwartet. Aber – warum sind Sie so besorgt? Gibt es Schwierigkeiten? Kann ich helfen?«
»Es gibt Schwierigkeiten«, sagte Angela Lemnitz, »und Sie könnten vielleicht helfen. Ich hoffe es wenigstens. Wenn Sie mir diesen Dienst erweisen wollen. Allein schaffe ich das, was da anliegt, nicht ...«
Mara Toyabashi überlegte nicht lange. Es schien dort in Berlin tatsächlich durch den Tod von Sotis eine Situation entstanden zu sein, in der sich diese junge Frau, die sie in angenehmer Erinnerung hatte, nicht zurechtfand. Andererseits war die Firma Sotis eine europäische Operationsbasis von hoher Bedeutung für Toyabashi Enterprises. Es würde in keinem Falle ein Verlust sein, die neue Lage an Ort und Stelle in Augenschein zu nehmen, und höchstwahrscheinlich gab es da Chancen, die gewahrt werden konnten. »Selbstverständlich helfe ich«, sagte sie zu. »Ich finde es ohnehin vernünftig, wenn wir nach diesem ... Ereignis in Wien zusammentreffen. Kann ich ein Telegramm an die Firma schicken, sobald ich einen Flug gebucht habe?«
»Ich bin jeden Tag im Büro«, gab Angela Lemnitz zurück. »Seien Sie gewiß, ich werde einen Weg finden, Ihnen für Ihre Hilfe zu danken.«

Mara Toyabashi rief sich das Gesicht der jungen Frau ins Gedächtnis, nachdem sie aufgelegt hatte. Eine sympathische Person. Klug, scheinbar. Und dabei gutaussehend. Einer Andeutung Sotis hatte sie einmal entnommen, daß sie wohl mit diesem Aberg herumtändelte. Schade. Sie riß sich aus den Gedanken und verabredete sich mit Iskander.
Der alte Herr riet ihr dringend, in Berlin zu eruieren, ob es Chancen für eine Expansion in Europa gab, die über die Firma Sotis' zu bewerkstelligen wäre.
»Wir sollten eine Zusammenarbeit anstreben, sehr eng, auf jeden Fall. Wenn die junge Frau dazu bereit ist, können wir durchaus fusionieren. Unauffällig. Vielleicht gibt es dort finanzielle Probleme, und wir bekommen auf diese Weise Zugriff. Es ist immerhin, um in der Sprache der Militärs zu reden, ein Brückenkopf in Zentraleuropa, nach Osten hin. Das kann etwas kosten, es zahlt sich dann auch aus ... «
Angela Lemnitz buchte eine Suite im Steigenberger, als sie das Telegramm mit der Ankunftszeit Maras erhielt.
Aberg kam am Nachmittag vorbei, und sie erwähnte ihm gegenüber beiläufig, daß die Toyabashi hereinschneien werde. Es war Aberg recht, denn die Geschäfte mit Singapore brachten etwas ein. Aber seit einigen Tagen hatte der Armenier zu überlegen begonnen, wie das Problem mit der Firma für ihn zu lösen war. Die Sache hatte sich ungünstig entwickelt, denn ursprünglich hatte Aberg damit gerechnet, daß es ohne eine Verfügung Sotis nach dessen Tod zu einer vorläufigen Schließung der Firma kommen würde, worauf er eigentlich ein Nachfolgeunterneh-

men hatte begründen wollen, unter Übernahme der alten Verbindungen.

Die Verfügung Sotis' zugunsten Angelas hatte ihn überrascht. Das hieß, daß sie die Firma allein weiterführen konnte, wenn sie es wollte. Die Beteiligung, die sie ihm weiterhin bot, genügte ihm nicht, zumal sie auf einer stillen Teilhaberschaft bestand. Ob sie jemals zu bewegen sein würde, das zu ändern? Da liegt eine Menge Wartezeit vor mir, dachte er, dieses Mädchen ist nicht so unbedarft, wie es manchmal den Anschein hat. Sie weiß, auf welcher Seite vom Brot die Butter ist. Was tun?

Er verwünschte innerlich die Sentimentalität Sotis, der diese Verfügung getroffen hatte. Aber sie war selbst mit Gewalt nicht zu umgehen, soviel hatte Aberg inzwischen begriffen. Ein Todesfall würde keinesfalls ihn begünstigen. Gab es da noch eine andere Chance?

Otto Aberg verbrachte einen Abend bei seinem alten Freund Semenow, der jetzt offiziell eine Gaststätte in Steglitz betrieb, in der es regelmäßig Borschtsch und Soljanka gab, sowie einige Tische mit Reservierungsschildern, an denen sich ausnahmslos Leute trafen, die früher zu dem immer größer werdenden Kreis der Zivilträger gehört hatten, die die Militärbehörde in Karlshorst bezahlte und unauffällig in Deutschland einbürgerte, für Zwecke, die selbst den an dieser verdeckten Manipulation direkt Beteiligten keineswegs immer restlos klar waren. Jetzt waren diese Leute meist im Geschäftsleben tätig, auf mehr oder weniger durchsichtige Weise, sie waren wie eine Wildgattung, die gezielt auf einer Insel ausgesetzt und dann vergessen worden war. Da-

bei wußte jeder, daß seine Personalien in irgendeinem Moskauer Büro sehr genau gespeichert waren.
Der Freund Abergs hatte sein Restaurant sinnigerweise »Damokles« genannt, obwohl es schon etwas weit hergeholt war, das, was über den ominösen Zivilisten schwebte, mit dem berühmten Schwert am Pferdehaar zu vergleichen. Aber der Wirt, inzwischen mit deutschem Paß ausgestattet und allgemein »Orje« genannt, weil er es fertigbrachte, mit leicht russischem Akzent immerhin wie ein Urberliner zu sprechen, empfand die Möglichkeit, eines schönen Tages doch noch von einem freundlich-stillen Besucher an seine Pflicht erinnert zu werden, in der Tat als drohendes Schwert. Um seinen Umsatz aufzubessern, war er der Bruderschaft von geschäftstüchtigen Patrioten beigetreten, die von manchen Deutschen in schnöder Vereinfachung »Mafia« genannt wurde. Und mit der Zeit hatte er sich in dieser losen, aber tatkräftigen Gemeinschaft eine gewisse Stellung erarbeitet – es mangelte ihm nämlich nie an brauchbaren Ideen.
Daß er das schon als Einkäufer für die Offizierskantine mit angeschlossenem Magazin in Wünsdorf unter Beweis gestellt hatte, erinnerte Otto Aberg immer dann, wenn er auf Hilfe angewiesen war. Wie im Fall der plötzlichen Chance, Sotis in Wien auszuschalten, und zwar bevor er die Rechnung für den »Hund« bezahlt hatte. »Orje« Semenow, der in Wirklichkeit Nicolai hieß, hatte einen geeigneten Mann dafür gehabt, zu einem vertretbaren Preis überdies.
Jetzt saß er an einem Tisch im noch vormittäglich

leeren Restaurant Aberg gegenüber und strich sich über die von einem spärlichen Haarkranz umrundete Glatze.

»Du hast einen Fehler gemacht, Victor«, machte er den Freund aufmerksam. »Wenn die Sache so steht, daß Sotis dem Mädchen die Firma vermacht, hätten wir bloß den Koffer nehmen und ihn am Leben lassen sollen. Vorläufig jedenfalls. Was hat ihn zu der Verfügung bewogen? Schlief er mit der Priemel?«

»Quatsch«, grollte Aberg. Er verkniff es sich, den anderen aufmerksam zu machen, daß Angela Lemnitz mit ihm zu schlafen pflegte. Wenigstens sporadisch.

»Es war eine dieser Anwandlungen, glaube ich. Der Wohltäter einer treuen Seele, so etwa. Außerdem war die Verfügung zu seinen Lebzeiten weder mir noch dem Mädchen bekannt. Ich habe überlegt, ob es sinnvoll ist, sie auszuschalten.«

»Das Mädchen?« Nicolai Semenow schüttelte den Kopf. »Führt zu nichts weiter, als daß der Staat den Kram einstreicht. Es sei denn, du kriegst es fertig, daß sie dich ähnlich einsetzt, wie Igor das mit ihr gemacht hat.«

»Keine Chance.« Da machte sich Aberg keine Illusionen. Angela Lemnitz war klug genug, um den Braten zu riechen. Aber Aberg überlegte, daß es vielleicht eine andere Chance gab, sie zu überzeugen, ein Teilhaber wäre nützlich oder ein starker Mann, der sich mit seinem Namen vor die Firma stellte. Weil sie gefährdet war. Und wie war sie zu gefährden?

»Hol uns einen Roten«, forderte er Semenow auf. Der eröffnete ihm: »Ich habe gestern erst neuen

Kagor gekriegt – wollte sowieso mal einen probieren ...«
Als er mit den gefüllten Gläsern von der Theke zurückkam, wo eine ältere Frau damit beschäftigt war, Gläser zu polieren und dem Bierhahn zu neuem Glanz zu verhelfen, lobte er das Getränk: »Wie man ihn in Odessa nicht besser trinkt!«
Aberg probierte den Wein und fand, daß er gut war.
»Erinnerst du dich, wann wir den letzten Kagor zusammen getrunken haben?« fragte er Semenow.
Der grinste. »Und ob! Das war im vorletzten Winter. Da haben wir uns bei einem freundlichen Glas darüber amüsiert, daß die Deutschen Margarine und Makkaroni nach Moskau karrten. Prost!« Er hob sein Glas. Lachte.
»Ich habe mir was überlegt«, sagte Aberg. »Ich werde dich bitten, ab sofort bei der Lemnitz zu kassieren.«
Semenow setzte verblüfft das Glas ab. »Schutzgeld?«
Als Aberg die Verwunderung auf seinem Gesicht sah, knurrte er: »Kannst es meinetwegen Entwicklungshilfe nennen. Es soll ein Hebel sein. Machst du mit?«
Der andere lachte laut und behäbig. »Als ob du mich da überreden müßtest! Wer war es, der mir damals, als wir alle von Russen geführten Unternehmen hier zur Kasse baten, abforderte, Sotis auszulassen?«
»Ich«, bestätigte Aberg. »Das hat seine Richtigkeit gehabt. Ich war daran interessiert, daß Sotis nicht ausgeplündert wurde, weil mich das selbst betroffen hätte.«

»Und jetzt betrifft es dich nicht mehr?«
»Auch noch«, gab Aberg zu. »Aber anders. Ich bin inoffiziell beteiligt. Was da weniger verteilt werden kann, geht mir ab, schon richtig. Nur – ich will das aus einem anderen Grunde haben ...«
Semenow nippte an seinem Wein. »Das solltest du mir genauer erklären, Victor, damit es keine Mißverständnisse gibt.«
Aberg tat es. Zuletzt sagte er: »Unter Druck setzen kann ich selbst sie nicht. Aber täuschen. Du schickst einen Kassierer, und der spielt es rauh. Sie wird sich mit mir beraten, was zu tun ist. Und ich werde ihr klarmachen, sie wird von Schutzgeld nur befreit, wenn ich offiziell Teilhaber bin, denn dann kann ich gegenüber meinen Landsleuten den starken Mann herauskehren – sie kassieren nicht mehr ab, weil ich zu ihnen gehöre. So herum soll das laufen ...«
Er sah Semenow erwartungsvoll an. Der wiegte seinen Glatzkopf. Überlegte. Meinte dann anerkennend: »Du bist ein verflucht ausgefuchster Hund, Victor. Wir können es versuchen, ja.« Er lachte. »Nur – was machst du, wenn sie zahlt?«
»Ich verbiete es ihr.«
»Wenn sie es dir überhaupt sagt. Wie willst du ihr erklären, woher du es weißt?«
»Das richten wir so ein, daß ich Zeuge bin, wenn es nötig wird.«
Semenow bewegte die Schultern. »Wie du meinst. An mir soll es nicht liegen. Ich habe Leute, die das in die Hand nehmen. Noch einen Kagor?«
Sie tranken noch einen. Semenow schenkte ihn wieder an der Theke ein. Die Wischfrau machte ihn stolz

auf den Bierhahn aufmerksam, dessen Messing frisch geputzt blinkte.
»Sehr schön«, lobte er sie. »Machen Sie sich einen Kaffee ... « Die Frau dankte. Sie hatte das Gespräch mitgehört und jedes Wort verstanden, obwohl es in Russisch geführt worden war. Denn was Semenow außer acht gelassen hatte, als er sie anstellte, war, daß die Frau aus einem kleinen Ort bei Karaganda kam, wohin sie als Deutsche aus der Wolga-Republik in den vierziger Jahren deportiert worden war. Sie sprach besser Deutsch als viele, die auch von dort nach Deutschland heimkehrten, aber ihr Russisch war perfekt. Und daß sie eine Tochter hatte, die gelegentlich Botengänge für die Firma Sotis besorgte, wußte weder Semenow noch Aberg. Von verschiedenen Gelegenheiten her, wenn sie ihre Tochter begleitet hatte, kannte sie Aberg, und jetzt begriff sie, daß es hier um jene Frau Lemnitz ging, die Partnerin des inzwischen begrabenen Händlers.
Eine Frau, die Gläser wusch, Zapfhähne polierte und Toiletten reinigte, war für Nicolai Semenow ebenso wie für Otto Aberg ein Nichts. Niemand, den man auch nur etwas genauer ansah. Geld auf die Hand – und gut. In diesem Falle sollte die Unaufmerksamkeit des sonst sehr vorsichtigen Semenow unvorhergesehene Folgen haben.

Angela Lemnitz drehte verwundert den Telefonhörer in der Hand, runzelte die Stirn, fragte dann nochmals: »Ist vielleicht etwas mit Ihrer Tochter?

Wollen Sie sie wegen Krankheit entschuldigen? Das könnten wir telefonisch abmachen, Sie sparen den Weg ...«

Die Frauenstimme unterbrach sie: »Fräulein, ich kann nicht zu Ihnen kommen. Kommen Sie, bitte, es ist wichtig für Sie. Sie werden das einsehen. Ich bin am Savignyplatz, in dem kleinen Mini-Markt, zwei Stunden täglich räume ich hier Regale voll. Bitte, kommen Sie. Es dauert nicht lange. Ich werde herauskommen, wenn ich Sie durch die Fenster sehe ...«

»Ja, gut«, stimmte die Lemnitz schließlich zu. Es klang geheimnisvoll, was die Mutter der Botin da sagte. Vielleicht wollte sie auch nur einen Job. Es lag Angela Lemnitz nicht, jemanden, der in diesem Tonfall einen Wunsch vortrug, kurz und knapp am Telefon abzufertigen. Also warf sie eine leichte Jacke über und verließ das Büro. Es war gegen Mittag. Sie würde die Gelegenheit nutzen, um unten an der Ecke im Augsburger Stübchen etwas zu essen.

Der Mini-Markt lag dem Restaurant gegenüber. Angela Lemnitz brauchte nicht lange zu warten. Die Frau, der man ansah, daß sie keine Großstädterin war, winkte und zog sie in einen Winkel neben dem Eingang. Hier waren Fahrräder angekettet. Steinerne Papierbehälter quollen über von weggeworfenen Verpackungen.

»Sie sind die Mutter von ...« Weiter kam sie nicht.

»Ja, ja«, sagte die Frau schnell, sah sich einige Male um, als ob sie Furcht hätte, sie könnte beobachtet werden.

»Ich will Sie warnen«, begann sie. »Sie waren gut zu meiner Tochter, deshalb. Es kostet auch nichts. Nicht alle Leute in Berlin haben ein Herz für uns. Ich will

Ihnen nur sagen, was ich zufällig hörte, und Sie müssen schwören, niemandem zu sagen, von wem Sie es wissen ... bei Gott!«
Ihre Augen flackerten. Entweder hat sie einen Schaden, dachte die Lemnitz, oder aber sie weiß tatsächlich etwas.
»Ich schwöre«, sagte sie. Und dann hörte sie mit wachsender Verwunderung zu. Am Ende stellte sie nur noch die Frage: »Sie sind sicher, daß es sich um den Herrn gehandelt hat, der mit Herrn Sotis befreundet war, und der gelegentlich bei uns im Büro zu sein pflegte?«
»Victor«, gab die alte Frau zurück. »Das ist der Name, mit dem der andere ihn ansprach. Ich irre mich nicht. Schweigen Sie, bitte. Mich gibt es nicht. Sagen Sie auch meiner Tochter nichts. Schwören Sie!«
Angela Lemnitz tat ihr den Gefallen. Die Frau schlug das Kreuz und sagte: »Gott möge Sie behüten!«
Dann war sie in dem Laden verschwunden. Angela Lemnitz sah sie wenig später im Hintergrund Waschpulverpackungen in ein Regal stapeln. Sie ging in das Augsburger Stübchen und setzte sich an einen freien Tisch am Fenster. Draußen rollten Autos vorbei, in nur selten unterbrochener Folge, zur Wilmersdorfer Straße oder von dort kommend, in Richtung Zoo. Passanten, von der milden Sonne der ersten Frühlingstage angelockt, flanierten auf den Gehsteigen, besahen sich Auslagen, befühlten die Qualität der vor den Geschäften ausgehängten Sommerkleidung, verschwanden hin und wieder in einem Eingang.
Victor, dachte Angela Lemnitz. Sagaradjan. Oder

wie er seit der Erwerbung des deutschen Passes hieß, Otto Aberg. Ich werde mich darauf vorbereiten müssen, daß mich demnächst einer von diesen Erpressern besucht, der Geld dafür verlangt, daß er den Laden nicht anzündet. Oder mir ein paar Knochen bricht. Und das alles, weil Otto seinen Anteil an der Firma haben will. Der Mann, mit dem ich mich gelegentlich im Bett vergnüge, nur weil ich mich immer noch nicht entschlossen habe, ob nicht weiche Schenkel angenehmer sind, erregender als behaarte, sehnige Beine.

Warum hat er nicht den Mut, mir zu sagen, daß ihm die Verfügung Sotis nicht paßt, daß er einen Teil haben möchte, offiziell? Obwohl Igor es anders verfügt hat. Warum? Er hätte mir einen Vorschlag machen können, auf Partnerschaft meinetwegen. Es gibt wenig, was dagegen spricht. Das Geschäft trägt gut und gern zwei Leute. Es hat auch bisher für Otto Aberg einiges abgeworfen, immer wenn er etwas einfädelte und Igor ihn am Gewinn beteiligte. Warum ist er nicht ehrlich? Was will er hinter meinem Rücken erreichen? Schickt mir ein paar von diesen Kerlen auf den Hals, um mich zu veranlassen, daß ich entweder über sie an ihn bezahle oder ganz aussteige, die Lust verliere und ihm das Feld überlasse. Ist das der Otto, der neulich erst den Sekt mit mir trank? Was ist gemeinsam getrunkener Sekt noch wert, was eine miteinander verbrachte Nacht, wenn der eine den anderen so kurz danach in den Rücken sticht? Bei den Gedanken merkte sie, wie die Wut in ihr hochstieg. Sie trank von dem herben weißen Wein, den der Kellner ihr gebracht hatte, weil er wußte, daß sie ihn stets um diese Zeit trank. Sie bestellte einen frischen

Salat, ohne Öl, wie sie dem Kellner auftrug, auch wie üblich, und er sagte, wie sie es gewohnt war, höflich: »Sehr wohl, gnädige Frau, wie üblich!«
Männer! Sie brannte eine Zigarette an und grübelte. Soll ich wieder einmal zu Sumi gehen? Es wird mich ablenken. In meiner Gemütsverfassung könnte ich ihre Zärtlichkeit brauchen. Aber Sumi ist nicht mehr das Mädchen, das sie einmal war. Berlin scheint sie verdorben zu haben. Das üppige Geld, das die Freier ihr spendieren. Vielleicht nicht der beste Gedanke, sie jetzt zu besuchen.
»Diese Welt geht vor die Hunde!« knurrte sie, ohne es eigentlich zu wollen. Der Kellner, der soeben den Salat vor sie hingestellt hatte, fuhr erschrocken zusammen.
»Ist etwas nicht in Ordnung, gnädige Frau?«
Sie fuhr aus ihren Gedanken, besann sich und beruhigte ihn: »Nichts weiter, ich habe einen Augenblick laut überlegt – der Salat sieht gut aus!«
Er schmeckte ihr trotzdem nicht. Auch nicht der Wein, den sie sonst schätzte, weil er herb war, fruchtig, und doch ohne penetrante Säure. Angela Lemnitz bekam Victor Sagaradjan nicht aus dem Kopf, jenen zum Deutschen Otto Aberg mutierten Karlshorster Zahlmeister einer inzwischen aus dem Lande verschwundenen Armee, von der die meisten Leute sagten, es sei schön, ohne sie leben zu können.
Warum heckt er mit einem seiner Freunde, der mich nicht einmal kennt, den Streich gegen mich aus? Warum ist er nicht ehrlich zu mir? Ich habe ihm nie vorgehalten, daß er hier lebt und aus der Misere, die auch zu den Folgen der Veränderungen im Lande gehört, sein privates Geschäft macht. Ich habe ihn als

Freund betrachtet. So wie viele, besonders im Osten drüben, einmal sein Heimatland als großen Freund betrachtet haben. Was war das gewesen, das er da am Telefon in Wien zu erledigen verlangte, von einem Unbekannten? Sotis Name war gefallen und seine Zimmernummer dort im Hilton. Und immerhin war Igor Sotis in genau diesem Zimmer von einem Unbekannten getötet worden, nachdem er, wie die Hotelleitung verlauten ließ, einen im Safe aufbewahrt gewesenen Koffer abgeholt hatte: das Geld, das er übergeben wollte, für eine Lieferung »Hund«. Und einen Koffer hatte man im Zimmer mit dem toten Sotis nicht gefunden …
Sie winkte dem Kellner mit einem Geldschein. Während er ihn kassierte, sah sie auf die Uhr. Es war Zeit, zum Flugplatz aufzubrechen. Gut, daß Mara Toyabashi selbst nach Berlin kam. Angela Lemnitz hatte sie als eine in Geschäften erfahrene, kühl kalkulierende Frau in Erinnerung. Bewundernswert. Wenn es jemanden unter den vielen Partnern von Sotis gab, der in dieser komplizierten Situation helfen konnte, dann war es diese Frau. Und Hilfe werde ich brauchen, dachte Angela Lemnitz.
Sie ging die paar Schritte zu ihrem Auto, und dann fuhr sie zügig in Richtung Flughafen, wo sie gerade noch an einem Buffet eine Tasse schlechten Kaffee trinken konnte, bevor die Maschine aus Singapore angekündigt wurde, mit der Mara flog.
Zwei Stunden später saßen sie, nachdem Mara Toyabashi in ihrem Hotel geduscht und sich umgezogen hatte, in einem kleinen Café in der Rankestraße, nicht weit von Maras Hotel entfernt, und tranken einen Cognac.

»Auf das Wiedersehen!« sagte Mara. Sie musterte Angela Lemnitz und fand, daß sie diese junge Frau schon früher hätte etwas genauer betrachten sollen. Hinter der Fassade der kühlen Geschäftsfrau, so schien ihr plötzlich, verbarg sich vermutlich ein sensibles, schutzbedürftiges Wesen. Ein Wesen von einer Schönheit, derer vielleicht nicht jeder sogleich gewahr wurde. Vor allem nicht jeder Mann.
Sie hatten dieses kleine Café gewählt, um sich in Ruhe zu unterhalten, weil es hier um die Tageszeit, wie Angela Lemnitz wußte, kaum Gäste gab. Die kamen erst später, wenn die ersten Büros schlossen, wenn die Angestellten schnell ein Stück Gebäck verspeisen wollten, ehe sie zur U-Bahn strebten. Oder es kamen die autofahrenden Männer, deren Frauen in dem nahen Riesenkaufhaus wandelten. Sie hatten das Auto in der Tiefgarage abgestellt und verspürten keine Lust auf den von lärmender Musik untermalten Warenwirrwarr.
Einer jener Plätze, an denen es keine laute Musik gab, war dieses Café, man konnte in gedämpftem Ton miteinander sprechen, und selbst wenn der Nebentisch besetzt war bestand keine Gefahr, daß man überhört wurde.
»Ich bin öfters hier«, machte Angela Mara aufmerksam, »meist wenn ich Besprechungen mit Kunden führe. Es ist ein diskreter Platz.«
»Das Hotel ist auch sehr angenehm«, fühlte sich Mara verpflichtet zu gestehen. Sie hatte von europäischen Hotels im allgemeinen keine allzu hohe Meinung, aber sie war daran gewöhnt, auf Reisen nicht immer den Komfort zu haben, der zuhause für sie üblich war.

»In Japan zum Beispiel habe ich schon wesentlich schlechter logiert!« Sie lachten beide.
»Schön, daß wir uns sehen können. Aber der Grund ist traurig, wie ich vermute. Wie hängt das alles nur zusammen, Frau Lemnitz?«
»Bitte, nennen Sie mich Angela. Das halten alle meine Freunde so. Auch für Sotis war ich Angela ... «
Als Mara den fragenden Blick auffing, lächelte sie und beeilte sich: »Natürlich, Angela. Ich bin Mara. Wir sind zwei Frauen, und wir sollten uns näherkommen. Ich würde mich sehr freuen ... « Sie legte wie unbeabsichtigt ihre Finger auf Angelas Handrücken, und sie spürte, wie diese sich verzweifelt bemühte, die Hand auch nicht einen Millimeter zu bewegen. Die Entdeckung, daß Angela eine so sensible Person war, überraschte sie, aber sie verstand es, ihre Überraschung nicht nach außen dringen zu lassen. Angela Lemnitz, immer noch etwas beklommen, fragte: »Wirst du mir helfen, mit der Situation fertig zu werden, in der ich hier stecke?«
»Ich bin gekommen, um zu hören, wie ich helfen kann«, gab Mara zurück. Sie sah, wie Angela aufatmete, und sie dachte, eigentlich ist sie eine schöne junge Frau. Sie scheint sogar Seele zu haben.

In Johore war es früher Nachmittag, als die Nachricht von Mara Toyabashi sich aus dem Faxgerät Iskanders spulte. Der alte Herr – das wußte Mara – pflegte keinen Mittagsschlaf, sondern legte nur eine Ruhepause ein. Er saß auf der Veranda seines Anwesens und las in der Straits Times, als sein Diener ihn rief. Mara hatte für die Übermittlung diese Stunde gewählt, weil sie sicher sein wollte, daß Iskander das Fax sogleich persönlich bekam. In Berlin war es acht Uhr morgens. Mara hatte nach einer überraschend harmonisch verlaufenen Nacht mit Angela Lemnitz und nachdem diese zur Firma aufgebrochen war, die Nachricht für Iskander aufgesetzt und war zunächst zufrieden, als sie aus Johore von Iskander selbst die Bestätigung erhielt, er denke über den Inhalt nach und werde in genau vier Stunden antworten.

Sie ließ sich ein Gerät auf ihr Zimmer stellen und unternahm in der Zwischenzeit einen Ausflug in den Flanierbezirk um den Kurfürstendamm herum. Als sie in ihr Hotel zurückkehrte, fiel ihr ein, daß sich in der Situation, die Angela ihr geschildert hatte, ein vielseitiger Mann als unentbehrlich erweisen würde, jemand, der ohne viel zu fragen das tat, was nötig war. Und hier war einiges nötig, das dem glich, was Igor Sotis von seinen zwei Moskauer Gehilfen auf jenem Golfplatz in Marina hatte erledigen lassen, aber das wollte Mara Toyabashi keinesfalls selbst tun. Man blieb im Hintergrund, eine alte Lebensregel, und man kommandierte, statt zu agieren. Kurz entschlossen gab sie ein Telegramm an eine Adresse in Kuah auf der Insel Langkawi auf, weil sie wußte, daß täglich einmal einer von Dandos Leuten mit dem Boot dorthin fuhr, um »Post zu holen«, wie sie es nannten, wenn sie für sie eingegangene Botschaften der verschiedensten Art abfragten. Das Telegramm hatte den Inhalt, daß Dando, der smarte, schnurrbärtige junge Mann unverzüglich von Mara in Berlin gebraucht würde.

Dando war es selbst, der die Nachricht von Mara auf der von Menschen wimmelnden Poststelle in Kuah ausgehändigt bekam. Er hatte, wie immer, Einkäufe erledigt, telefonisch mit ein paar Abnehmern gekaperter Güter Vereinbarungen getroffen, und jetzt saß er an einem kleinen Tisch vor einem Kaffeeladen in der Sonne und überlegte. Für den Fall, daß Mara ihn einmal über eine solche Nachricht zum Kommen auffordern sollte, war vereinbart, daß er sich unverzüglich auf den Weg machte, wohin es auch sein sollte. Berlin. Er wußte nur wenig davon. Aber heute glichen sich die großen Städte der Welt ohnehin so sehr, daß es kaum noch Probleme geben würde, sich zurechtzufinden. Trotzdem kam ihm ein Gedanke, den er für brauchbar hielt. Er erinnerte sich an einen Jungen, mit dem er eine Zeitlang zusammen studiert und dabei sogar das Quartier geteilt hatte. Miguel Careos. Von seiner Schwester, die heute eine Boutique in Singapore betrieb, hatte er einmal gehört, daß Mick, wie sie ihn nannten, in Berlin sei.

Dando trank seinen Kaffee aus, eilte zum Hafen, lud seine Einkäufe auf das Motorboot, das ihn hergebracht hatte, und dann brauste er auf die Insel zurück.

Am selben Nachmittag hatte er bereits alles geregelt, was im Verlaufe seiner Abwesenheit zu tun war. Das Boot brachte ihn aufs Festland, wo er in Aher Setar die Spätmaschine nach Singapore bekam. In der Passage in der Tanglin Road traf er genau eine halbe Stunde vor Schließung der Geschäfte ein.

Das Lädchen im Luxusstil, in dem betuchte weibliche Kundschaft Kleidung und Dessous aus der Fabrikation erlesener europäischer Hersteller kaufen

konnte, gehörte Teresita Careos, einer extrem schlanken, schwarzhaarigen Schönheit mit sehr hellen blauen Augen, die Dando verblüfft anblickten, als er Minuten bevor sie schließen wollte, eintrat.
»Dando!« sagte sie leise. »Daß man dich wieder einmal sieht! Hast du einen Wunsch?«
Sie lächelte fein. »Für die Freundin ein exklusives Stück?« Sie führte ihn in ihr hinter dem Laden gelegenes Büro, und dann saßen sie und unterhielten sich, während die Verkäuferinnen draußen aufräumten, die Kassen leerten und die Lichter dämpften.
Teresita lebte allein in Singapore, nachdem ihr Mann, der ihr beträchtliche Mittel hinterlassen hatte, bei einem Flugzeugabsturz ums Leben gekommen war. Ein Jahr danach hatte sie »Teresitas Boutique« aufgemacht, die schnell ein erfolgreiches Geschäft geworden war.
Als ihr Dando jetzt eröffnete, er wolle nach Berlin fliegen, ließ sie zunächst durchblicken, daß sie ihn um die Reise in die ferne Stadt, die sie auch gern einmal besucht hätte, beneidete, aber sie verwies sofort von sich aus auf ihren Bruder, der dort lebte.
»Er lebt nicht schlecht«, gab sie auf Dandos Frage Auskunft. »Er hat mich schon oft eingeladen, aber ich fand nie die Zeit. Schön, daß du ihn jetzt besuchen kannst, ihr habt euch ja immer blendend verstanden, wenn ich mich recht entsinne ... «
»Das haben wir wohl«, bestätigte Dando.
Er dachte einen Augenblick darüber nach, weshalb er wohl nie versucht hatte, mit der Schwester des Freundes anzubändeln, aber dafür waren sie wohl nicht oft und lange genug am selben Ort gewesen. Außerdem war Teresita streng katholisch, und sie

hatte damals schon die Freizügigkeit der jungen Leute um sich herum nicht sonderlich geschätzt. Vielleicht hat mich die Furcht vor einer Ablehnung zurückgehalten, dachte Dando.
»Hat er eine Adresse in diesem Berlin?«
Die Frau ging an einen Schreibtisch und entnahm einer Schublade ein Büchlein, in dem sie blätterte, bis sie die Eintragung fand.
»Es ist eine fremde Sprache«, sagte sie und schob ihm das Büchlein hin, »schreib es dir ab, ich kann es nur schwer aussprechen.«
Dando schrieb Straße, Telefon und ein paar andere Angaben auf einen Zettel, den ihm Teresita gab.
»Hat Mick Daueraufenthalt? Oder ist er auf Zeitvisum dort?«
Sie wußte es nicht genau, aber aus Micks Mitteilungen, sagte sie, habe sie entnommen, daß er ganz legal dort lebe, obwohl er immer noch einen gültigen Paß der Philippinen besitze.
»Wie er das angefangen hat, weiß ich nicht. Vielleicht ist es dort möglich. Jedenfalls scheint es ihm zu gefallen. Er ist in der Gaststättenbranche tätig, verdient gut, wie er schreibt, und ist glücklich, weil der Arbeitgeber sein Freund ist.«
Nun ja, er war immer ein ausgeschlafener Junge, der sich schnell zurechtfand, dachte Dando, und im Gaststättengewerbe ist auf der ganzen Welt ziemlich gut zu verdienen. Ohne nennenswerte Anstrengungen, wenn man nicht gerade in einer heißen Hotelküche stehen muß, Suppen kochen und Steaks braten.
»Wann willst du fliegen?«
Er blickte überrascht auf. Er hatte sich noch nicht

um eine Buchung gekümmert. Die Frau griff nach dem Telefon, und als sie die Abfertigung in Changi erreicht hatte, erfuhr sie, daß die nächste Verbindung am frühen Morgen zu bekommen sei. Sie verständigte sich kurz mit Dando, und als der sogleich zustimmte, gab sie die Buchung auf.
»Du mußt vor Sonnenaufgang dort sein«, machte sie ihn aufmerksam. Und dann bedauerte sie: »Ich würde dir gern anbieten, bei mir noch ein paar Stunden zu ruhen, aber ich habe eine Verabredung, die vermutlich lange dauert ...«
Er verstand. Wehrte höflich ab, er habe noch eine Menge zu erledigen. Sie verließ nach ihren Verkäuferinnen und nachdem der Gelddienstbeamte die Tageseinnahmen zur Verwahrung abgeholt hatte, mit Dando die Boutique, begleitete ihn bis hinaus auf die Tanglin Road, trug ihm auf, er solle Mick von ihr grüßen, und dann sah sie den silbergrauen Bentley kommen, der sie abholte. Sie gab Dando die Hand, winkte und rief noch vom Straßenrand zurück: »Guten Flug!«

Er hatte den Wunsch im Ohr, als die Maschine in Berlin zur Landung ansetzte, es war tatsächlich ein guter Flug gewesen. Dando machte zum ersten Mal die Entdeckung, daß Flüge in Mara Toyabashis Sportmaschine wesentlich kurzweiliger waren als eine solche Reise von einem Kontinent zum anderen. Er gähnte, als die Stewardeß nach der Landung in die Kabine kam und die Passagiere aufforderte,

beim Aussteigen auch den hinteren Ausgang zu nutzen. Das Mädchen sah ihn belustigt an, denn er hatte fast den ganzen Flug über geschlafen. Derart gleichmütige Passagiere begegneten ihr selten. Nicht einmal übergeben hatte er sich, als es über Indien ein paar Turbulenzen gab. Sie fand ihn attraktiv, und als sie später in der Halle die Frau sah, die ihn empfing, konnte sie sogar begreifen, weshalb er nicht – wie so mancher andere – einen der üblichen Annäherungsversuche während des Fluges gemacht hatte. Die Frau war eines jener Geschöpfe, die sofort durch ihre Schönheit auffielen. Besonders hier in Europa, dachte die Stewardeß im Vorbeigehen, denn hier gibt es so viele Leute, die man gar nicht bemerkt, so wenig bemerkenswert ist ihr Aussehen ...
»Hallo, Miß Mara!« sagte Dando locker.
Die Frau reichte ihm beide Hände, wie es schien ehrlich erfreut, ihn zu sehen.
»Ich bin froh, dich hier zu haben«, gestand sie ihm. Sein Gepäck war schon da, er hatte ohnehin nur einen leichten Reisekoffer mit ein paar Utensilien, die er am Abend vor dem Abflug noch schnell zusammengekauft hatte. Mara ging mit ihm zum Parkhaus. Sie hatte inzwischen einen Wagen geliehen, und die Umstellung von Singapores Linksverkehr auf den deutschen Rechtsverkehr fiel ihr nach mehreren Aufenthalten nicht mehr schwer.
Noch während sie vom Flughafen in die City unterwegs waren, erklärte sie Dando: »Die Sache ist ganz einfach so, daß ich Hilfe brauche. Zuerst habe ich an Sunan gedacht, aber es könnte sein, daß ein Mann mit gesunden Gliedmaßen in der Sache, um die es geht, mehr Chancen hat. Deshalb habe ich dich ge-

rufen. Wirst du dich in der Stadt nach ein paar Tagen einigermaßen zurechtfinden?«
Dando lächelte. »Ich denke schon.« Er musterte die Häuser, sein Blick blieb an grellen Graffittis hängen und an Schmutzecken, verfallenden Gebäuden. Er war das erste Mal in Europa.
»Es gibt hier sehr einprägsame Wegmarken«, sagte er ironisch. »Und was ist es genau, das ich hier tun soll, Miß Mara?«
Sie erzählte ihm, was vorgegangen war, allerdings erst nachdem er sein Zimmer ebenfalls im Steigenberger bezogen hatte, unweit dem ihren. Sie bat ihn, nicht mit ihr gemeinsam die Halle zu betreten.
»Warum die Heimlichtuerei?« wollte er wissen.
Er begriff, als sie ihm in ihrer Suite bei einem Kaffee ausführlich auseinandersetzte, in welcher Lage sich die Geschäftsfreundin Angela Lemnitz befand, daß sie sich von dem einstigen stillen Partner des Unternehmens bedroht fühlte und ihn überdies für den Anstifter zu Sotis Ermordung hielt, was vermutlich stimmte. Sie ließ nicht aus, ihn aufmerksam zu machen, daß Toyabashi Enterprises an diesem Unternehmen, das der jungen Deutschen so unvermittelt in den Schoß gefallen war, Interesse hatte, und daß man es gegen den Zugriff der Leute verteidigen müsse, die Aberg zu mobilisieren im Begriff war.
»Weil die Firma sonst ihm zufällt?«
Mara bestätigte das. »Wenn er Angela ausschaltet, wenn er es auch nur fertigbringt, sie so zu zermürben, daß sie auf ihre Eignerschaft verzichtet, um den Schutzgeldforderungen auszuweichen, hat er gewonnen. Und wir sind einen wichtigen Partner in Zentral-

europa los. Dies ist keine Riesenfirma mit Milliardenumsätzen, nein, es ist eine der kleinen, unauffälligen Unternehmungen, über die man nahezu alles abwickeln kann, was Ertrag bringt, ohne sonderlich aufzufallen. Ein idealer Partner. Am besten wäre es, wenn das ein Zweigbetrieb wäre, aber ...«
Sie führte den Gedanken nicht weiter. Eine Weile dachte Dando über das Gehörte nach. Die Zusammenhänge waren nicht schwer zu durchschauen. Offenbar herrschten hier, im Herzen Europas, Zustände, die es Kriminellen leicht machten, ihr Handwerk ziemlich ungestört auszuüben, das begriff er, als er nämlich fragte, ob es denn nicht möglich sei, die Polizei des Landes mit der Sache zu befassen.
Mara lachte laut. »Keine Chance. Was diese Polizei zu tun hat, weiß ich nicht. Ich kann ihre Effizienz nicht beurteilen. In solchen Dingen jedenfalls, wie wir sie vor uns sehen, ist ihre Erfolgsquote ziemlich gering, das sagt Angela.«
»So, so«, machte Dando nachdenklich. Er holte Zigaretten aus der Tasche, und sie rauchten beide eine Weile. Bis Dando wissen wollte: »O.K. Gefahr für Miß Angela. Und was könnte ich Ihrer Meinung nach dagegen tun?«
»Ich habe dich gerufen, damit du für ihren Schutz sorgst.«
»In Berlin? Ich kann nicht einmal die Straßennamen aussprechen. Einen Briefträger nicht von einem Polizisten unterscheiden. Wie soll ich das machen? In ihrer Wohnung leben? Im Büro der Firma? Leute erschlagen, die sie bedrohen?«
Er sagte das ziemlich provozierend, und er war verblüfft, als Mara seelenruhig zurückgab: »Erschlagen

wäre schon mal gut. Aber da gibt es vielleicht elegantere Macharten.«
»Ich höre, Miß Mara!«
»Die Leute, von denen die Bedrohung ausgeht, sind Russen. Man nennt sie hier vereinfacht eine Mafia, obwohl die Strukturen ihrer Organisation wohl mit dem italienischen Muster nicht viel gemeinsam haben.«
»Jedenfalls keine Deutschen?«
»Nein. Auch Sotis, den man in Wien ermordet hat, und dem man einen Koffer mit einer sechsstelligen Dollarsumme wegnahm, war ja von Geburt Russe. Oder was da in Rußland noch so an Völkerschaften wohnt.«
»Ein Fremder. Und die Racketleute sind auch Fremde ...« sinnierte Dando. Und dann fiel ihm Mick ein.
Er erzählte von ihm. Vielleicht, so meinte er, könnte er ja sogar helfen. Schließlich lebe er schon seit Jahren hier. »Und wie ich Mick kenne, weiß der ziemlich genau, was im Untergrund dieser Stadt so los ist.«
Er hatte sich nicht getäuscht. Als die Verbindung unter der in Singapore von Teresita erhaltenen Nummer zustande kam, meldete sich eine deutsche Stimme. Dando verstand nicht und gab den Hörer an Mara weiter. Die wartete das Zeichen ab, nachdem sie erkannt hatte, daß die Stimme von einem Anrufbeantworter kam, dann sagte sie auf Englisch: »Bitte rufen Sie Mister Dando an, im Steigenberger, er muß sehr dringend mit Ihnen sprechen ...«
Sie wollte noch hinzufügen, unter welcher Zimmernummer er zu erreichen sei, aber da krachte es in der Leitung, und eine Männerstimme sagte auf Tagalog:

»Dando! Alter Mädchenschänder, was führt dich nach Berlin? He ... antworte!«
Mara, die kein Tagalog verstand, gab Dando den Hörer, und für eine Weile begrüßten sich die Freunde aufgekratzt und unterhielten sich. Als Dando auflegte, sah ihn Mara erwartungsvoll an. Er lächelte: »Miß Mara, machen Sie sich keine Sorgen, Mick wird mir eine Hilfe sein, denke ich. Er holt mich in einer Stunde ab. Falls ich am Abend nicht zurück bin, werde ich Sie vormittags anrufen – wann sind Sie bereit?«
»Jederzeit. Ich warte auf den Anruf.«
Als sie ihm nachblickte, wie er aus dem Zimmer schlenderte, ein trainiert wirkender junger Mann in Jeans, denen der Kenner ansah, daß sie ein kleines Vermögen gekostet hatten, wurde ihr bewußt, daß sie diesen Jungen mochte. Ein Pirat. Was ist dabei? Die ganze Welt ist voller Piraten, die Wirtschaft, die Politik, das, was manche Kunst nennen, das Netz der Medien – alle spielen sie ihr Spiel, füllen sich die Taschen, lassen diesen oder jenen über die Klinge springen: Diese Welt wird von Piraten beherrscht, solchen, die offensichtlich welche sind, und anderen, die ihr Piratentum mit Nadelstreifen tarnen, mit schleimigen Litaneien über Menschenglück und Moral. Dieser Junge da ist einer der ehrlichen, und er tut alles, was ich von ihm verlange. Das ist das einzige, was für mich zählt und was ihn von den gestylten Gaunern unterscheidet, denen ich oft genug zulächeln muß!
Mick fuhr ein Coupé von einer Marke, die Dando nicht kannte. Ihn selbst hätte er beinahe auch nicht erkannt, denn er trug einen leicht beige getönten Sa-

farianzug, dazu einen hellen Hut mit schwarzem Band, die Augen versteckten sich hinter einer Sonnenbrille mit den größten Gläsern, die Dando jemals gesehen hatte.

»Du siehst aus wie ein Gangster aus einem Film der zwanziger Jahre!« amüsierte sich Dando, nachdem sie sich ausgiebig begrüßt hatten, vor dem Eingang des Hotels, so daß eine Schlange von Autos hinter dem eleganten Coupé entstand. Bis Miguel Careos dann den Schlag auf der rechten Seite öffnete und Dando einsteigen ließ. Er fuhr mit einer Geschwindigkeit an, die Dando in den Sitz drückte. Der Fahrtwind nahm ihm die Luft. Erst nach einer Weile rief er dem Freund zu: »Was machst du, wenn sie dich wegen Gefährdung des Verkehrs einsperren?«

»Ich könnte ausbrechen«, rief Mick zurück. »Würde aber nicht nötig sein, weil ich bezahlen kann. Hast du eigentlich genug Geld?«

Dando bekannte: »Miß Mara, meine Chefin, hat mir ein Paket von diesen deutschen Markscheinen gegeben ...«

»Frau als Chef?«

»Warum nicht?«

»Bei mir ist es umgekehrt. Ich bin der Chef einer Anzahl von Frauen. Sagen wir, es sind Mädchen. Und – Chef, also, was man eben so nennt!«

Sie mußten an einer Ampel warten. »Das«, sagte Dando, »habe ich mir immer gewünscht. Dirigent in einem Damenorchester oder so etwas.«

»Was tust du, wenn du nicht in Berlin um deine Chefin herumscharwenzelst?«

»Fischen.«

»Fischen?«

»Mit einem umgebauten Schnellboot, in der Straße von Malakka.« Dando fand, daß er Mick nicht zu belügen brauchte. Die Straße von Malakka war weit entfernt.

Es dauerte einige Sekunden, bis Mick begriff. Dann lachte er: »Eeh, davon habe ich gehört. Romantischer Job. Bringt der was ein?«

Die Ampel sprang auf Grün, und Micks Wagen schoß davon. Eine Weile wechselten sie nur in längeren Abständen ein paar Worte, die der Fahrtwind ihnen von den Lippen riß. Erst am Stuttgarter Platz, als Mick den Wagen in eine Parklücke fuhr, verstand ihn Dando wieder einigermaßen, als er sich entschuldigte: »Fünf Minuten! Ich will nur etwas erledigen, was keinen Aufschub duldet.« Er fischte aus dem Handschuhfach ein Kuvert, und wie um Dando neidisch zu machen, ließ er ihn einen Blick hinein werfen. Geldscheine von der Art, wie Dando sie von Mara zur Finanzierung seines Aufenthaltes bekommen hatte, aber ein bedeutend dickeres Bündel.

Mick verschwand in einer um diese Tageszeit noch etwas verlassen wirkenden Bar mit dem grellen Namen »Ring of Fire«. Aber er blieb nicht lange. Als er zurückkam, rieb er sich die Hände. »Erledigt. Da, über der Bar sitzt mein Boß«, machte er Dando aufmerksam. Sie fuhren noch eine Weile weiter, dann rollte der Wagen über eine mächtige Brücke, die ein Gewässer überspannte.

»Wie heißt der Fluß?« wollte Dando wissen. Aber Mick klärte ihn kopfschüttelnd auf: »Das ist kein Fluß, sondern der Lietzensee. Gleich sind wir da.«

Sie fuhren durch ein eisernes Tor, das Mick elektronisch öffnete, in einen weitläufigen Park, bis vor ein

eindrucksvolles weißes Gebäude mit vielen Fenstern, Erkern und einem von Säulen gestützten Vordach, unter dem gut und gerne ein halbes Dutzend Autos parken konnten.
Mick stieg aus und winkte Dando einladend: »Villa Vielfalt. Der Platz, an dem der gutsituierte Herr am Abend das Leben genießt. Komm ... «
Er begrüßte zwei höfliche junge Männer, die ihm meldeten, daß es keine Telefonate für ihn gegeben habe. Offenbar übten sie die Aufsicht über den Eingang aus.
Dando blickte sich verwundert um. Die Inneneinrichtung war eine Mischung aus Plüsch und Moderne. Mick führte den Freund durch stuckgeschmückte Gesellschaftsräume mit eleganten Bars, vorbei an Einzelzimmern, die alles hatten, was ein modernes Apartment braucht. Er ging mit ihm durch teppichbelegte, üppig mit Gemälden geschmückte Korridore zu einem palmenbestandenen, tropisch aufgemachten Schwimmbad, in das ein Wasserfall sprudelte. Es roch nach Blumen. Irgendwo in den Palmenwedeln lärmte ein Papagei. Aber Mick, als er sah, daß Dando lauschte, lachte: »Das ist ein Tonband! Echte machen zuviel Arbeit. Scheißen außerdem in die Gegend ... «
Sie besichtigten eine Sauna und verschiedene Massageräume, es gab Fernschanlagen und Salons, in denen komplizierte Musikwiedergabegeräte standen. Alles war so gediegen, zugleich so überraschend für Dando, daß es geraume Zeit dauerte, bis er sagen konnte: »Die perfekte Illusion.«
Mick lachte wieder. Der Junge fuhr auf seinem Schnellboot durch die Straße von Malakka und räu-

berte Schiffe aus, was wußte er von den Freuden der Leute, denen die Schiffe gehörten? Die hochversicherten Ladungen?«
»Das ist ein Bordell, alter Freund, um es mit einem Profanausdruck zu belegen«, klärte er ihn auf. »Ich bin der Boß. Der Besitzer ist ein Libanese. Die Huren kommen aus zwölf verschiedenen Ländern. Wir haben Mädchen aus Europa, Asien, Südamerika, Negerinnen, sogar eine Indianerin haben wir derzeit. Komm, wir haben uns viel zu erzählen ... «
Kein Mädchen war zu sehen, und das eine, das ihnen auf der Terrasse, wo sie sich niederließen, kühle Getränke servierte, war, wie Mick beiläufig erwähnte, keine Hure, sondern eine abgebaute Lehrerin aus dem Osten.
»Wir achten auf ein Höchstmaß an Stil«, erklärte Mick. »Deshalb wohnen die Damen auch nicht im Haus. Diese Art von Atmosphäre vermeiden wir. Sie fahren abends vor, wie die männlichen Gäste auch. Berlin ist eine Stadt, in der es trotz Krise und Verfall oder gerade deswegen, Leute von immensem Reichtum gibt. Wenn sie sich erholen wollen, dann beanspruchen sie die Wahrung von Formen, die sie gewöhnt sind.«
Dando trank von dem geeisten Fruchtsaft. Die Atmosphäre dieses seltsamen Hauses beeindruckte ihn. Miguel Careos mußte ein blendend verdienender Mann sein, wenn er in einem solchen Reich residierte.
»Ich verdiene genug«, bestätigte er. »Aber man hat eine Menge Spesen. Berlin ist teuer. Sag mir, was tust du hier? Außer deiner Chefin als Kalfaktor dienen ... «

Dando zögerte. Doch Mick war ein alter Freund, mit ihm konnte er sprechen, ohne zu befürchten, daß er ihn hereinlegte. Er schilderte ihm, ohne die Namen zu erwähnen, um was es Mara Toyabashi ging.
Miguel Careos hörte aufmerksam zu. Sie rauchten mehrere Zigaretten, bis Dando dann fragte: »Es ist eine Clique aus der Unterwelt, die da zupacken will. Kannst du aus der Branche auf irgendeinem Wege Informationen bekommen? Einen Tip vielleicht, der einen Ansatzpunkt liefert ...«
Sein Freund ließ sich Zeit mit einer Antwort. Schließlich stellte er mit einer Handbewegung, die das Gebäude bezeichnen sollte, fest: »Was du hier siehst, mein Lieber, ist streng legal. Auch die Bar des Chefs. Nix Unterwelt. Er hat eine Lizenz für beides, und wir stehen mit den Behörden auf ziemlich gutem Fuße. Du verstehst – wir bringen Steuern! Ich habe übrigens einen deutschen Paß!« Er lachte. »Manche Leute bei den Behörden sind da recht zugänglich, wenn du weißt, was ich meine. Aber – ob es dich überrascht oder nicht, in unseren Kreisen schätzt man die Zahl der illegal in Berlin Lebenden auf über Hunderttausend. Und ich müßte mich sehr irren, wenn die Jungens, die an das Geschäft von deiner Chefin heranwollen, nicht auch illegal sind.«
»Sie vermutet, daß es sich um Russen handelt.«
Mick nickte. »Überrascht mich nicht. Die haben eine große Gemeinde hier. Sitzen sehr fest im Sattel. Aber sie haben schwache Stellen. Sind, verglichen mit anderen, noch nicht so lange im Geschäft. Es gibt Mittel gegen sie.«
»Ich höre«, sagte Dando. Miguel Careos lächelte fein. »Was würdest du machen, wenn du auf ein Schiff

steigst, auf dem dir eine Crew von entschlossenen Leuten Pistolenmündungen ins Gesicht drückt, bevor du noch gesagt hast, was du willst?«
»Verschwinden«, gab Dando zurück. »Untaugliches Objekt. Aber – umgesetzt auf meine Situation hier: Ich habe leider keine Pistole.«
Der andere winkte ab. »Die kannst du für zweihundert Mark kaufen. Kleinigkeit. Ob sie das geeignete Instrument ist, halte ich für fraglich. Aber ich will dir eine Geschichte erzählen, aus der du vielleicht Anregungen entnehmen kannst. Mein Chef, der Libanese, ist ein friedlicher Mann. Verabscheut Gewalt. Bezahlt gut. Seine Bar ist kein Schuppen, sondern sie hat Klasse. Einen Betrunkenen etwa läßt der Chef auf seine Kosten im Taxi heimfahren. Also – vor etwas mehr als einem Jahr kam einer, der muß aus dem Süden von Rußland gewesen sein. Ich war gerade bei meinem Chef, als es passierte. Er packte eine dieser Kugelspritzen aus, mit denen sie die ganze Welt überschwemmt haben, und legte sie auf den Tisch. Zehntausend Mark im Monat. Oder er und seine Freunde würden den Laden demolieren. Einer von der ganz alten Schule. Das ist für sie typisch. Sie kommen spät in diese Welt, und sie fangen es primitiv an. Auf Brutalität angelegt. Die haben andere durch wirksamere Mittel ersetzt, aber das heißt nicht, daß sie sie nicht mehr beherrschen, wenn es da einen Gegner gibt, der nichts anderes versteht. Ich lernte bei dieser Gelegenheit meinen Chef so richtig kennen. Er sagte sofort zu. Setzte den Termin für die erste Übergabe fest. Als der Kassierer anrückte, packten ihn zwei Leute, die mein Chef gemietet hatte. Sie waren dafür bekannt, daß sie nicht mit sich spaßen ließen. Der

Kassierer wurde an einem der nächsten Tage aus dem Wannsee gefischt. Danach kam noch einer, der Fragen stellte, auch mit der Waffe. Man fand irgendwann seinen Kopf. Der Rest fehlt bis heute. Später kam niemand mehr mit einem ähnlichen Anliegen. Wenn du mich fragst, das ist die einzige erfolgversprechende Art des Umgangs mit Kerlen dieser Sorte. Parasiten. Man muß sie zerquetschen wie Läuse.«

Man müßte sie zuerst allerdings kennen, dachte Dando. Noch war, wie er Mara verstanden hatte, die Drohung nicht ausgesprochen. Aber es gab außer dem Verdacht gegen Aberg einen Anhaltspunkt, mit dem sich vielleicht etwas anfangen ließ. Nur – bin ich dazu in der Lage? Mara beurteilt das wohl etwas sehr zuversichtlich. Dando versuchte, sich an einiges zu erinnern, was Mara ihm mitgeteilt hatte.

»Hast du jemals etwas von einer russischen Kneipe gehört, in einem Randbezirk, mit einem Wirt, der eine Glatze hat und Semenow heißt oder so ähnlich?«

Semenow, der sich Orje nennen ließ, war in der Unterwelt von Berlin jemand, der einen gewissen Namen hatte. Mick kannte diesen Namen, aber nicht den Mann. Er versprach, sich umzuhören. Abergs Namen hatte er nie gehört.

Er riet Dando: »Junge, bevor du dich mit denen anlegst, mußt du genau wissen, wie hart du zuschlägst. Da darf es nachher keine offenen Fragen mehr geben. Daraus werden nämlich offene Rechnungen. Wenn ich mir das so vorstelle, glaube ich, daß du Hilfe brauchen wirst, oder?«

»Wie teuer wäre die?«

»Du sagtest, deine Chefin hat Geld ...«

»Hat sie.«
»Nun, der Preis für eine Stillegung liegt bei Zwanzigtausend. Man kann es billiger haben. In beiden Fällen zuverlässig. Wenn du willst, brauchst du in dieser Sache gar nicht den Finger krumm zu machen. Bist in der Szene sowieso nicht ausreichend bewandert. Halte dich raus und laß deine Chefin bezahlen. Kannst sie ja in dem Glauben lassen, du hättest alles erledigt. Eigentlich bin ich nicht der Mann für solche Abmachungen, aber für einen alten Freund stelle ich die Verbindung schon her. Frag deine Chefin, ob sie einverstanden ist, wenn wir die Sache für den genannten Preis bereinigen, bevor sie richtig losgeht, und ruf mich an. Den Rest erledigen dann Leute, die unsichtbar sind. Und jetzt, wenn du keine anderen Pläne hast, gehen wir in unser Tropenbad. Bißchen schwimmen, bevor die Kundschaft kommt – was hältst du davon?«
Dando ließ sich nicht lange bitten. Am Abend, nachdem ihn Mick wieder ins Hotel gebracht hatte, schlug er Mara vor, sich mit Mick zu verbünden. Sie sah die Vorteile, sich selbst und ihn aus der Sache herauszuhalten.
Eigentlich hatte sie Dando auf Aberg ansetzen und ihn danach abreisen lassen wollen. Der Umstand, daß er hier einen Freund in der Szene hatte, wies einen besseren Lösungsweg.
»Die Welt ist klein geworden«, sagte sie. Und sie war einverstanden mit dem Preis.

*

Otto Aberg erschien in glänzender Laune bei Angela Lemnitz, so daß sie dachte, er würde ihr ebenso erfreuliche Nachrichten bringen. Statt dessen eröffnete er ihr, immer wieder freundlich lächelnd: »Ich habe einen Entschluß gefaßt, Angela. Ich werde in die Firma einsteigen. Offiziell. Und ab sofort operieren wir als gleichberechtigte Teilhaber.«
»Oder?« fragte Angela Lemnitz. Sie war zwar nicht überrascht, daß Aberg mit der Absicht herausrückte, aber sie hatte noch keine Antwort bereit, also versuchte sie den Armenier hinzuhalten. Er hingegen war entschlossen, die Sache so schnell wie möglich und ohne Umwege zu erledigen, deshalb antwortete er jetzt: »Oder – ich werde alleiniger Besitzer sein, und du eine schöne Erinnerung.« Er schaffte es, das so freundlich zu sagen wie einen Geburtstagsglückwunsch.
Angela Lemnitz wurde blaß. Aberg genoß diesen Anblick. Als die Frau sich einigermaßen gefaßt hatte, antwortete sie: »Gut, Otto, ich werde darüber nachdenken. Obwohl mir das schwerfällt. Ich werde einen Weg finden, die Angelegenheit zu erledigen.«
»In meinem Sinne«, mahnte Aberg. »Ich weiß nämlich, daß es da eine Gruppe gibt, die dabei ist, ein ruinöses Schutzgeld für die Firma festzusetzen. Du hast gegen sie keine Chance. Nur wenn ich meine Mittel mobilisiere, können wir sie abwehren. Deshalb die Partnerschaft.«
Angela wandte sich wieder dem Schirm des Computers zu, an dem sie gerade arbeitete. Aberg zog nach einiger Zeit ab. Er schien sicher zu sein, daß er bereits gewonnen hatte. In der Tat sah Aberg keine größeren Schwierigkeiten mehr. Er glaubte nicht,

daß sich Angela ernsthaft gegen seinen Vorschlag wehren würde. Sie würde wohl ein wenig weinen, würde ihn innerlich verfluchen, aber letztlich, so war er sicher, würde sie sich damit abfinden, ihm zu dienen, wie sie Sotis gedient hatte. Den Rest würde er notfalls im Bett mit ihr abmachen.

An diesem Abend begaben sich unabhängig voneinander verschiedene Dinge, deren Zusammenhang auch sehr viel später keinem Außenstehenden aufging.
Angela Lemnitz lag neben Mara und genoß es, daß diese ihre Haut streichelte, ihr Haar, daß sie sie küßte. Sie erinnerte sich nicht einmal mehr an Sumi, so sehr faszinierte die Frau aus Singapore sie, so sehr erregte sie ihre Sinne. Dies war nicht ein dressiertes thailändisches Mädchen, es war eine hochkultivierte Frau von beachtenswerter Intelligenz, die sich selbst Lust bereitete, indem sie eine Partnerin in Ekstase brachte. An Aberg zu denken, war selbst eine Stunde später noch eine Sache, die Angela Überwindung kostete.
Mara, die spürte, daß ihre Partnerin mit den Gedanken weit weg war, redete ihr zu: »Laß nur, wir werden mit der Gefahr fertig, Kleines, wir machen das schon ... «
Aber Angela Lemnitz war nicht so siegessicher. »Er wird nicht von mir ablassen«, befürchtete sie, »er wird solange Druck auf mich ausüben, bis ich nachgebe.«

Mara wußte um diese Zeit etwas mehr, aber sie sagte es ihrer neuen Liebe nicht. Was da geschehen mußte, hatte ihr Dando nach Rücksprache mit seinem Freund Mick rückhaltlos klargemacht. Und es war jetzt nicht die Zeit, das mit Angela zu bereden. Vielmehr war es angebracht, ihr Mut zuzusprechen.

»Wir werden das lösen, Kleines. Und danach werden wir eine Fusion von Toyabashi Singapore mit der Firma Sotis in Berlin vornehmen, damit ist deine Zukunft nicht nur gesichert, sie ist vergoldet.«

Um diese Zeit saß Dando mit seinem Freund Mick und einem Fremden zusammen im »Ring of Fire«. Der Geschäftsführer hatte ihnen eine ruhige Nische reserviert, und eigentlich hatte der Nachtbetrieb auch noch gar nicht so recht begonnen; sie konnten sich ungestört unterhalten.

Der Fremde war älter als Dando, kam aus Saigon und hatte sehr höfliche Umgangsformen. Nach dem Fall der Stadt hatte er sich als ehemaliger Hauptvernehmer des Saigoner Gefängnisses mit einem winzigen Motorboot aufs offene Meer retten müssen, und in der Folgezeit starb er beinahe an Hunger und Durst. Damals war er etwas über Zwanzig gewesen, ein Mann, den seine Vorgesetzten für die Ergebnisse schätzten, die er erzielte, auch wenn dabei gelegentlich jemand umkam.

Er sprach leidlich Englisch, so daß sie sich miteinander verständigen konnten, und er verstand nach dem langen Aufenthalt in Deutschland die hiesige Sprache so gut, daß lediglich sein Akzent noch störte, wenn er sie selbst sprach. Jedenfalls konnte er sich jedem im Lande verständlich machen. Jetzt erkundigte er sich kühl: »Wenn das ein Russe ist oder einer von dort – wie spricht man mit dem?«

»Er spricht deutsch«, informierte ihn Dando, denn das hatte er von Mara erfahren.

»Und übrigens«, mischte sich Mick ein, »brauchst du mit ihm keine Unterhaltung zu führen. Nicht nötig, bei dem Auftrag, den du von uns hast.«

Der Saigoner lachte. Einen Augenblick sah er aus wie ein großer übermütiger Junge. Er nickte. »Weiß schon. Alles klar.«

In der Tat war alles gesagt, was gesagt werden mußte. Mick hatte einen Stadtplan dabei, auf dem er sich noch einmal die Fahrwege im Hansaviertel genau besah, auch die Parkflächen. Aber der Saigoner riet ihm: »Laß das, ich weiß, wie ich es mache. Ich habe alles genau überlegt.«

Er sah auf die Uhr. Und als habe er damit ein Kommando gegeben, betrat ein anderer Vietnamese, der ihm täuschend ähnlich sah, die Bar und setzte sich an ihren Tisch.

Der Saigoner erhob sich ohne ein Wort zu verlieren und ging hinaus.

Mick bestellte noch Getränke. Man wußte hier, daß er und seine Freunde eine sehr leichte Mischung aus Grapefruitsaft und Gin bevorzugten, wovon niemand berauscht wurde, der nicht gerade einen Eimer austrank. Als wäre nichts geschehen, unterhielten sich die drei weiter über Dinge, die in diesem Berlin heutzutage eine Rolle spielten.

Das Hansaviertel lag um diese Nachtzeit schon sehr still da. Es war eine Wohngegend; der Verkehrslärm hielt sich in Grenzen, und an den Abenden zog es die Leute von hier eher zu den Attraktionen, die die City zu bieten hatte.
Als der unauffällige graue Golf auf den Parkstreifen fuhr, war niemand in der Nähe, der das hätte beobachten können. Auch das Haus, in das der Fahrer wollte, lag still. Der Mann stieg aus und musterte die Umgebung. In einigen Fenstern brannte noch Licht, aber das war gewöhnlich so um diese Zeit, darüber hatte der Saigoner sich genau informiert.
Hoffentlich hat er nicht gerade eine Frau auf der Matte, dachte er. Er vergewisserte sich, daß das Haumesser fest am Gürtel hing, und zwar so, daß die Klinge im rechten Hosenbein lag, am Oberschenkel. Ohne sich weiter aufzuhalten, ging der Mann auf das Haus zu. Von Dando hatte er die beiden Schlüssel bekommen, die Aberg Angela Lemnitz gegeben hatte.
Der Mann klickte die Haustür auf, ging ohne Licht zu machen an den Fahrstuhl und fuhr bis in Abergs Etage, wobei er den Knopf in der Fahrstuhlkabine mit dem Ellenbogen drückte. Er stieg aus, ließ die Fahrstuhltür einen Spalt offen, so daß die Kabine blockiert war, dann ging er die wenigen Schritte bis zu der Wohnungstür, deren Nummer er sich eingeprägt hatte.
Er benutzte den zweiten Schlüssel. Drinnen war kein Lichtschein zu sehen. Der Saigoner zog die Tür zu. Es hätte nicht der ebenfalls von Angela stammenden Einweisung in die Wohnung bedurft, er hörte den leicht schnarchenden Atem des Mannes sofort und ging zielstrebig darauf zu.

Otto Aberg schreckte auf, als jemand sein Nachtlicht anknipste. Er wollte hochfahren, aber da hielt eine kräftige Hand seinen Kopf auf dem Kissen fest. Kein Wort fiel. Aberg versuchte zu schreien, aber er brachte kein Wort heraus, nur ein Gurgeln. Dann hatte der Saigoner die Klinge frei, und sie fuhr auf Abergs Hals nieder.

Eine Stunde später betrat der Saigoner wieder die Bar »Ring of Fire«, wo inzwischen eine Menge Tabakrauch waberte und eine nicht allzu mondäne Musik den Tanzenden Gelegenheit gab, sich auf der von unten angeleuchteten bunten Glasfläche zu drehen.

Der Saigoner sah, wie sein Ebenbild aufstand und zur Toilette ging. Er setzte sich wieder an den Tisch zu Dando und Mick. »Du bist spät«, bemerkte Mick.

Der Saigoner griff nach dem noch ziemlich vollen Glas, das der andere hatte stehenlassen, und trank.

»Ich hatte mich zu waschen«, sagte er gelassen, »und ich mußte die Jacke entsorgen, und die Klinge. Auf uns Lebende!«

Er hob das Glas und lächelte Dando an. Der verstand: Es war alles erledigt.

Dando hatte den Umschlag mit dem Geld, das die Dienstleistung des Saigoners kostete, in der Innentasche seiner Jacke. Jetzt legte er sie dem Mann hin, der sie gleichmütig einsteckte. Sie hatten vereinbart, daß sie noch mindestens zwei Stunden hier verbringen würden, um später, falls tatsächlich jemand auf ihre Spur kommen sollte, immer ein handfestes Alibi zu haben. Der Saigoner schob Dando die beiden

flachen Schlüssel wieder hin. Über die Sache, die er im Hansaviertel erledigt hatte, verlor er kein Wort. Auch nicht, als sie im ersten Frühlicht, nachdem sie sich vom Barkeeper persönlich verabschiedet hatten, aus dem Etablissement schaukelten.
Draußen am Auto sagte der Saigoner wie zum Abschied nur noch: »Danke.« Dann war er verschwunden.
Als sie in Micks Cabrio saßen, bemerkte dieser respektvoll: »Guter Mann. Die einzige Gang, der die Russen hier aus dem Wege gehen, wenn sie können, sind die Vietnamesen. Sind ihnen nicht gewachsen. Auch den Chinesen nicht. Willst du noch ein Mädchen oder willst du zu deiner Herberge?«
»Hotel«, bat Dando. »Ich bin todmüde. Muß der Zeitunterschied sein, der mich jetzt erst erwischt ... «
Am späten Vormittag suchte er in den Zeitungen nach einer dicken Schlagzeile, die den toten Aberg betraf, aber er fand den Namen nicht, so ziemlich das einzige, was er in deutsch hätte lesen können. Weder auf der Titelseite noch im Inneren der Blätter konnte er etwas entdecken, das auf den Tod eines Herrn Aberg hinwies.
Angela Lemnitz rief in der Wohnung Abergs an, aber da lief nur der Anrufbeantworter, und das brachte sie auf die Idee, eine irreführende Spur zu legen, statt das Gespräch einfach zu beenden. Sie sagte auf das Band: »Lieber Herr Aberg, ich hätte Sie gern gesprochen, wenn Sie ausgeschlafen haben. Es geht um einen Abschluß, wo ich Ihren Rat brauche. Rufen Sie mich an oder kommen Sie vorbei, wenn möglich innerhalb der nächsten drei Tage ... Gruß, Angela!«
Als sie aufgelegt hatte, wunderte sie sich selbst über

ihre Kaltblütigkeit, dem Mann, der tot in seiner Wohnung lag, auch noch eine Botschaft zu hinterlassen. Sie entdeckte überhaupt eine Anzahl neuer Züge an sich. Abergs Ansinnen, zu seinen Bedingungen in die Firma einzusteigen, hatte sie aufgeweckt und zum Widerstand beflügelt. Dann war Mara gekommen, hatte sich unvermutet als zärtliche Freundin erwiesen. Die Tatsache, daß Otto Aberg, mit dem sie noch vor kurzer Zeit zusammengewesen war, jetzt tot in seiner Wohnung lag, berührte sie nur noch auf eine seltsam beiläufige Weise. Ein Liebhaber, der zu Vergangenheit wurde, zum langsam verblassenden Gedanken. Wenn sie überhaupt an ihn dachte, dann im Zusammenhang mit jenem Orje, den er zu dem Coup hatte gewinnen wollen. Orje würde, nachdem Aberg tot war, seine Finger von der Sache lassen. Eine alte Erfahrung: wenn die Polizei in einem Mordfall ermittelte, und das würde bald geschehen, lief man ihr nicht gleichzeitig mit einer Schutzgeldforderung ins Netz!
Einigermaßen verblaßt war auch die Erinnerung an Sumi, das Thai-Mädchen. Deshalb hatte sie nicht gerade Schuldgefühle, als Sumi sich an diesem Vormittag am Telefon meldete. Sie begrüßte sie heiter und wollte hören, wie es ihr ging, aber sie wurde stutzig, als das Mädchen ihr stockend und in holprigem Deutsch mitteilte, sie sei nicht mehr in dem Massagesalon, vielmehr halte sie sich in der Nähe vom Bahnhof Zoo auf und rufe aus einer Telefonzelle an. Das deutete auf Ärger hin.
»Warum bist du da weggegangen? War der Job nicht mehr gut genug?«
Das Mädchen antwortete: »Job gut. Ich mache Fehler. Madame schmeißt mich raus. Du hilfst mir?«

So war das! Angela Lemnitz wollte dem Mädchen am Telefon keine weiteren Fragen stellen, wie das im Salon gewesen war, würde sie von der Madame erfahren. Sie fragte: »Was brauchst du? Geld? Unterkunft?«
»Ja.«
Angela überlegte. Es war eine alte Freundschaft. Hilfe war selbstverständlich, egal was in dem Salon gewesen war. Aber solange Mara noch in Berlin war, gab es wenig Gelegenheit, sich wieder mit Sumi zu beschäftigen. Und Mara würde noch einige Zeit bleiben, wie sie sagte. Bis die Eigentumsverhältnisse in der Firma geklärt waren. Trotzdem sagte Angela nach kurzem Überlegen: »Ich helfe dir, Sumi, selbstverständlich. Obwohl ich im Augenblick arg gestreßt bin. Du kommst mich am Abend abholen, hier, am Laden. Ich lasse mir einfallen, wo ich dich unterbringe. Warte um achtzehn Uhr hier. Ich werde nicht viel Zeit haben, denn es gibt am Abend noch eine geschäftliche Besprechung, aber ich werde das mit dir erledigen ... «
»Angela«, sagte die andere zaghaft, »ich habe eben die Leiche von dem Mann gesehen ... «
»Leiche von einem Mann?« Angela gab sich überrascht.
»Ja. In der Zeitung mit den großen Buchstaben. Sein Gesicht ist nicht gut zu erkennen, aber sie haben den Namen geschrieben. Der Mann ... du weißt schon!«
»Ich werde mir sofort die Zeitung kaufen«, sagte Angela schnell. »Sei nicht böse, aber ich habe jetzt wenig Zeit und muß Schluß machen. Ab sechs wartest du ... «

Sie lief selbst bis zu dem Zeitungskiosk am Savignyplatz und kaufte das Boulevardblatt. Und da war auf der Titelseite die grausige Aufnahme vom zerstückelten Körper Abergs. Eine dicke Schlagzeile: »Leiche im Hansaviertel – Russenmafia im Spiel?«
»Es ist passiert«, teilte sie Mara mit, als sie sie gegen Mittag erreichte. Die gab ihr den Rat, sich bei möglichen Befragungen nur daran zu erinnern, daß Aberg, mit dem sie geschäftlich und privat sehr gut bekannt war, öfters für einige Tage zu verreisen pflegte, daher habe sie ihn auch nicht gerade vermißt. Bis auf die Sache, in der sie sich gern mit ihm beraten hätte, aber das habe sie aufschieben können.
»Ich komme um fünf«, kündigte sie dann noch an. »Der Anwalt wird dabei sein und dir den Fusionsvertrag vorlegen. Wir können sofort unterschreiben.«
»Sehr schön«, befand Angela automatisch. Der Anwalt leistete gute und schnelle Arbeit. Einen Augenblick dachte sie daran, daß sie soeben Sumi bestellt hatte. Man würde da taktvoll vorgehen müssen, denn absagen konnte sie nicht mehr. Ach was, dachte sie, ich kann Mara ruhig sagen, daß ich mit der Kleinen gelegentlich Erlebnisse hatte ...
Sie erreichte die Chefin des Massagesalons, in dem Sumi gearbeitet hatte, gleich beim ersten Versuch. Und als sie sich nach einigen Höflichkeitsfloskeln vorsichtig erkundigte, ob Sumi wohlauf sei, bekam sie von der Chefin zu hören, daß Sumi einem äußerst wohlhabenden Gast einige Tausendmarkscheine aus der Tasche gestohlen hatte.
»Ich konnte nicht anders handeln, Frau Lemnitz«, beteuerte die Chefin. »Und ich hoffe, Sie haben

dafür Verständnis – ich versichere Ihnen auch, daß Sie bei Ihrem nächsten Besuch einen Service erfahren werden, der den Sumis übertrifft. Darf ich darauf hoffen, daß Sie weiter zu meiner Kundschaft gehören?«

Das versicherte ihr Angela. Sie versprach, bei nächster Gelegenheit einen Besuch zu machen, und war froh, als sie den Hörer aufgelegt hatte und in Ruhe nachdenken konnte. Diebstahl. Das war ein Entlassungsgrund, daran war nichts zu ändern. Sie hatte geglaubt, Sumi würde sich vor Versuchungen dieser Art hüten, aber wie es schien, war die Hoffnung nicht aufgegangen. Schlimm allerdings ist, dachte sie, daß Sumi jetzt von mir Hilfe erwartet. Die kann ich nicht ablehnen, schließlich habe ich sie hier eingeführt. Kann man sie vielleicht einfach in eines der billigen Häuser vermitteln und vergessen?

Sie grübelte eine Weile, aber es fiel ihr nicht ein, wie sie diese Sache am besten lösen könnte.

Dazu kam, daß die Entdeckung des toten Aberg durchaus Probleme bringen konnte, da würde es zunächst Befragungen geben, denn es war leicht herauszufinden, daß sie mit ihm in Beziehung gestanden hatte. Wenngleich niemand ihr eine Beteiligung an dem Mord nachweisen konnte, so würden Fragen gestellt werden, man mußte darauf gefaßt sein.

Vielleicht sollte ich Mara doch besser nichts von dem Mädchen sagen, überlegte sie. Wenn sie auftaucht, werde ich eine Ausflucht finden. Ein paar Geldscheine werden vorerst helfen ...

Mara lächelte nur, als Angela sich dann doch überwand und ihr das Geständnis machte, sie habe mit einem Mädchen zu tun gehabt. Sie strich ihrer

Freundin über das sorgfältig frisierte Haar und stellte fest: »Das ist vorbei. Laß uns an solche Dinge nicht mehr denken. Hast du den Vertrag noch einmal gelesen?«

Sie saßen im Vorzimmer zu Angelas Büro, im ersten Stock, über dem immer noch unscheinbar anmutenden Gemischtwarenladen, den Sotis gegründet hatte. Drinnen wartete der Anwalt darauf, daß die beiden Damen mit ihrer Unterschrift die Fusion von Sotis Ex- und Import mit den Toyabashi Enterprises, Singapore, unterzeichneten. Für ihn war es ein beachtliches Geschäft. Der Anwalt, der schon Sotis zu Diensten gewesen war, konnte voraussagen, daß es noch eine Anzahl behördlicher Erhebungen geben würde, bis die Fusion endgültig besiegelt war. Aber das würde er erledigen. Mit ihm war außer einem guten Honorar vereinbart worden, daß er auch künftig für den Berliner Zweig der Firma tätig sein würde.

»Ich habe alles gelesen«, sagte Angela. »Ich glaube, das rettet mich vor einem grauenhaften Fiasko. Ich war eine gute Mitarbeiterin von Igor, aber das Unternehmen allein selbständig zu führen, hätte mich hoffnungslos überfordert.«

Sie sah Mara dankbar an, und die nahm sie am Arm. »Es ist in unser beider Interesse, meine Liebe. Komm, laß uns hineingehen. Und anschließend lade ich dich in ein ganz intimes Restaurant ein, ich habe es bei einem Spaziergang ausfindig gemacht, laß dich überraschen ... «

Vor dem Laden wartete, in einem nicht sonderlich auffälligen Leihwagen, Dando, der nach einigen Kilometern auf von Fahrzeugen wimmelnden City-

straßen das System des Rechtsverkehrs schnell gemeistert hatte und außerdem die Überzeugung gewann, daß Autofahren in Manila durchaus gefährlicher war als hier. Er hatte darauf bestanden, Mara zu Sotis Laden zu fahren, und er würde die beiden Frauen auch später an jenem Nobelrestaurant absetzen, wo sie den Abend zu verbringen gedachten.
Jetzt beobachtete er schon seit einiger Zeit das Mädchen, das sich neben dem Laden in einen Hauseingang drückte und auf etwas zu warten schien.
Das Licht war nicht mehr sehr intensiv, und Dando konnte das Gesicht des Mädchens nicht genau erkennen, aber er bemerkte, daß sie aus Asien stammen mußte. Er vermutete Saigon oder Bangkok, es konnte aber auch Manila sein, in diesem Teil der Welt waren manche Nationalitäten ebenso schwer voneinander zu unterscheiden wie etwa Deutsche und Tschechen, wenn man allein nach dem Aussehen des Gesichts urteilen mußte. Es wäre gern ausgestiegen, zu ihr hingegangen und hätte ein Gespräch mit ihr angefangen, sie hatte eine gute Figur, und sie schien nichts anderes zu tun zu haben, als eben da zu warten. Aber Dando unterließ das, blieb in seinem Auto sitzen. Miß Mara war eine tolerante Frau, doch wenn sie aus dem Haus kam und ihn suchen mußte, würde sie ungehalten sein. Und Dando legte viel Wert darauf, mit seiner engsten Geschäftspartnerin ein ungetrübtes Verhältnis zu bewahren. Es war seine Zuverlässigkeit, die sie schätzte. Das sollte so bleiben.
Er sah zuerst die Deutsche, die aus der Tür neben dem kleinen Laden kam, und dann tauchte, im Gespräch mit dem Anwalt, einem bebrillten, in den langen Man-

tel der deutschen Manager gekleideten Mann, Mara auf. Der Anwalt verbeugte sich zum Abschied galant vor ihr und wandte sich dann Angela zu.
Doch diese sprach inzwischen mit dem Mädchen, das da so lange gewartet hatte. Dando zögerte. Er ließ den Motor noch nicht an.
»Arbeit? Jetzt noch?« Sumi schlug traurig den Blick nieder. »Ich dachte, wir könnten jetzt zusammensein ...«
»Ein Arbeitsessen«, log Angela ausweichend. Es war eine peinliche Panne. Sie hatte nicht bedacht, daß Sumi anhänglich war. Daß sie sich nicht so leicht vertrösten lassen würde.
»Es ist wichtig«, sagte das Thai-Mädchen zaghaft. Sie musterte dabei die Fremde. Auch eine Asiatin. Sie kämpfte mit dem jäh aufsteigenden Mißtrauen – eine Rivalin?
»Es tut mir wirklich leid, Sumi«, versuchte Angela sie zu trösten. »Können wir uns morgen sehen?«
Sumi war sicher, daß die Frau neben Angela, die so desinteressiert dreinblickte, Angelas neue Geliebte war. Ihr Instinkt sagte es ihr. Und der Blick, mit dem Mara sie streifte, beseitigte den letzten Zweifel – auch diese Frau hatte in Sumi die Rivalin erkannt.
»Vielleicht geht es doch heute noch ...« Da war ein bitterer Tonfall in der Stimme. »Ich habe Schwierigkeiten ...«
Angela griff in die Handtasche. Sie wollte Sumi schnell einen Geldschein zustecken, aber sie stellte verärgert fest, daß sie lediglich noch ein paar Zehner bei sich hatte, außer den Kreditkarten. Es wäre eine Beleidigung gewesen, Sumi kleines Geld anzubieten.

Sumi sah, wie Angela nach Geld suchte. Das allein verletzte sie. Als ob man eine Liebe beenden könnte, indem man ein paar Geldscheine hervorkramt! Und dann sah Sumi plötzlich, wie die fremde Frau in ihre Umhängetasche griff, um Angela auszuhelfen. Es ließ ihr Herz stolpernd schlagen.
Mara hielt Angela drei von den großen braunen Scheinen hin, und Angela nahm sie dankbar, streckte die Hand damit in Richtung Sumi aus.
Das Thai-Mädchen erblaßte. Vor einigen Tagen hatte sie, die nun allein und schutzlos lebte, sich ein Butterfly-Messer gekauft, um gegen Überfälle wenigstens einigermaßen gesichert zu sein. Wie unter einem unabweisbaren Zwang griff sie jetzt danach, ließ es aufschnappen und stach zu.
Als er sah, wie das Mädchen das Messer aus der Manteltasche zog, sprang Dando aus dem Wagen. Er hatte Glück, weil die um diese Zeit dichte Autoschlange ins Stocken geraten war. Zwischen den Fahrzeugen sprintete er dorthin, wo die Frauen standen. Er warf sich gegen Mara und stieß sie zur Seite, in Sicherheit. Aber Sumi hatte ihr Messer bereits mehrmals in Angelas Leib gebohrt. Sie stieß immer wieder zu, bis es Dando schließlich gelang, ihr einen Hieb an die Schläfe zu versetzen, der sie zu Boden gleiten ließ.
Auf der Straße rollte der Verkehr wieder an. Der Fahrtwind ließ die Tausender, die Angela aus der Hand gefallen waren, zwischen die Autos flattern. Aufgeregt mischte sich der Anwalt ein, der, als er sich noch einmal umgedreht hatte, den Vorgang sah:
»Mein Gott, so ein Unglück ... !«
Dando, der ihn nicht verstand, rüttelte Mara, die sich

immer noch in einer Art Schock befand: »Wir brauchen einen Arzt! Und Polizei!«
Der Anwalt lief in den Laden, um zu telefonieren, während sich draußen um die am Boden liegende Angela und das Thai-Mädchen Leute ansammelten.
Die Hilfe kam zu spät. Als es dem Anwalt endlich gelungen war, Notarzt und Polizei herbeizutelefonieren, konnte der Mediziner nur noch den Tod Angelas feststellen. Er warf einen Blick auf das viele Blut, das sich unter der Leiche angesammelt hatte, und bemerkte: »Vermutlich ein großes Gefäß getroffen.«
Er winkte nach einer Bahre. Dann besah er sich die immer noch am Boden liegende Sumi und brummte etwas von Auseinandersetzungen unter fremden Weibern, die immer rabiater würden, aber schließlich stellte er grollend fest: »Puls und Atmung normal. Wird aber noch eine Weile brauchen.«
Einer der Polizisten drehte Sumi auf den Bauch und legte ihre Handgelenke auf dem Rücken in Eisen. Er wandte sich an den Anwalt: »Sie haben das alles gesehen?«
Der Anwalt gab nervös zurück: »Ich ... ja, ich sah, wie Frau Lemnitz von dem Mädchen angesprochen wurde, dann suchte Frau Lemnitz Geld, und ehe sie es gefunden hatte, stach das Mädchen plötzlich zu ... «
»Sie fahren bitte mit uns«, entschied der Polizist. »Wir nehmen ein Protokoll auf.« Er wandte sich an Mara und Dando: »Sie natürlich auch ... «
Der Anwalt belehrte ihn sanft: »Die Herrschaften verstehen nur Englisch.« Er übersetzte ihnen, daß sie

als Zeugen gebraucht würden, und der Polizist, nachdem die Fotos gemacht waren und alles vermessen war, winkte zum Notarztwagen: »Los, ab!«
In der Menge, die sich inzwischen um den Tatort angesammelt hatte, krähte einer: »Diese Kanaken, stechen sich schon mitten auf der Straße ab!«
»Auf dem Bürgersteig«, korrigierte ihn eine Frau.
Der Polizist hörte das zwar, kümmerte sich aber nicht darum. Das waren die üblichen Kommentare.
Als sich die Wagen mit heulenden Sirenen in den Strom der anderen Autos einfädelten, verliefen sich die Gaffer.

Tuan Iskander hatte dem Bericht, den Mara ihm gab, aufmerksam zugehört und dabei keine Gemütsbewegung zu erkennen gegeben. Sie saßen auf dem Deck seiner Jacht, es war ein Abend, wie Iskander ihn gern auf dem Wasser verbrachte, wo er den Abschied der Sonne in all seiner Pracht am besten beobachten konnte.
Sie hatten frisch gegrillten Fisch gegessen und einen milden Wein dazu getrunken. Iskander war insgeheim froh, daß Mara die turbulenten Ereignisse in Berlin unbeschadet überstanden hatte.
»Es ist eine Kette aus unglücklichen Gliedern gewesen«, sagte er so leise, daß Mara es gerade noch hören konnte. »Zuerst die spurlos verschwundene Ladung des brisanten Materials, dann Tobins Verrat, sein Tod, der Tod des für uns so brauchbaren Russen in Moskau, des anderen in Wien, und jetzt der Tod

dieser Frau, die ich leider nicht die Freude hatte zu kennen – wir müssen trotzdem nicht müde werden, aus einer chaotischen Welt für uns Vorteile zu gewinnen ...«

Er hatte den nach Islamabad eingeflogenen »Hund« äußerst günstig absetzen können und war deshalb im Grunde freundlich gestimmt. Diese Europäer, dachte er, man müßte vier Augen und vier Ohren haben, um jede Teufelei aufzuspüren, die sie aushecken.

Der Osten Europas, immerhin, da lag ein Stück Zukunft. Man konnte nicht wissen, wie die Würfel morgen dort fallen würden, aber man mußte dabei sein, wenn sie fielen. Auch aus einem schlechten Wurf war noch ein gutes Geschäft zu machen. Wer sich darauf nicht verstand, der sollte Staatsbeamter werden. Er schreckte aus seinen Gedanken auf, als Mara plötzlich ausrief: »Kapitän Wirgel, ja, er ist Deutscher! Ich hatte das beinahe vergessen ...«

Auf Iskanders verwunderte Frage erinnerte sie ihn an die juristische Vereinbarung, die ihr die Hälfte des verwaisten Geschäfts von Igor Sotis in Berlin sicherte. Die andere Hälfte war mit Angelas Tod vakant geworden. Doch da war dieser Anwalt, der würde einen Weg finden, auf dem Kapitän Wirgel die andere Hälfte erwerben konnte, als Strohmann mit guter Abfindung. Alles, was Sotis an Verbindungen aufgebaut hatte, war heute unschätzbar.

»Anwälte finden für alles einen Weg«, sagte Iskander bedächtig. Er strich sich über den wie immer makellos getrimmten Kinnbart. »Die Zeiten sind günstig für uns, mein Kind. Europa ist am Rande seiner Möglichkeiten angelangt. Die Trophäen der alten

Eroberer sind auf die Jahrmärkte gewandert. Die Parasiten fressen das Muskelfleisch der einstigen Herrscher ...«

Er warf einen Blick auf die Orgie von Farben, die die Sonne über das ruhige Wasser der Straße von Malakka zauberte. Aus den Augenwinkeln nahm er wahr, daß der Diener mit dem Wasserbecken für die rituelle Waschung vor dem Gebet im Kabinenaufgang wartete.

»Es ist Zeit, den Herrn zu preisen«, befand er, erhob sich und trat an das Becken. Tauchte die Hände ein.

– ENDE –